Holly Black

Die Zehnte

Holly Black,
geboren 1971, wuchs in einem alten viktorianischen Haus in New Jersey auf, in dem sie sich mit Leidenschaft durch alle verfügbaren Märchen-, Elfen-, Geister- und Fantasybücher las. Sie ist eine begeisterte Sammlerin von Sagen und Legenden, von sonderbaren Puppen und verrückten Hüten.
»Die Zehnte« ist ihr erster Jugendroman.

Holly Black

Die Zehnte

Aus dem Amerikanischen
von Anne Brauner

Arena

Für meine kleine Schwester Heidi

Die Originalausgabe erschien 2002 unter dem Titel
»Tithe: A Modern Faerie Tale«
bei Simon & Schuster, New York.

In neuer Rechtschreibung

1. Auflage 2003

Aus dem Amerikanischen von Anne Brauner
Einbandillustration: Greg Spalenka
Gesamtherstellung: Westermann Druck Zwickau GmbH
ISBN 3-401-05534-8

»Wie ist es schön und friedlich im Elfenland,
Doch bleibt die finstre Sage wohl bekannt,
Wie wir nach sieben langen Jahren
Der Hölle den Zehnten gewahren.
Ich bin so gut im Fleisch und hell,
Am Ende geht's mir selbst ans Fell.«

»Tam Lin«

Prolog

»Mit Gottes Wegen wird leichter versöhnt,
wer sich mit Whisky statt Milton verwöhnt.«

A. E. HOUSMAN,
»TERENCE, THIS IS STUPID STUFF«

Kaye inhalierte tief, dann schnippte sie die Zigarette in die Bierflasche ihrer Mutter. Ein guter Test, um zu sehen, wie betrunken Ellen war – würde sie die Kippe schlucken? Sie waren noch auf der Bühne, Ellen und Lloyd und der Rest von Stepping Razor. Sie hatten einen schlechten Auftritt gehabt, und so wie sie abbauten, schienen sie es auch zu wissen. Nicht dass es eine Rolle spielte, die Lautsprecher waren laut und kratzig gewesen und alle Leute hatten weitergetrunken und geraucht und geschrien. Deshalb machte es dem Manager wahrscheinlich nichts aus. Einige Leute hatten sogar getanzt.

Der Barkeeper glotzte wieder und bot ihr einen Drink an: »Aufs Haus.«

»Milch«, sagte Kaye grinsend, warf ihre blonden Zotteln zurück und steckte einige Streichholzschachteln ein, während er ihr den Rücken zukehrte.

Dann erschien ihre Mutter neben ihr, nahm einen großen Schluck Bier und spuckte ihn direkt wieder auf den Tresen.

Kaye konnte sich ein böses Lachen nicht verkneifen. Es rutschte ihr einfach heraus. Ihre Mutter sah sie ungläubig an.
»Los, hilf den Jungs beim Abbauen«, sagte Ellen heiser vom Singen. Sie strich sich die feuchten Haare aus der Stirn. Ihr Lippenstift klebte nur mehr verwischt in den Mundwinkeln und sie sah müde aus.
Anmutig glitt Kaye vom Tresen und sprang auf die Bühne. Lloyd starrte sie wütend an, als sie wahllos zugriff, also hielt sie sich an die Sachen ihrer Mutter. Sein Blick war glasig: »Hey, Kid, hast du Geld dabei?«
Kaye zog die Schultern hoch und zückte einen Zehn-Dollar-Schein. Sie hatte noch mehr, was er wahrscheinlich auch wusste – sie war direkt von Chow Fat's gekommen. Chinesisches Essen auszuliefern wurde zwar mies bezahlt, aber es war immer noch besser, als in einer Band zu spielen.
Er nahm das Geld und schlenderte zur Bar, wahrscheinlich, um sich ein paar Bier für die Fahrt zu holen.
Kaye stellte Ellens Sachen zusammen und schleppte sie nach und nach durch die Menge. Die meisten Leute machten ihr Platz. Dankbar atmete sie die kühle Herbstluft ein, auch wenn sie nach Abgasen, Unterführungen und Eisen stank. In der Stadt roch es immer nach Metall, fand Kaye.
Sie brauchte nur wenige Minuten zum Beladen. Dann ging sie wieder rein, weil sie ihre Mutter im Auto haben wollte, bevor das Fenster eingeschlagen und die Instrumente gestohlen wurden. In Philly konnte man rein gar nichts im Auto lassen. Der letzte Typ, der in Ellens Auto eingebro-

chen war, war mit einer Jacke aus dem Secondhandladen und einer Tüte voller Handtücher abgezogen.

Das Mädchen, das als Türsteherin arbeitete, sah sie diesmal lange an, sagte aber nichts. Es war sowieso schon spät, fast schon Zeit für die letzte Runde. Ellen stand immer noch am Tresen, rauchte und trank etwas Stärkeres als Bier. Lloyd unterhielt sich mit einem Typen mit langen schwarzen Haaren. Der Mann passte nicht in diese Kneipe, zu gut angezogen oder so, aber Lloyd hatte ihm einen Arm über die Schulter gelegt. Katzengelb leuchteten die Augen dieses Mannes in der dunklen Kneipe. Kaye erschauerte.

Egal, manchmal sah sie seltsame Dinge. Sie hatte beschlossen sich nicht mehr darum zu kümmern.

»Alles im Auto«, meldete Kaye ihrer Mutter.

Ellen nickte geistesabwesend. »Hast du eine Zigarette für mich, Liebes?«

Kaye fischte die Packung aus ihrer Armytasche, holte zwei Zigaretten heraus, gab eine ihrer Mutter und zündete sich die zweite an.

Ihre Mutter beugte sich vor. Sie roch nach Whisky, Bier und Schweiß – ein Geruch, der Kaye vertraut war wie ein Parfüm. »Kippenknutschen«, sagte ihre Mutter dämlich. Peinlich, aber nett gemeint. Sie tippte mit ihrer Zigarette an das rote Ende von Kayes und zog kräftig. Nach zweimal Ziehen brannte auch ihre Kippe.

»Können wir fahren?«, fragte Lloyd und Kaye zuckte zusammen. Nicht dass sie nicht gewusst hätte, dass er da war – es war der Klang seiner Stimme. Sie hörte sich sam-

tig an, beinahe schmierig. Nicht seine normale Arschloch-Lloyd-Stimme. Kein bisschen.
Ellen schien nichts zu merken. Sie kippte den Rest ihres Drinks herunter. »Klar.«
Einen Augenblick später hob Lloyd den Arm, als wolle er Ellen auf den Rücken hauen. Instinktiv stieß Kaye ihn weg. Sie konnte ihn nur aus dem Gleichgewicht bringen, weil er betrunken war, sonst hätte sie das nie geschafft. Erst als es über den Boden schlitterte, sah sie das Messer.
Lloyds Gesichtszüge waren völlig ausdruckslos, ohne Gefühl. Seine Augen waren weit aufgerissen, die Pupillen erweitert.
Frank, der Schlagzeuger von Stepping Razor, packte Lloyd am Arm. Lloyd hatte gerade noch Zeit, um Frank eine reinzuhauen, bevor ihn die anderen Gäste überwältigten. Jemand rief die Polizei.
Als die Cops kamen, konnte Lloyd sich an nichts mehr erinnern. Dafür war er supersauer und beschimpfte Ellen aus vollem Hals. Die Polizisten fuhren mit Kaye und ihrer Mutter zu Lloyds Wohnung und warteten, während Kaye ihre Anziehsachen und den anderen Kram in Müllsäcke stopfte. Ellen hing am Telefon und versuchte eine neue Bleibe zu finden.
»Liebes«, sagte sie schließlich, »uns bleibt nichts anderes übrig, als zu Großmama zu fahren.«
»Hast du sie angerufen?« Kaye verstaute ihre Grace-Slick-LPs in einer leeren orangefarbenen Kiste. Sie hatten ihre Großmutter nie besucht, kein einziges Mal in den sechs Jahren, seit sie New Jersey verlassen hatten. Ellen brachte

kaum ein Wort heraus, wenn sie an Feiertagen anrief, und gab den Hörer gleich weiter an Kaye.

»Ja, ich habe sie gerade geweckt.« Kaye konnte sich nicht erinnern, dass ihre Mutter jemals so müde geklungen hatte. »Es ist nicht für lange. Du hast doch eine Freundin da, die kannst du besuchen.«

»Janet«, sagte Kaye. Sie hoffte, dass sie es war, die Ellen gemeint hatte. Hoffentlich zog ihre Mutter sie nicht wieder mit diesem Elfenmist auf. Noch eine Geschichte von Kaye und ihren süßen kleinen Phantasiefreunden ...

»Die, der du E-Mails schickst, wenn du in der Bücherei bist. Gib mir noch eine Zigarette, ja, Süße?« Ellen warf einen Haufen CDs in die Kiste.

Kaye griff nach der Lederjacke von Lloyd, die sie immer gemocht hatte, und zündete die Zigarette ihrer Mutter am Herd an. Es gab schließlich keinen Grund, Streichhölzer zu verschwenden.

1

»Unerbittlich, blütenzart
Wallt in uns in leisen Wellen
Dein umgekehrtes Morgengrauen;
Wandelt uns, Faser für Faser, in Elfen.«

MINA LOY, »MOREOVER THE MOON«,
THE LOST LUNAR BAEDEKER

Kaye wirbelte über die abgenutzten grauen Planken des Holzstegs. Es war schwül und roch nach trocknenden Muscheln und Salzkruste. Wellen brandeten an den Strand und wühlten Sand und Schotter durch, während sie langsam wieder aufs Meer hinausgezogen wurden.

Der bleiche Mond leuchtete weit oben am Himmel, die Sonne aber ging gerade unter.

Es tut so gut, *atmen* zu können, dachte Kaye. Sie liebte die gelassene Gewalt des Meeres, liebte es, wenn jeder Atemzug der nassen, salzigen Luft sie elektrisierte. Benommen drehte sie sich weiter, ohne sich darum zu kümmern, dass ihr Rock hoch über die schwarzen Strümpfe flog, die ihr über die Oberschenkel reichten.

»Komm schon«, rief Janet. Sie stieg über den mit Blättern verstopften Rinnstein der Straße, die parallel zu dem Holzsteg verlief, und wippte leicht auf ihren Plateauschuhen.

Ihr Glitzer-Make-up funkelte im Licht der Straßenlaternen. Janet blies Geister aus blauem Rauch und inhalierte wieder. »Du fällst noch hin.«

Kaye und ihre Mutter wohnten jetzt schon seit einer Woche bei ihrer Großmutter, und obwohl Ellen ständig behauptete, sie würden bald wieder fahren, wusste Kaye ganz genau, dass sie nirgends hinkonnten. Sie war froh darüber. Sie liebte das große alte Haus unter seiner dicken Schicht aus Staub und Mottenkugeln. Sie fand es schön, dass das Meer so nah war und ihr die Luft nicht in der Kehle brannte.

Die billigen Hotels waren schon lange geschlossen und mit Brettern vernagelt. In den schmutzigen Swimmingpools war kein Wasser mehr. Nicht einmal die Einkaufspassagen waren mehr in Betrieb. Durch die trüben Scheiben der Tombolabuden konnte man die bunten Loskugeln gerade noch erkennen. Über einem verlassenen Laden waren rostig die Wörter »Salzwasser-Toffee« eingraviert.

Janet kramte in ihrer kleinen Handtasche und holte einen erdbeerfarbenen Zauberstab hervor: Lipgloss. Kaye sauste auf sie zu. Ihre offene Jacke mit dem Leopardenmuster flog um sie herum, eine Laufmasche hatte sie auch schon. An ihren Stiefeln klebte feuchter Sand.

»Komm, wir gehen schwimmen«, stieß Kaye hervor. Die Nachtluft war ihr zu Kopf gestiegen, sie glühte wie der weiße heiße Mond. Wie vor einem Gewitter roch alles nass und wild und sie wollte rennen, schnell und kräftig, weiter als sie jetzt sehen konnte, immer weiter.

»Das Wasser ist eiskalt«, seufzte Janet, »und deine Haare

sind ein einziger Wust. Kaye, wenn wir da sind, musst du cool sein. Sei nicht so merkwürdig. Jungs mögen das nicht.«
Kaye blieb stehen und versuchte genau zuzuhören. Ihre kajalgeschminkten Schlitzaugen beobachteten Janet mit dem Misstrauen einer Katze. »Wie soll ich denn sein?«
»Es geht doch nicht darum, dass ich dich gern so oder so hätte – willst du denn keinen Freund haben?«
»Was soll ich damit? Lass uns Inkuben suchen.«
»Inkuben?«
»Dämonen. Mehrzahl. Wie Amouren. Und ich sage dir, wenn wir eine Woche vor Halloween im Atlantik schwimmen, finden wir sie eher als an jedem anderen Ort der Welt.«
Janet rollte mit den Augen.
»Weißt du, wie die Sonne gerade aussieht?«, fragte Kaye. Man sah nur noch einen schmalen roten Streifen, wo Meer und Himmel verschmolzen.
»Nein, wie denn?« Janet wollte Kaye den Lipgloss reichen.
»Als hätte sie sich in der Badewanne die Pulsadern aufgeschnitten und das Blut triebe auf dem Wasser.«
»Das ist scheußlich, Kaye.«
»Und der Mond sieht einfach zu. Sieht zu, wie sie stirbt. Wahrscheinlich hat er sie so weit gebracht.«
»Kaye.«
Kaye fing wieder an sich lachend zu drehen.
»Warum denkst du dir immer so was aus? Das meine ich, wenn ich sage, du bist merkwürdig.« Janet sprach laut, aber gegen den Wind und ihr eigenes Lachen konnte Kaye sie kaum verstehen.

»Gib's doch zu, Kaye. Erinnerst du dich an die Elfen, von denen du immer erzählt hast? Wie hieß der eine gleich?«
»Welcher? Spike oder Gristle?«
»Genau. Die hast du dir doch ausgedacht! Immer denkst du dir was aus!«
Kaye blieb still stehen, neigte den Kopf und versenkte die Finger in den Taschen. »Ich habe nicht gesagt, dass ich es nicht getan habe.«

Das alte Gebäude mit dem Karussell stand schon seit Jahren so gut wie verlassen da. Zwischen den zerbrochenen Scheiben prangten bleierne Engelsgesichter mit einem Strahlenkranz von Haaren. Die gesamte Fassade bestand aus Fenstern, durch die man den schmutzigen, mit Scherben und Müll bedeckten Fußboden sehen konnte. Drinnen wies eine grobe Skateboardrampe aus Sperrholz auf den letzten Versuch hin, das Gebäude im vergangenen Jahrzehnt geschäftlich zu nutzen.
Kaye hörte das Echo der Stimmen weit bis auf die Straße. Janet warf ihre Zigarette in die Gosse. Sie zischte und wurde schnell davongetragen, wie eine Spinne auf Wasser.
Kaye stemmte sich auf das Fenstersims und schwang ihre Beine darüber. Die Scheibe war schon lange herausgebrochen, aber beim Reinrutschen schrammte sie ihr Bein an einem verbliebenen Stück Glas, sodass ihr Strumpf weiter aufriss.
Dicke Farbschichten lagen über den ehemals weißen Stuckmustern des Gebäudes. Sprayer hatten die Rampe in

der Mitte des Raumes verziert, dazu kamen Aufkleber und Kritzeleien. Und die Jungs waren da.

»Kaye Fierch, an mich kannst du dich bestimmt erinnern, oder?«, kicherte Doughboy. Er war klein und dünn, seinem Spitznamen – »Teigboy« – zum Trotz.

»Wenn ich mich nicht irre, hast du mir in der sechsten Klasse eine Flasche an den Kopf geworfen.«

Er lachte noch mal. »Stimmt, stimmt. Hatte ich ganz vergessen. Du bist aber nicht mehr sauer, oder?«

»Nein«, sagte sie, aber ihre Fröhlichkeit war verflogen. Sie fühlte sich ausgelaugt und ängstlich. Janet kletterte auf die Skateboardrampe, wo Kenny von hoch oben beobachtete, was ablief – wie ein King mit seiner silbernen Fliegerjacke. Attraktiv, mit dunklen Haaren und noch dunkleren Augen. Zur Begrüßung reckte er eine fast volle Flasche Tequila in die Höhe.

Marcus reichte Kaye die Flasche, aus der er gerade getrunken hatte, und tat dabei so, als würde er sie ihr zuwerfen. Einige Spritzer landeten auf seinem Flanellhemd. »Bourbon. Teurer Stoff.«

Mit einem gezwungenen Lächeln nahm sie die Flasche. Marcus drückte seine Zigarre aus. Selbst vornübergebeugt war er noch groß. Seine braune Kopfhaut glänzte und sie konnte sehen, wo er sich beim Rasieren geschnitten hatte.

»Ich habe dir Süßigkeiten mitgebracht«, sagte Janet zu Kenny. Sie hatte Müsliriegel und Erdnusskaugummis dabei.

»Ich habe dir Süßigkeiten mitgebracht.« Doughboy äffte sie nach, mit einer hohen Piepsstimme, und sprang auf die Rampe. »Gib her.«

Kaye wanderte durch den runden Raum. Der alte Saal war großartig, herrlich heruntergekommen. Das langsame Brennen des Bourbons in ihrer Kehle passte perfekt hierhin. Genau das würde ein Mann im Sommeranzug trinken, einer dieser Leute, die stets einen Hut trugen.

»Welche Sorte Asiatin bist du eigentlich?«, fragte Marcus. Er hatte sich eine Tüte mit Gras gefüllt und mampfte darauf herum. Der schwere süßliche Geruch war erstickend.

Sie nahm noch einen Schluck aus der Flasche und bemühte sich ihn zu ignorieren.

»Kaye! Hörst du mir zu?«

»Ich bin halbe Japanerin.« Kaye strich sich über die Haare; sie war blond wie ihre Mutter. Die Haare verblüfften die Leute am meisten.

»Mann, hast du schon mal die Comics gesehen, die sie da haben? Da sind so kleine, ganz kleine Mädchen drauf mit Zöpfen und all dem Zeug, in kurzen Schuluniformen. Solche Uniformen sollten wir hier auch haben, Mann. Trägst du auch manchmal eine, na?«

»Halt die Klappe, Blödmann«, sagte Janet lachend. »Sie war mit Doughboy und mir in der Grundschule.«

Kenny schlang einen Finger durch eine von Janets Gürtelschlaufen und zog sie an sich, um sie zu küssen.

»Na gut, verdammt.« Marcus lachte. »Aber kannst du deine Haare nicht mal eine Sekunde lang in so Zöpfen halten? Bitte.«

Kaye schüttelte den Kopf. Nein, kam nicht in Frage.

Dann spielten Marcus und Doughboy Hacky Sack mit einer leeren Bierflasche. Sie zerbrach nicht, obwohl sie unablässig von Stiefel zu Stiefel gekickt wurde. Ein dumpfer Klang.

Kaye nahm noch einen großen Schluck Bourbon. Ihr dröhnte schon angenehm der Kopf, innerlich summte sie im Takt mit der Karussellmusik, die ihrer Vorstellung nach früher hier gelaufen war. Sie wanderte in dem halbdunklen Saal weiter nach hinten, wo alte Schilder Popcorn und Erdnüsse für jeweils fünf Cent anpriesen.

An der Rückwand war eine schwarze, klapprige Tür, die beim ersten Drücken ruckartig aufging. Im Mondlicht, das durch die Fenster in den Saal schien, erkannte sie, dass es nur ein Büro mit einem alten Schreibtisch und einer Pinnwand war, an der noch immer vergilbte Speisekarten hingen. Sie ging rein, obwohl der Lichtschalter nicht funktionierte. In der Dunkelheit tastete sie sich vorwärts, bis sie einen Knauf berührte. Diese Tür führte zu einer Treppe, auf die von oben nur wenig Licht fiel. Sie tastete sich die Treppe hinauf. Ihre Hand wurde staubig, als sie sich am Geländer festhielt. Kaye nieste laut, einmal, zweimal.

Oben schien der Mond hell durch ein kleines Fenster, dick und rund stand er am Himmel. In den Ecken standen stapelweise interessant aussehende Kisten. Aber als sie das Pferd entdeckte, war alles andere vergessen. Es war großartig, gehüllt in perlweißen Schimmer, verziert mit kleinen angeklebten Spiegelsteinchen. Das Gesicht des Pferdes war rot, violett und golden bemalt, man hatte ihm sogar eine Reihe weißer Zähne und eine kleine rosa Zunge gemalt, auf die ein Zuckerstückchen gepasst hätte. Warum niemand es mitgenommen hatte, lag auf der Hand: Alle vier Beine und Teile des Schwanzes waren zerschlagen.

Das hätte Gristle gut gefallen. Das hatte sie schon oft gedacht, seit sie vor sechs Jahren von hier fortgegangen war. Das hätte meinen Phantasiefreunden gefallen. Dieser Gedanke war ihr bereits gekommen, als sie zum ersten Mal die Stadt gesehen hatte, angestrahlt wie für ein immerwährendes Weihnachten. Aber sie waren nie gekommen, solange sie in Philadelphia gewohnt hatte. Jetzt war sie sechzehn und hatte das Gefühl, dass ihr kein Funken Phantasie mehr geblieben war.

Sie versuchte das Pferd auf seine Stümpfe zu stellen. Es wackelte hin und her, fiel aber nicht um. Kaye zog ihre Jacke aus, warf sie auf den Boden und stellte den Bourbon daneben. Sie schwang ein Bein über das Tier und ließ sich in den Sattel fallen. Dabei stützte sie sich mit den Zehenspitzen ab, damit das Pferd nicht umfiel. Sie fuhr mit den Fingern durch seine goldgeschnitzte Lockenmähne. Sie berührte die schwarz gemalten Augen und die abgestoßenen Ohren.

In ihrer Vorstellung kam der Schimmel unsicher auf die Beine. Die langen Locken der goldenen Mähne fühlten sich kühl an, während der große Tierleib unter ihr warm und wahrhaftig war. Sie flocht ihre Hände in die Mähne und griff fest zu; ein Kribbeln durchlief all ihre Glieder. Unter ihr wieherte leise das Pferd, bereit hinaus ins kalte schwarze Wasser zu springen. Sie warf den Kopf zurück.

»Kaye?« Eine leise Stimme riss sie aus ihrem Tagtraum. Kenny stand an der Treppe und sah sie groß an. Einen Mo-

ment lang war sie noch voller Leidenschaft. Dann schoss ihr das Blut in die Wangen.
Hier oben im Dämmerlicht konnte sie ihn besser sehen als unten. Zwei große silberne Ohrringe funkelten an seinen Ohrläppchen. Seine kurzen zimtfarbenen Haare waren verwuschelt und leicht gewellt, passend zu dem sprießenden Spitzbärtchen am Kinn. Unter der Fliegerjacke offenbarte das enge weiße T-Shirt feste Muskeln, mit denen man geboren sein musste.
Er ging auf Kaye zu, streckte die Hand aus, die er dann auf eine seltsame Weise ansah, als könne er sich nicht mehr daran erinnern. Stattdessen tätschelte er dem Pferd den Kopf, langsam, wie hypnotisiert.
»Ich habe dich gesehen«, sagte er. »Ich habe gesehen, was du gemacht hast.«
»Wo ist Janet?« Kaye wusste nicht genau, was er meinte. Fast nahm sie an, dass er sich über sie lustig machte – wäre er nicht so ernst, hätte er nicht so zögerlich gesprochen.
Jetzt striegelte er die Pferdemähne. »Sie hat sich Sorgen um dich gemacht.« Seine Hand faszinierte sie gegen ihren Willen. Es sah aus, als verheddere er sich in eingebildeten Haaren. »Wie hast du es dazu gebracht?«
»Wozu?« Jetzt hatte sie Angst, sie fürchtete sich und fühlte sich gleichzeitig geschmeichelt. Er meinte seine Frage wohl wirklich nicht spöttisch, denn er sah sie so eindringlich an, dass sein Gesicht völlig ausdruckslos wirkte.
»Ich habe gesehen, wie es gestiegen ist.« Er sprach so leise, dass sie fast hätte vorgeben können, ihn nicht richtig verstanden zu haben. Er legte seine Rechte auf ihren Schenkel

und ließ sie hochwandern bis zum baumwollenen Rand ihres Slips.
Obwohl sie zugesehen hatte, wie seine Hand sich immer weiter auf sie zubewegte, erschrak sie bei der Berührung. Einen Moment lang war sie wie gelähmt, dann sprang sie auf und ließ dabei das Pferd fallen. Es krachte zu Boden, warf die Bourbonflasche um, die ihren dunklen Inhalt auf ihre Jacke ergoss und die Böden der staubigen Kisten durchtränkte.
Er packte sie und hielt sie am Halsausschnitt ihrer Bluse fest. Sie wich zurück, stolperte und fiel hin. Dabei riss die Bluse über dem BH auf, als er gerade losließ.
Stampfende Schritte kamen die Treppe hoch.
»Was ist denn hier los?« Marcus stand mit Doughboy am Treppenabsatz und schubste ihn, um besser sehen zu können.
Kenny schüttelte den Kopf und sah sich benommen um, während Kaye sich ihre bourbongetränkte Jacke schnappte.
Die Jungen machten den Weg frei, für sie und für Janet, die sie nun ebenfalls anstarrte.
»Was ist passiert?«, fragte Janet und schaute verwirrt von einem zum anderen. Kaye schob sich an ihr vorbei, warf sich die Jacke um und versuchte in die Ärmel zu schlüpfen.
»Kaye!«, rief Janet hinter ihr her.
Kaye reagierte nicht und nahm im Dunkeln zwei Stufen auf einmal. Nichts, was sie hätte sagen können, hätte erklären können, was geschehen war.

Sie hörte Janet rufen: »Was hast du ihr getan? Was zum Teufel hast du gemacht?«
Kaye rannte durch die Karussellhalle und schwang die Beine über das Sims. Die restlichen Glassplitter ritzten eine dünne Linie auf ihren Schenkel, als sie sich in den sandigen Grasboden fallen ließ.
Der kalte Wind kühlte ihr brennend heißes Gesicht.

Cornelius Stone nahm die neue Kiste mit Computermüll und schleppte sie in sein Zimmer, wo er sie neben die anderen stellte. Jedes Mal, wenn seine Mutter mit einem gesprungenen Monitor, einer klebrigen Tastatur oder einem Haufen Kabel vom Flohmarkt kam, sah sie ihn mit diesem hoffnungsvollen Blick an, für den Corny sie am liebsten geschlagen hätte. Der Unterschied zwischen einem 286er und einem Quantumcomputer ging über ihren Horizont. Ebenso, dass das Zeitalter der Computerfreaks vorbei war, dass es einfach nicht mehr reichte, ein verdammtes Genie zu sein. Ein verdammt reiches Genie musste man sein.
Er ließ die Kiste fallen, trat dreimal fest dagegen, nahm seine Jeansjacke mit dem Teufelskopf auf dem Rücken und sah zu, dass er wegkam.
»Kannst du das gebrauchen, Schatz?« Seine Mutter war in Janets Zimmer und faltete neu erworbene Secondhand-Jeans. Sie hielt ihm ein T-Shirt mit Strasskatzen entgegen. »Was meinst du, gefällt das deiner Schwester?«
»Danke, Ma«, sagte er zähneknirschend. »Ich muss zur Arbeit.« Er ging an ihrem Mann vorbei, der sich nach dem Bierkasten unter dem Küchentisch gebückt hatte. Die wei-

ße Katze watschelte über die Arbeitsplatte. Sie war schon wieder trächtig, ihr Bauch hing herunter und sie verlangte schreiend nach Dosenfutter oder Eiscreme oder überhaupt irgendwas. Knurrend tätschelte er ihr den Kopf, aber bevor sie sich ernsthaft an seiner Hand reiben konnte, öffnete er die Fliegengittertür und ging hinaus ins Gelände.

Die kalte Oktoberluft war ein Genuss nach dem stickigen Zigarettenrauch.

Corny liebte seinen Wagen, einen bunt lackierten Chevy mit blühenden Roststellen und einer Innenverkleidung, die wie welke Haut vom Dach herunterhing. Corny selbst war sich seines Aussehens schmerzlich bewusst. Hakennase. Groß und mager mit miesen Haaren und noch schlechterer Haut. Er sah genauso blöd aus, wie sein Name vermuten ließ. Nur in seinem Wagen nicht. Da drin war er anonym, da kannte ihn keiner.

In den letzten drei Wochen war er täglich früher zur Arbeit gegangen. Als Erstes fuhr er regelmäßig zum Supermarkt und kaufte sich etwas zu essen. Dann kreuzte er durch die Straßen, fuhr alle angesagten Treffpunkte des Ortes ab und stellte sich vor, er hätte eine halbautomatische Waffe im Auto. Dann zählte er, wie viele er wieder erwischt hatte. »Paff«, sagte er leise vor sich hin, wenn ein Junge mit braunen Haaren, breiten Schultern und Baseballkappe hinter Mädchen herlief, die hinter den Fenstern eines roten Vans kicherten. »Piff, paff.«

Heute Abend kaufte er sich einen Becher Kaffee und ein Päckchen Lakritze. Er sah sich ein Taschenbuch mit metallisch eingeprägtem Drachen auf dem Titel an und las die ersten Sätze in der Hoffnung, etwas zu finden, das ihn interessierte. Das Pistolen-Spiel langweilte ihn nämlich allmählich. Schlimmer, er kam sich alberner vor als je zuvor. Nur noch eine Woche bis Halloween, für einen echten Maniac also genau der richtige Zeitpunkt, eine echt krasse Aktion zu planen. Er nahm einen Schluck Kaffee und hätte ihn beinahe wieder ausgespuckt. Zu süß. Gewappnet gegen den Geschmack testete er den Kaffee noch mal. Ekelhaft.

Corny stieg aus dem Wagen und kippte den vollen Kaffeebecher auf den Parkplatz. Das spritzte ausgesprochen befriedigend über den Asphalt. Er ging in den Laden zurück und schenkte sich einen neuen ein. Die Matrone mit dem rotem Kraushaar hinter dem Tresen sah ihn an und zeigte auf seine Jacke: »Was glaubst du, wer du bist, etwa der Teufel?«

»Schön wär's«, sagte Corny und legte einen Dollar fünfundzwanzig auf den Tresen. »Schön wär's.«

2

»Die Steine waren spitz,
Von hinten blies der Wind;
Ging den Highway entlang
Tänzelnd im Katzengang.«

THEODORE ROEHTKE,
»PRAISE TO THE END!«

Der Wind peitschte winzige Regentropfen über Kayes Gesicht. Mit eiskalten Händen strich sie sich über die nassen Haare. Sie zitterte und steckte die Hände unter den Kragen. Mit gesenktem Kopf lief sie weiter und kickte hier und da den Müll weg, der sich an den grasbewachsenen Seitenstreifen der Straße angesammelt hatte. Auf dieser Straßenseite standen keine Häuser, nur ein lang gezogenes nasses Wäldchen zog sich bis zu einer Tankstelle. Die Hälfte des Heimwegs hatte sie schon geschafft.

Autos zischten über den Asphalt. Ein tröstendes Geräusch, wie ein langer Seufzer.

Ich habe dich gesehen. Ich habe gesehen, was du gemacht hast.

Wenn sie daran dachte, bekam sie Bauchschmerzen. Sie fühlte sich schrecklich und war auch zornig. Am liebsten hätte sie etwas kaputtgeschmissen oder jemanden geschlagen.

Wie hatte sie denn überhaupt irgendwas tun können? Wenn sie versuchte eine Zeitschriftenseite dazu zu bringen, sich selbst umzublättern, oder einen Penny dazu, auf der richtigen Seite zu landen, klappte es nie. Wie hatte sie es dann geschafft, dass sich vor Kennys Augen ein Karussellpferd mit gebrochenen Beinen bewegte?
Abgesehen davon konnte sie eigentlich davon ausgehen, dass sie sich Spike und Lutie und Gristle wirklich eingebildet hatte. Sie war jetzt schon zwei Wochen wieder zu Hause und sie waren nicht aufgetaucht, dabei hatte sie so oft gerufen, hatte Milchschalen nach draußen gestellt und war sogar zu dem alten Bach gegangen.
Sie holte tief Luft und zog den Regen in der Nase hoch. Es war wie Weinen.
Die Bäume erschienen ihr wie Bleirahmen ohne die Buntglasfenster, die zwischen die Zweige gehört hätten. Sie konnte sich schon denken, was ihre Großmutter sagen würde, wenn sie nach Alkohol riechend und mit zerrissener Bluse nach Hause kam. Wahre Dinge.
Die gleichen wahren Dinge, die Janet morgen von sich geben würde. Es war unmöglich, zu erklären, was vorgefallen war, ohne etwas zuzugeben. Seine Hand auf ihrem Bein würde Janet wirklich etwas ausmachen. Das und dass sie sie dort hatte liegen lassen, wenn auch nur für einen Augenblick. Sie konnte sich auch vorstellen, was Kenny Janet jetzt erzählte – mit glühenden Wangen, wütend und betrunken –, aber jede noch so weit hergeholte Lüge würde sich besser anhören als die Wahrheit.
Ich habe gesehen, wie es gestiegen ist.

Aber selbst wenn er nicht so weit gehen würde, wer würde ihm denn glauben, dass er ihr absichtlich in den Schritt gefasst, ihre Bluse aber aus Versehen zerrissen hatte? Nein, er hatte ihr bestimmt eine ganz und gar andere Geschichte erzählt. Was sollte Kaye also sagen, wenn Janet sie fragen würde, was passiert war? Janet hielt sie doch jetzt schon für eine Lügnerin.

Sie spürte immer noch Kennys heiße Hand, ihr Schenkel brannte wie Feuer, ganz im Gegensatz zu ihrem übrigen regennassen Körper.

Ein neuer Schauer prasselte auf ihre Wangen und der Wind übertrug einen Schrei, der aus dem Wäldchen zu kommen schien. Es war nur ein kurzer Ton, der aber starke Schmerzen ausdrückte. Kaye blieb sofort stehen. Außer dem Regen war jetzt nichts mehr zu hören.

Dann, gerade als ein Lastwagen vorbeisauste und eine Wolke Sprühregen verspritzte, meinte sie wieder etwas zu hören. Diesmal war es leiser, wie ein Stöhnen. Es kam direkt aus dem Wäldchen.

Kaye rutschte die Böschung hinunter und lief über das kurz geschnittene Gras in den Wald hinein. Sie duckte sich unter den triefenden Ästen einer Ulme hindurch und kämpfte sich durch Farnbüschel und wuchernde Baumheide. Gräser wischten nass über ihre Waden. Der sturmhelle Himmel tauchte die Bäume in silbernes Licht. Wo sie den Blätterteppich aufstöberte, schlug ihr ein erdiger, süßer Modergeruch entgegen.

Da war niemand.

Sie wandte sich zur Straße um, die sie von ihrem Standort

gerade noch sehen konnte. Was machte sie hier? Das Geräusch war wohl von den Häusern hinter dem schmalen Fluss jenseits des Wäldchens herübergeweht worden. Außer ihr wäre niemand so blöd mitten in der Nacht durch triefnasses Gelände zu marschieren.

Kaye ging zur Straße zurück, wobei sie versuchte einen anderen Rückweg über trockenere Stellen zu finden. Kletten klebten an ihren Strümpfen und sie bückte sich, um sie abzuzupfen.

»Bleib, wo du bist.« Die Stimme ließ sie zusammenzucken. Sie hatte einen starken fremden Akzent, obwohl die einzelnen Wörter richtig ausgesprochen waren.

Nicht weit entfernt lag ein Mann ausgestreckt im Schlamm und hielt ein Krummschwert fest in einer Hand. Wie eine Mondsichel leuchtete es in der diesigen Dunkelheit. Lange zinnfarbene Haare klebten ihm am Kopf und umrahmten ein langes kantiges Gesicht. Regenbäche rannen über seinen schwarzen Harnisch. Mit der anderen Hand umklammerte er einen Zweig, der in der Nähe des Herzens aus der Brust ragte. Der Regen dort war pink vor Blut.

»Warst du das, Mädchen?« Sein Atem ging stoßweise.

Kaye wusste nicht genau, was er meinte, schüttelte aber den Kopf. Er sah nicht viel älter aus als sie. Bestimmt nicht alt genug, um »Mädchen« zu ihr zu sagen.

»Du bist also nicht gekommen, um es zu Ende zu bringen?«

Wieder schüttelte sie den Kopf. Er hatte lange Glieder, aufrecht würde man ihn sicher als groß bezeichnen. Größer als die meisten Leute, größer als jeder Elf, den sie je gesehen hatte – dennoch hatte sie nicht den geringsten Zweifel, dass er einer war, schon allein wegen der spitzen Ohren, die durch seine nassen Haare stachen, und weil er so umwerfend schön war, dass ihr die Luft wegblieb.

Er leckte sich die Lippen. Sie waren blutig.

»Schade«, sagte er ruhig.

Sie machte einen Schritt auf ihn zu und er drehte sich in eine gekrümmte Verteidigungsstellung. Trotz der Verletzung reagierte er schnell. Die Haare fielen ihm in die Stirn, aber seine quecksilbern leuchtenden Augen sahen sie unverwandt an.

»Du bist ein Elf, stimmt's?«, sagte sie besänftigend und hielt ihm ihre Hände entgegen, sodass er sie sehen konnte. Lutie-loo hatte ihr Geschichten über die Hofelfen – die Adligen – erzählt, aber sie hatte nie einen von ihnen gesehen. Vielleicht gehörte er dazu.

Er hielt still und sie ging noch ein wenig weiter auf ihn zu. Dabei streckte sie eine Hand aus, als wollte sie ihm gut zureden wie einem interessanten, gefährlichen Tier. »Ich will dir helfen.«

Sein Körper zitterte, so sehr konzentrierte er sich. Er behielt ihr Gesicht stets im Auge; vor lauter Anstrengung, das Schwert zu halten, wurden seine Hände an den Knöcheln weiß.

Sie traute sich nicht weiter auf ihn zuzugehen. »Du wirst verbluten.«

So verharrten sie mehrere Minuten lang, dann drehte er sich im Schlamm auf ein Knie. Er neigte den Kopf, krallte sich im Laub fest und spuckte Blut. Die nassen Wimpern über seinen geschlossenen Augen glitzerten silbern.

Mit zwei Schritten war sie bei ihm und kniete neben ihm. Aus der Nähe erkannte sie, dass sein Harnisch aus steifem Leder war, das so aussehen sollte, als sei es aus Federn.
»Ich kann den Pfeil nicht selbst herausziehen«, sagte er leise. »Sie warten, bis ich noch mehr Blut verloren habe, erst dann stellen sie sich meinem Schwert.«
»Wer, wer wartet darauf?« Wollte er behaupten, dass jemand mit einem Zweig auf ihn geschossen hatte?
»Wenn du mir helfen willst, zieh den Pfeil heraus.« Seine Pupillen verengten sich und er schüttelte den Kopf. »Sonst schieb ihn so weit rein, wie du kannst, und hoffe mit mir, dass er mich tötet.«
»Es wird noch mehr bluten«, sagte Kaye.
Das brachte ihn zum Lachen, es klang bitter. »So oder so, zweifellos.«
Sie sah seine Verzweiflung. Offensichtlich glaubte er, sie gehöre zu denen, die ihn töten wollten. Dennoch rutschte er so weit durch das Laub, bis er sich an den Stamm einer Eiche lehnen konnte. Er war gewappnet und wartete ab, was sie tun würde.
Sie dachte an die Elfen, die sie als Kind gekannt hatte – schelmische, flinke Dinger. Von Kriegen, Pfeilen oder Feinden war keine Rede gewesen, geschweige denn von berechnender Hinterhältigkeit. Der Mann zu ihren Füßen machte ihr klar, was für eine falsche Vorstellung sie von den Elfen gehabt hatte.
Ihre Finger zuckten vor der grässlichen Wunde in seiner Brust zurück. »Ich kann das nicht.«
Noch immer sanft, sagte er: »Wie wirst du genannt?«

»Kaye«, sagte sie. Einen Moment lang war alles still. Sie bemerkte, dass die Kälte aus dem Wort eine aufsteigende Wolke gemacht hatte.

»Ich heiße Roiben.« Elfen gaben ihre Namen nur ungern preis, und das galt auch für Teile ihres Namens. Warum, wusste sie nicht. Er wollte ihr wohl zeigen, dass er ihr vertraute, wollte sich vielleicht auch für seine Verdächtigungen entschuldigen. »Gib mir die Hand.«

Sie ließ es zu, dass er ihre Hand nahm und sie an den Ast führte. Seine Hand schloss sich über ihrer, beide waren sie nass und eisig, seine Finger unnatürlich lang und rau von Schwielen. »Halt ihn einfach fest und lass mich ziehen«, sagte er. »Du brauchst nicht mal hinzusehen. Solange ich ihn nicht berühre, schaffe ich es vielleicht, ihn herauszuziehen.«

Das beschämte sie. Sie hatte ihm ihre Hilfe angeboten, er hatte furchtbare Schmerzen. Das war nicht der richtige Augenblick für Zimperlichkeiten. »Ich mache das.«

Roiben ließ ihre Hand los und sie zog mit einem kräftigen Ruck. Roiben verzog zwar vor Schmerz das Gesicht, aber der Ast war nur wenig herausgekommen.

Waren wirklich noch weitere Elfen in den Bäumen, die nur darauf warteten, dass er immer schwächer wurde? Wenn es tatsächlich so sein sollte, wäre jetzt ein guter Augenblick, herunterzukommen und anzugreifen.

»Noch mal, Kaye.«

Diesmal achtete sie auf den Winkel seines Harnischs und stellte sich anders hin, damit der Ast nicht an einer Lederplatte hängen blieb. Sie stellte ein Knie auf, bereitete sich innerlich vor, stand auf und zog so fest sie konnte nach oben.

Roiben schrie auf, als der Ast aus seiner Brust glitt. Die Eisenspitze war schwarz vor Blut.

Er berührte die Wunde mit den Fingern und hielt sie dann hoch, blutverklebt wie sie waren, als könne er es plötzlich nicht mehr fassen, dass tatsächlich jemand auf ihn geschossen hatte.

»Sehr tapfer«, sagte er und berührte ihr Bein mit einem nassen Finger.

Kaye warf den Ast fort. Sie zitterte und fast war es ihr, als schmecke sie auch Blut auf der Zunge. »Wir müssen die Blutung stoppen. Wie bekommen wir die Rüstung runter?«

Offensichtlich verstand er sie nicht sofort, denn er sah sie einfach nur an, beinahe ungläubig. Dann beugte er sich stöhnend vornüber. »Riemen«, flüsterte er.

Sie ging zu ihm, setzte sich hinter ihn und tastete den glatten Harnisch nach Schnallen ab.

Ein plötzlicher Windstoß schüttelte die Äste über ihnen, aus denen ein weiterer Schauer schwerer Tropfen auf sie niederregnete, und Kaye fragte sich erneut, ob Elfen in den Bäumen hockten. Die Dringlichkeit machte sie ungeschickt. Falls die Elfen noch Angst vor Roiben hatten, würden sie sich nicht mehr lange fürchten müssen. Sie ging jede Wette ein, dass er nur noch wenige Minuten durchhielt und jeden Moment in Ohnmacht fiel.

Sie musste die Brustplatte des Harnischs nicht nur an den Schultern und den Seiten von der Rückenplatte lösen. Zusätzlich war sie über Riemen mit den Schulter- und Beinplatten verbunden. Endlich gelang es ihr, seine Brust zu befreien. Die nackte Haut war blutbefleckt.

Er legte den Kopf zurück und schloss die Augen.

»Das kann der Regen abwaschen.«

Sie zog ihre Jacke aus und hängte sie an einen Ast. Als sie ihre Bluse auszog, fiel ihr wieder ein, dass sie bereits zerrissen war. Sie riss sie in lange Streifen, die sie um Roibens Brust und Arme wickeln wollte. Als sie ihn berührte, öffnete er die Augen. Sein Blick verengte sich, dann riss er die Augen auf. Sie hatten eine faszinierende Farbe.

Entsetzt richtete er sich auf. »Ich habe gar nicht gehört, wie du den Stoff zerrissen hast.«

»Du musst versuchen wach zu bleiben.« Kayes Wangen glühten so sehr, dass sich der kalte Regen richtig gut anfühlte. »Kannst du irgendwo hingehen?«

Er schüttelte den Kopf. Nach kurzem Suchen fand er ein Blatt, das er an der Unterseite der ledernen Brustplatte abwischte. Nun glänzte es hellrot. »Wirf dieses Blatt in den Fluss. Ich – darin ist ein Kelpie – ich weiß zwar nicht, ob ich es bei diesem Wetter in den Griff bekomme, aber es ist zumindest etwas.«

Kaye nickte hastig, obwohl sie keine Ahnung hatte, was ein Kelpie war, und wollte das Blatt nehmen.

Er ließ es nicht sofort los. »Ich bin in deiner Schuld. Es gefällt mir nicht, dass ich nicht weiß, wie ich dir deine Hilfe vergelten kann.«

»Ich habe Fragen . . .«

Er gab ihr das Blatt. »Ich werde dir drei beantworten, so

ausführlich und wahrheitsgetreu, wie es in meiner Macht steht.«

Sie nickte. Wie im Märchen. Einverstanden; nicht dass sie überhaupt daran gedacht hatte, etwas von ihm zu verlangen.

»Wenn du das Blatt ins Wasser wirfst, sag: ›Roiben vom Unseligen Hof bittet dich um Hilfe.‹«

»Zu wem?«

»Sprich es einfach aus.«

Sie nickte noch mal und rannte in Richtung Wasser. Das steile Flussufer war über und über mit Pflanzen und Glasscherben bedeckt. Freigeschwemmt von dem Schlamm, der sie normalerweise bedeckte, lagen die Wurzeln wie umgedrehte Körbe am Ufer oder krochen über den Boden wie die Arme nur halb begrabener Leichen. Kaye verbot sich weiter darüber nachzudenken.

Sie kniete nieder und legte das Blatt mit der blutbeschmierten Seite nach unten aufs Wasser. Dort trieb es und drehte sich leicht. War es zu nah am Ufer? Sie versuchte es weiter flusseinwärts zu pusten.

»Roiben vom Unseligen Hof bittet dich um Hilfe«, sagte sie in der Hoffnung, alles richtig zu machen. Nichts geschah. Sie sagte es noch mal, lauter, kam sich blöd vor und fürchtete sich. »Roiben vom Unseligen Hof braucht deine Hilfe.«

Da tauchte ein Frosch auf und schwamm in ihre Richtung. Hatte das irgendetwas mit diesem Kelpie zu tun? Welche Hilfe konnte man schon von einem seichten, verseuchten Fluss erwarten?

Aber dann sah sie, dass sie sich geirrt hatte. Was sie für Froschaugen gehalten hatte, waren in Wirklichkeit hohle bebende Löcher. *Irgendetwas* schwamm durchs Wasser auf sie zu. Sie wollte fortlaufen, aber Faszination gepaart mit Pflichtgefühl ließen sie wie angewurzelt stehen bleiben. Die hohlen Löcher wurden zu geblähten Nüstern auf dem Maul eines schwarzen Pferdes, das den schwarzen Fluten entstieg, als wäre es aus ihnen geschaffen.

Moos und Matsch trieften von den Flanken, als das Ding den Kopf wandte und Kaye mit leuchtenden weißen Augen ansah.

Sie konnte sich nicht rühren. Wie viele Minuten vergingen, in denen sie diese befleckten Flanken ansah, glatt wie Seehundfell? Wie lange versank sie in der unglaublichen Glut dieser Augen? Das Wesen senkte den Kopf.

Kaye ging einen halben Schritt zurück und versuchte zu sprechen. Sie brachte kein Wort heraus.

Das Pferdewesen schnüffelte sich näher an sie heran, seine Hufe versanken im Matsch und zertraten Zweige. Es roch nach Brackwasser. Vorsichtig ging sie noch einen Schritt zurück und stolperte.

Sie musste etwas sagen. »Hier entlang«, flüsterte sie schließlich und zeigte durch die Bäume. »Er liegt dort drüben.«

Das Pferd lief in die angezeigte Richtung, jetzt in schnellem Trab. Kaye konnte nur noch hinterherlaufen. Sie zitterte beinahe vor Erleichterung. Als sie auf die Lichtung kam, saß Roiben bereits rittlings auf dem Rücken der Kreatur. Seine Brustplatte hatte er nachlässig mit Riemen befestigt.

Er bemerkte sie, als sie unter dem Blätterdach hervorkam,

und lächelte. Im Mondlicht sahen seine Augen dunkler aus. »Wenn ich du wäre, würde ich in Zukunft Abstand vom Elfenvolk halten. Wir sind launische Leute, unser Respekt vor Sterblichen ist gering.«
Sie sah ihn weiter an. Auf seiner Rüstung waren Kratzer, an die sie sich nicht erinnern konnte. War er etwa angegriffen worden? Er hatte eben kaum noch den Kopf heben können, unmöglich, dass er mit jemandem gekämpft haben sollte. »Ist was passiert?«, fragte sie.
Sein Lächeln vertiefte sich und wischte die Mattigkeit von seinem Gesicht. Seine Augen funkelten. »Verschwende deine Fragen nicht.« Dann lief das Pferd los, es bewegte sich wie kein lebendes Wesen und setzte mit unirdischer Geschwindigkeit und Anmut durch die Bäume davon. Mit den Hufen wirbelte es Blätter auf, seine Flanken leuchteten noch einmal im Mondlicht.
Und schon war sie allein im Wald. Allein, zitternd und doch stolz auf sich. Sie wollte gerade ihre Jacke holen, als ihr etwas Glitzerndes auffiel. Der Pfeil.
Sie kniete nieder und nahm den Ast mit der Eisenspitze auf. Mit dem Finger strich sie über das viel zu warme Metall. Ein Schauder durchzuckte sie und sie warf ihn zurück in den Matsch. Die Wälder erschienen ihr auf einmal bedrohlich und sie ging so schnell sie konnte zur Straße zurück. Sie hatte das Gefühl, wenn sie einmal zu rennen begann, würde sie nie wieder aufhören können.

Kaye drückte die Füße fest in die schmutzige Böschung, die den Rasen ihrer Großmutter begrenzte, und zog sich

hoch. Sie schlich an der überquellenden Mülltonne, dem kaputten Ford Pinto und den verdrahteten, rostigen Kaffeebüchsen vorbei, die den Kräutergarten einzäunten.
Im Haus brannten alle Lichter und beleuchteten die schmuddeligen Gardinen. Aus dem Wohnzimmer, wo der Fernseher lief, drang blaues Flimmern.
Sie öffnete die Hintertür und ging in die Küche. In der Spüle türmten sich Töpfe und Pfannen mit eingetrockneten Essensresten, die sie eigentlich hätte spülen sollen. Stattdessen nahm sie ein Schüsselchen aus dem Schrank, goss Milch hinein und legte ein Stück trockenes Weißbrot darauf. Das muss reichen, dachte sie, öffnete vorsichtig die Tür und stellte es auf die Stufe. Schließlich würden wahrscheinlich doch wieder nur die Nachbarskatzen kommen.
Kaye schlich ins Wohnzimmer.
Auf der anderen Seite der Treppe saß Ellen vor dem Fernseher und aß einen der winzigen Snickers, die Großmama für Halloween gekauft hatte. »Lass mich gefälligst in Ruhe«, brummte sie in den Drink vor ihr auf dem Tisch.
»Du glaubst, ich hätte keine Ahnung. Du hältst dich wohl für superschlau, was?« Kayes Großmutter sprach in diesem zuckersüßen Ton, der Kaye so ankotzte. »Wenn du wirklich so superschlau bist, wieso bist du dann ganz allein? Wieso benutzen dich dann die Männer nur und verlassen dich anschließend? Wieso ist deine alte dumme Mutter die Einzige, die dich aufnimmt?«
»Das hast du schon eine verdammte Million Mal gesagt.«
»Und du wirst es dir weiter anhören müssen«, sagte Kayes Großmutter. »Wo ist denn deine Tochter heute Abend? Es

ist fast ein Uhr morgens! Ist dir das auch schon egal, dass sie sich da draußen irgendwo herumtreibt und sich richtig Mühe gibt, genauso zu enden wie –«

»Lass meine Tochter in Ruhe!« Kayes Mutter wurde erstaunlich heftig. »Sie ist in Ordnung. Erspar ihr dein Gemecker.«

Kaye senkte den Kopf und sah zu, dass sie so leise und so schnell wie möglich die Treppe hochkam.

Aus dem Flurspiegel sah sie ihre eigene Erscheinung an, die Wimperntusche und der Glitzerlidschatten waren unter beiden Augen verschmiert und wie von Tränen in getrocknete Streifen gezogen. Der Lippenstift war stumpf und bis auf die Wange verwischt.

Kaye wandte sich um und schaute verstohlen ins Wohnzimmer. Ellen fing den Blick auf, rollte mit den Augen und scheuchte sie mit einer Handbewegung die Treppe hinauf.

»Solange sie die Füße unter meinen Tisch stellt, muss sie sich an die gleichen Regeln halten wie du früher. Ist mir egal, dass sie die letzten sechs Jahre in rattenverseuchten Wohnungen mit irgendwelchen Ganoven verbracht hat, die du unbedingt aufreißen musstest. Von jetzt an wird das Mädchen anständig erzogen.«

Kaye schlich weiter die Treppe hoch in ihr Zimmer. Sie schloss leise die Tür.

Die kleine weiße Kommode und das zu kurze Bett schienen jemand anderem zu gehören. Ihre beiden Ratten, Isaac und Armageddon, raschelten in dem Aquarium oben auf der alten Spielzeugkiste.

Kaye kletterte in das kleine Bett, wickelte sich in die Decke und zog die Beine an, bis es halbwegs passte. Nässe, Dreck und alles andere waren ihr im Moment egal.

Kaye wusste, was Besessenheit ist – musste sie doch seit Jahren zusehen, wie sehr sich ihre Mutter nach Ruhm verzehrte oder nach Männern, die sie wie den letzten Dreck behandelten. Sie wollte niemanden begehren, den sie nie kriegen würde. Aber in dieser Nacht erlaubte sie sich an ihn zu denken, an die feierliche formelle Art, in der er mit ihr gesprochen hatte, ganz anders als alle anderen. Sie gestattete sich von seinen leuchtenden Augen zu träumen, von seinem merkwürdigen Lächeln.

Kaye glitt in den Schlaf wie unter Wasser.

3

»Die Zigarette ist der vollendete Ausdruck eines vollendeten Genusses. Sie ist exquisit und lässt uns unbefriedigt. Was kann man noch mehr verlangen?«

OSCAR WILDE,
»DAS BILDNIS DES DORIAN GRAY«

Kaye stand in einem Bach und hielt ihre Barbiepuppe an den blonden Haaren fest. Das kalte Wasser kitzelte sie an den Zehen, ihr Rücken brannte in der Sonne und sie konnte Grün riechen und die saftige Sommererde. Sie war neun. Im Traum stimmte alles, obwohl sie wusste, dass es nicht ganz so gewesen war. Die warme grüne Erinnerung war aus der Zeit, bevor sie neun gewesen war. Aber in diesem zusammengebastelten Traum saß Spike auf einem Moosteppich am Ufer. Er nähte für die Puppe ein Kleid und eine Handtasche aus Blättern. Lutie saß rittlings auf Ken, Barbies Puppenmann, und ihre schillernden Schmetterlingsflügel flatterten sanft, während sie anzügliche Lieder sang. Die neunjährige Kaye wurde rot und kicherte.

»Lässt der sich biegen und besiegen?
Ich lass ihn liegen, geh lieber fliegen.

Auf diese glatte Plastikbrust
Hab ich heute keine Lust.
Puppenjungs sollen uns verwöhnen,
Auch Puppenmädchen wollen stöhnen.«

Gristle stand schweigend neben Kaye. Sie wandte sich ihm lachend zu, er setzte zum Sprechen an, aber aus seinem Mund fiel nur ein weißer Stein. Spritzend schlug er auf dem Wasser auf und sank glänzend auf den Grund zu all den anderen Steinen.

»Plastikjungs sind keine echten Kerle,
Aber Mädchen haben eine schöne Perle.«

Ein Krächzen ließ Kaye aufblicken. Eine Krähe hatte sich auf dem Baum niedergelassen. Ihre schwarzen Federn schimmerten bunt wie Benzin in einer Pfütze. Als die Krähe den Kopf neigte, um Kaye anzusehen, waren ihre Augen bleich wie der Stein.

»Glaubst du echt, er ist der King?
Leider sucht er noch sein Ding!«

Die Krähe verlagerte ihr Gewicht auf dem Ast und ließ sich dann in die Luft fallen. Einen Augenblick später spürte Kaye, wie die Krähe ihre Krallen in ihr Handgelenk schlug und mit dem Schnabel in ihre Hand pickte. Die Puppe wurde in die Luft entführt.
Kaye schrie in schriller kindlicher Hysterie und suchte et-

was, das sie nach dem Vogel werfen konnte. Ihre Hand schloss sich um einen Stein und sie schleuderte ihn hoch, ohne nachzudenken.
Die Krähe fiel kreiselnd in die Bäume. Kaye rannte hin. Der Wald um sie herum verschwamm, plötzlich schaute sie auf die schwarze Gestalt hinunter. Sie rührte sich nicht, nur die Federn raschelten im Wind. Ihre Puppe lag auch da, ein wenig abseits des toten Vogels. Zwischen ihnen lag ein glatter weißer Stein. Der Stein, den Gristle gesprochen hatte.
Dann wachte sie auf.

Kayes Mutter stand in der Tür zu ihrem Zimmer und hielt ihr ein schnurloses Telefon hin. »Ich habe von unten gerufen und gerufen. Janet ist am Telefon.«
»Was?« Kaye blinzelte durch die vertrocknete Make-up-Schicht. Sie streckte die Beine aus, sodass ihre Füße sich gegen das schmale Fußende des Bettes stemmten.
Die Sonne war wieder lebendig und glühte vor Wut über die nächtliche Trickserei von Meister Mond. Die zitronenfarbene Helligkeit drohte ihr mit Kopfschmerzen.
»Wilde Nacht?« Kayes Mutter lehnte am Türrahmen und rauchte.
Kaye rieb sich die Augen. Danach waren ihre Knöchel schwarz.
»Janet ist am Telefon.« Kayes Mutter ärgerte sich offensichtlich, dass sie den Satz wiederholen musste. Aber es lag auch eine Spur von Ironie in ihren Worten. »Soll ich ihr ausrichten, dass du zurückrufst?«

Kaye schüttelte den Kopf und griff zum Telefon.
»Hallo?« Ihre Stimme war rau.
Ellen ging und Kaye hörte, wie sie die Treppe runterpolterte.
»Was ist gestern Abend passiert?« Kaye brauchte ein wenig, bis sie Janets Frage verstand.
»Oh. Nichts. Kenny wollte mich auffangen und dabei ist meine Bluse zerrissen.«
»Kaye! Wieso bist du dann auf und davon? Ich dachte, er hätte dir was Schreckliches angetan! Die ganze Nacht haben wir uns deswegen gestritten.«
»Ich dachte, du glaubst mir nicht«, sagte Kaye rundheraus. Das klang offensichtlich ehrlich genug für einen solchen Vorfall unter besten Freundinnen. Janets Tonfall wurde jedenfalls deutlich sanfter. »Also wirklich, Kaye. Natürlich glaube ich dir.«
Kaye kam mit der unerwarteten Begnadigung nicht auf Anhieb klar. »Sonst alles in Ordnung bei dir?«, fragte Janet.
»Ich habe gestern Nacht auf dem Heimweg jemanden kennen gelernt.« Kaye setzte sich im Bett auf und stellte fest, dass sie mit BH, Rock und Strümpfen ins Bett gegangen war. Kein Wunder, dass sie sich nicht wohl fühlte.
»Wirklich?« Janet klang erstaunt und beinahe ungläubig. »Einen Jungen?«
»Yeah«, sagte Kaye. Sie wollte es laut aussprechen, um es festzuhalten. Ihre Erinnerung an Roiben schwand in der Sonne dahin, wie ein Traum verblasst, wenn man ihn nicht aufschreibt. »Er hat graue Augen und lange Haare.«

»Wie ein Metalhead?«

»Länger«, sagte Kaye. Sie wickelte sich fester in die rosa Tagesdecke. Sie war ein bisschen zu klein, wie alles in diesem Zimmer.

»Merkwürdig. Wie heißt er denn?«

»Robin«, sagte Kaye mit einem feinen Lächeln. Gut, dass Janet sie jetzt nicht sehen konnte. Bestimmt sah sie geradezu idiotisch glücklich aus.

»Wie Robin Hood? Meinst du das ernst? Hat er dich angemacht?«

»Wir haben uns nur unterhalten.«

Janet seufzte. »Du hast niemanden getroffen, stimmt's? Du hast dir das bloß ausgedacht.«

»Echt, es gibt ihn«, sagte Kaye. Er *war* echt, die echteste Person, die sie seit langem getroffen hatte. Megaecht.

»Die Party hat's sowieso nicht gebracht«, sagte Janet. »Ein Mädchen war da, das hätte ich am liebsten in den Arsch getreten. Dough hat ständig auf mich eingeredet, ich sollte mich beruhigen, aber ich war zu fertig und zu wütend. Egal, komm rüber, dann erzähle ich dir den Rest.«

»Ja, mache ich. Muss mich aber erst mal anziehen.«

»Okay, bis gleich.«

Kaye warf das Telefon auf die Decke. Sie sah sich um. Ihre Sachen lagen in kleinen Haufen auf dem Boden, das meiste war noch in den schwarzen Müllsäcken verstaut. Die Einrichtung war die gleiche, wie als sie vier gewesen war: weiße Kindermöbel, rosa Wände und eine vorwurfsvolle Puppenarmee mit Glasaugen auf den Bücherregalen.

Ich muss Gristle und Spike finden. Früher hatte sie sie nicht rufen müssen. Sie waren immer bei ihr gewesen, wenn sie sie gebraucht hatte. Aber das war damals gewesen, in ihrer Kindheit, als sie noch an alles geglaubt hatte, bevor ihre Beine über das Ende des Bettes herausragten und sie sich bücken musste, wenn sie in den Spiegel sehen wollte. Kaye seufzte. Rein wie ein Einhorn war sie wohl nicht mehr. Vielleicht spielte so was eine Rolle.

Kaye zog sich aus und warf sich in ausgeblichene Jeans und ein blaues G-Force-T-Shirt. Im Badezimmer spritzte sie sich kaltes Wasser ins Gesicht und wusch das Make-up der letzten Nacht ab. Dann betrachtete sie sich forschend. Sie starrte ihre Schlitzaugen und die schmalen Wangen an. Zum ersten Mal stellte sie sich die Frage, von wem sie die wirklich hatte. Sie hatte Roiben im Mondlicht nicht gut sehen können, aber wegen seiner Schlitzaugen hätte man auch ihn für einen Asiaten halten können, hätte er keine Hakennase gehabt.

Sie seufzte noch mal und zog ihre Haare zu zotteligen Zöpfen. Hey, wenn sie wieder aussah wie zehn, vielleicht kamen ja dann kinderliebe Elfen und redeten mit ihr.

Ihre Leopardenjacke war zu nass. Kaye untersuchte die Taschen von Lloyds Lederjacke. Quittungen, Kleingeld. Wie angestochen zog Kaye die Hand aus der Tasche.

In ihrem Finger steckte ein schmaler brauner Dorn. Klar, dass Lloyd irgendwas Fieses in der Tasche hatte. Sie zog ihn heraus und saugte an dem kleinen roten Punkt an ihrem Finger. Dann warf sie den Dorn auf die Kommode und ging nach unten.

Kayes Mutter saß am Küchentisch und blätterte in einer Il-

lustrierten. Eine Ginflasche stand offen auf dem Tisch und auf einem Teller daneben war eine Zigarette fast zu Ende gebrannt.
»Gehst du zu Janet?«, fragte Ellen.
»Ja.«
»Willst du vorher einen Schluck Kaffee trinken, Liebes? Besonders wach siehst du nicht gerade aus.«
»Geht schon. Großmama flippt aus, wenn sie den Teller sieht.« Von dem Gin ganz zu schweigen.
Kayes Mutter lehnte sich auf dem Holzstuhl zurück. »Fang bloß nicht an deine Mutter zu bemuttern.« Erst jetzt hörte Kaye das leichte Lallen in der Stimme ihrer Mutter.
»Was von Arschloch-Lloyd gehört?«
Ellen schüttelte den Kopf. »Nee. Ich habe ein paar alte Freunde von Sweet Pussy angerufen, aber sie sind alle ehrenwert geworden.«
Kaye lachte. Sie dachte daran, wie Liz in ihrem tollen dunkelroten Lack-Catsuit auf der Bühne herumgehüpft war wie eine Glamrock-Julie-Newmar. Schwer vorstellbar, wie ihr das Ehrenwerte stand. »Wollt ihr euch zusammentun?«
»Vielleicht«, meinte Ellen leichthin. »Sue und Liz haben einen kleinen CD-Laden in Red Bank.«
»Ist doch toll.«
Ellen seufzte. »Wenn du meinst. Ich frage mich nur, wann die zum letzten Mal ein Scheiß-Instrument in der Hand hatten.«
Kaye schüttelte den Kopf. Hatte sie wirklich geglaubt, dass ihre Mutter die Hoffnung aufgeben würde, in die Stadt zu-

rückzugehen? Abwarten. »Sag Großmama, dass es nicht spät wird.«

»Komm nach Hause, wann du willst. Ich bin deine Mutter.«

»Danke, Mom.« Kaye ging hinaus.

Der Wind wehte Blätterwirbel in strahlenden Lippenstiftfarben über den Rasen. Kaye sog die kalte Luft tief ein.

»Lutie-loo«, flüsterte sie in den Wind. »Spike, Gristle – kommt doch bitte zurück. Ich brauche euch.«

Ich gehe jetzt einfach rüber zu Janet. Ich gehe rüber zu Janet, wie gesagt, und lege mir dann einen Plan zurecht.

Janet wohnte auf einem Wohnwagenplatz an der Hauptstraße hinter der Tankstelle. Dort arbeitete ihr Bruder, seit Kaye nach Philadelphia gezogen war. Sie winkte ihm zu, als sie über das Gelände ging.

Corny lächelte widerwillig. Sein brauner Wuschelkopf war vorne zu kurz und hinten zu lang. Er trug eine Jeansjacke und schmutzige Jeans. Seine Haut war rot und fleckig. Er sah genauso aus, wie sie ihn in Erinnerung hatte, nur größer.

Kaye ging an dem kleinen Büro und den Toiletten der Tankstelle vorbei und schlug sich durch die wild wuchernden Sträucher zum Wohnwagenplatz durch. Die Wohnwagen waren nur dem Namen nach Fahrzeuge. Keiner hatte Räder, dafür hatten die meisten Zäune und Veranden, die mit Stahl- und Zementkonstruktionen befestigt waren. Sie ging über einen Kiesweg zu Janets Zuhause.

Ein Mädchen in Kayes Alter hängte Wäsche auf; es hatte braune Haare. Hinter ihr lungerte ein dicker, fetter Mann in einer Hängematte; sein Fleisch quoll durch die gekreuzten Schnüre. Drei Dackel bellten wie verrückt, während sie an einem Kettenzaun entlangjagten.

Kaye erreichte die Fliegengittertür und klopfte laut.

»Komm rein«, rief Janet. Kaye konnte durch das Fliegengitter ihre Füße sehen, die über das schmutzige Sofa hingen. Ihre Fußnägel waren dunkel lackiert und Janet hatte Toilettenpapier zwischen die Zehen gestopft, damit sie sich nicht berührten.

Die Tür quietschte entsetzlich, als sie sie öffnete, die Scharniere waren völlig verrostet. Das größte Zimmer des Wohnwagens lag im Dunkeln, die Fenster waren verhängt. Drei Lichtquellen spendeten Helligkeit: die Tür, die trübe Küchenlampe und der Fernseher. Auf dem Bildschirm schrien sich zwei Frauen vor Studiopublikum an. Eine der beiden hatte Augenbrauen aus Strass.

»Willst du dir auch die Nägel machen?«, fragte Janet. »Ich habe ein cooles Blau da.«

Kaye schüttelte den Kopf, obwohl Janet das wahrscheinlich gar nicht sehen konnte. »Kann ich mir einen Kaffee machen?«

»Klar, mach mir einen mit.« Janet dehnte sich, krümmte den Rücken und streckte ihre glänzenden kastanienbraunen Zehen. Sie trug ein ärmelloses Jungenunterhemd und einen Baumwollslip mit Gänseblümchen drauf. »Ich habe einen totalen Kater.«

»Wo sind denn die anderen alle?«

»Ma ist mit dem Mann auf dem Flohmarkt. Corny kommt jede Minute von der Arbeit. Du ahnst nicht, was sie mir letztes Mal mitgebracht hat – ein kurzärmeliges T-Shirt mit Strasskatzen drauf! Ich meine – wo findet die das alles!«

Kaye lachte. Janets Mutter sammelte allen möglichen Kitsch, vor allem alles, was entfernt mit Star-Trek zu tun hatte. An den Wänden des Wohnwagens hingen Wandteller und gerahmte Fankunst. In Vitrinen lagen Phaser-Pistolen und Tricorder, während das Sofa überquoll vor Kissen, bestickt mit Mr Spock. »Ich habe Corny gesehen, als ich hier rübergegangen bin. Ich glaube, der hat mich gar nicht erkannt.«

»So ein Arschloch. Sitzt den ganzen Tag in seinem Zimmer und wichst. Wahrscheinlich hat er schon Sehstörungen.«

Kaye holte zwei Becher vom Regal und ließ Leitungswasser hineinlaufen. »Vielleicht sehe ich einfach anders aus als früher.«

Kaye tippte auf das Tastenfeld der Mikrowelle und stellte die Becher hinein. Sie drehten sich auf dem fettigen Drehteller aus Glas.

»Kann sein.« Janet zappte durch die Kanäle und blieb bei einem Musiksender hängen.

»Also, was ist letzte Nacht passiert?« Kaye wusste, dass es Janet gefiel, wenn sie nachfragte.

Richtig: Janet setzte sich auf und schaltete den Ton leiser. »Also, als wir bei Fatima ankamen, spielte Aimee irgendwie mit Kennys Haaren, streichelte sie immer wieder und sagte, wie weich die wären. Bestimmt wusste sie, dass wir uns gestritten hatten.«

»Tut mir Leid.«

»Schon okay.« Janet drückte ein Kissen mit dem Spruch

»Ein langes Leben mit viel Geld« an ihre Brust. »Egal, ich bin zu ihr hin und habe meinerseits über ihre Haare gestreichelt und gesagt, wie schön es sich anfühlte, erste Sahne, und Marcus fing an zu lachen. Du weißt schon, seine seltsame grollende Buddha-Bauch-Lache. So verdammt laut.«

»Und was hat Kenny getan?« Kaye überlegte, ob Kenny alle Mädchen anmachte, die er traf. Inzwischen war es ihr peinlich, dass sie ihm erlaubt hatte sie anzufassen – war es nicht irgendwie krank, dass sie so auf die beliebten Jungen abfuhr? Er hatte erstaunlich sanfte Hände.

»Nichts. Ihm gefällt es, wenn sich die Mädchen um ihn streiten.« Janet schüttelte den Kopf, als wäre er ein unverbesserliches Kind. »Also hat sie gesagt, ich wär psycho und lesbisch, hat nichts zugegeben und nur gemeint, sie hätten sich doch bloß unterhalten.«

Kaye nickte. »Hast du sie geschlagen?« Die Mikrowelle klingelte und Kaye löffelte Instantkaffee in die beiden Becher. Obenauf bildete sich dünner weißer Schaum.

Janet nickte. »Ich wollte es ihr richtig geben, aber Dough hat mich festgehalten und Kenny hat sie festgehalten und Fatima kam rüber und sagte, das sei doch alles ein einziges Missverständnis und überhaupt, obwohl sie gar nicht wusste, worum es ging. Sie wollte einfach nicht, dass wir ihre Bude zerlegen.«

Als sie in den Becher schaute, sah sie wieder das dunkle ruhige Wasser des Flusses vor sich. Plötzlich schlug ihr Herz dreimal so schnell, völlig ohne Grund. Roiben hatte gesagt, sie würden sich wieder sehen.

Vor Freude tat ihr die Brust weh.
»Hörst du mir überhaupt zu?«, fragte Janet.
»Hier, dein Kaffee«, sagte Kaye und rührte Zucker und Sahneweiß in Janets Becher. »Ich höre dir zu.«
»Nun, hast du schon mal einen unbeschnittenen Schwanz gesehen?«
Kaye schüttelte den Kopf.
»Ich auch nicht. Also habe ich gesagt, klar, wir geben dir jeder einen Dollar, wenn du ihn herzeigst. Und er hat gesagt: Das bringt doch bloß zehn Eier.«
Kaye lächelte und nickte, während Janet erzählte, aber vor ihrem inneren Auge sah sie immer noch Roiben, triefend vor Regen und Blut, mit einem knorrigen Pfeil direkt neben dem Herzen.
Die Scharniere protestierten wieder quietschend, als Corny die Tür öffnete und hereinstapfte. Er warf ihnen beiden einen wütenden Blick zu, marschierte zum Kühlschrank, öffnete ihn und zog sich Mineralwasser direkt aus der Flasche rein.
»Ist was?«, fragte Janet.
Eine weiße Katze mit dickem Babybauch war hereingeschlichen, als Corny die Tür geöffnet hatte. Kaye tätschelte den kleinen Kopf.
»Der Scheißkerl ist heute Morgen nicht aufgetaucht. Ich habe seit Mitternacht gearbeitet.« Kaye sah, dass der aufgebügelte Flicken hinten auf seiner Jeansjacke einen Teufel darstellte. In der Hosentasche zeichnete sich seine Brieftasche ab, die mit einer Kette vorne an einer Gürtelschlaufe befestigt war.

»Mom stinkt das, wenn du aus der Flasche trinkst«, sagte Janet.
»Na und?« Corny nahm extra noch einen Schluck. »Willst du mich verpetzen? Soll ich ihr vielleicht auch von deinen römischen Kotzorgien erzählen, du blöde Bulimistin?«
»Halt 's Maul, du Wichser!« Janet nahm das Telefon aus dem Aufladegerät in der Küche, haute wütend auf die Zahlen und ging in ihr Zimmer.
Corny sah zu Kaye rüber. Sie schaute weg und zog die schwere, weiche Katze auf ihren Schoß. Sie schnurrte wie ein Nest voll Hummeln.
»Bist du nicht das Mädchen, das an Elfen glaubt?«, fragte Corny.
Kaye zuckte die Achseln. »Ich heiße Kaye.«
»Willst du einen Schluck Sprudel? Ich habe nicht reingespuckt.« Er wischte sich mit dem Ärmel den Mund ab.
Kaye schüttelte den Kopf. Etwas prallte von ihrem Knie ab, wie ein kleiner Stein.
Die Fenster waren geschlossen. Kaye sah zur Decke, aber da oben hingen keine kleinen Sachen an der Lampe, die hätten runterfallen können. Vielleicht von einem Regal? Als sie den Boden neben ihren Füßen absuchte, sah sie nur eine Eichel. Zu dieser Jahreszeit lagen sie draußen überall herum, sie fielen von den Bäumen auf den Rasen. Sie nahm die Eichel in die Hand und sah wieder zum Fenster herüber. Die Eichel war leicht. Unter dem Deckel lugte ein weißer Streifen hervor.
Corny feuchtete ein Handtuch an und wischte sich das Gesicht ab. Sie glaubte nicht, dass er ihr die Eichel hingewor-

fen hatte. Sie hatte mit ihm geredet, als sie davon getroffen wurde.
Kaye zog vorsichtig den Deckel der Eichel ab. Die Schale war ausgehöhlt und in dem Hohlraum ringelte sich ein Stück Papier. Kaye holte es behutsam heraus und las die mit rosaroter Tinte geschriebene Botschaft:

»Sprich nicht mit dem schwarzen Ritter. Verrate niemandem deinen Namen. Überall lauern Gefahren. Gristle ist fort. Wir brauchen deine Hilfe. Treffen dich morgen Nacht. LL&S«

Was sollte das heißen, Gristle ist fort? Wohin denn? Und der schwarze Ritter? Sollte das etwa Roiben sein? Sie hatte mit keinem anderen gesprochen, auf den diese Beschreibung passte. Was sollte das heißen, dass überall Gefahren lauerten?
»Kaye«, sagte Janet und hängte sich halb aus ihrem Zimmer. »Kommst du mit ins Einkaufszentrum?«
Kaye fummelte herum, bis sie die Eichel in der Hosentasche verstaut hatte.
»Ich nehme an, ihr erwartet, dass ich euch hinfahre«, sagte Corny. »Wisst ihr eigentlich, dass die meisten Leute, die einkaufen gehen, auch Geld haben?«
»Halt 's Maul, Vollidiot«, sagte Janet und scheuchte Kaye in ihr Zimmer.
Kaye ging mit in Janets Zimmer und setzte sich auf ihr Bett. Die Möbel in Janets Zimmer passten überhaupt nicht zusammen: eine Holzkommode mit gläsernen Knäufen, eine weiße Pressspankommode und ein verbeultes

schwarzes Sofa aus Metall. Das Zimmer war genauso unordentlich wie Kayes. Anziehsachen hingen aus geöffneten Schubladen oder lagen über den Boden verstreut, aber bei Janet sah der Wirrwarr schicker aus. Während Kaye vor allem T-Shirts und olle Retroklamotten besaß, hatte Janet rote Röcke mit Federsaum und Blusen, die blau und golden schimmerten wie Fischschuppen. Auf den Kommoden standen Töpfchen mit Lidschatten, Glitzerspangen, Körpersprays und Tuben mit Haargel. An den Wänden hingen Poster von Bands zwischen Botschaften, die mit buntem Textmarker auf die weißen Wände geschrieben worden waren. JANET & KENNY TLF stand in Glitzerschrift auf der Innenseite von Janets Tür. Sie war sich nicht ganz sicher, hatte aber den Verdacht, dass unter Kennys Namen noch ein anderer stand.

»Was soll ich anziehen?« Janet hielt sich einen superkurzen pinken Flauschpulli an, der ihr gerade bis unter die Brüste reichte. »Soll ich etwa erfrieren?«

»Nimm doch einen geilen Minirock.« Kaye saß auf dem Bett und lehnte sich in die Kissen. In der Hosentasche hielt sie immer noch die Eichel fest in ihrer heißen Hand. Die kleine Spitze piekte ihren Daumen.

»Und was ziehst du an?«

»Das hier.« Kaye zeigte mit einer großartigen Bewegung ihrer anderen Hand auf ihr ausgeblichenes T-Shirt und die Jeans.

Janet seufzte und zog eine Grimasse. »Weißt du eigentlich, wie viele Mädchen wer weiß was dafür geben würden, eine blonde Asiatin zu sein?«

Kaye schüttelte verdrießlich den Kopf. Was Jungen an Asiatinnen gefiel, war immer irgendwie merkwürdig. Eine Mischung aus Katalogbräuten und Kung-Fu.
»Wie wäre es damit?« Janet hielt eine glänzende schwarze Bluse ohne Rückenteil hoch, die wie ein Bikini um Nacken und Taille gebunden wurde.
»Spinnst du?«
Diesmal lachte Janet nur.

Sie betraten das Einkaufszentrum durch den Kinoeingang. Jungen und Mädchen warteten in Grüppchen auf einen Lift oder rauchten eine Zigarette, bevor der Film anfing. Janet rauschte wie eine Göttin an ihnen vorbei, ohne Blickkontakt, mit vollendeter Lockenpracht und glänzendem Lippenstift. Als wäre es das Einfachste von der Welt. Wo hatte sie diese geschickte Inszenierung ihrer Schönheit gelernt? Kaye erinnerte sich an ihre Kinderzeit, als Janet stets mit wirrer Dauerwelle und Turnschuhen ohne Schnürsenkel unterwegs war.
Ihr eigenes Spiegelbild in einem Schaufenster entlockte ihr nur eine Grimasse. Ihr T-Shirt war fadenscheinig, die vielen Runden im Waschsalon hatte es nicht ohne Löcher überstanden. Die Jeans hatte sie von ihrer Mutter übernommen. Sie hingen ihr so locker auf der Hüfte, dass sie sie ab und zu hochziehen musste.
»So«, sagte Janet, »zeigst du mir jetzt ein bisschen was von dem, womit du so angegeben hast?«
Kaye grinste. Eine Zeit lang hatten sich ihre E-Mails darum gedreht, wie mutig sie beim Klauen waren. Kayes spekta-

kulärster Raub waren ihre beiden Ratten gewesen. Zugegeben, sie waren nicht besonders teuer, aber ein sich windendes Tier einzustecken und es in der Tasche festzuhalten war alles andere als einfach.
Sie nickte. »Pass auf: Jetzt kommen Kayes Klauregeln.«
Janet schlug die Arme übereinander. »Sehr witzig.«
»Hör zu. Keine Tante-Emma-Läden. Nur Ketten oder Megaläden, die können das verschmerzen und den Leuten, die da arbeiten, ist es scheißegal. Oh, und keine Läden mit wirklich netten Angestellten.«
»Ich glaub's nicht, dass du Regeln hast.«
Kaye nickte feierlich. »Karmaschaden klein halten.«

Wenige Stunden später saßen sie auf dem Randstein vor dem Laden für Zauberbedarf und teilten die Beute auf. Genau genommen waren sie noch zu nah am Einkaufszentrum, aber sie hielten sich für unangreifbar. Kaye probierte einen neuen, schweren rauchgrauen Eyelinerstift aus, mit dem sie dicke Linien unter ihre Augen schmierte. Janet trank einen Erdbeer-Shake.
Kaye kramte in ihrer Jeans nach Streichhölzern und zündete sich eine Zigarette an. Sie inhalierte tief, lehnte sich zurück und stieß den Rauch wieder aus, sodass er in Kringeln verflog. Träge hob sie die Hand, um das Muster zu ändern. Es verschob sich und sie konnte Figuren darin tanzen sehen – nein, sie tanzten nicht, sie kämpften. Fechtende Ritter, die sich im aufsteigenden Rauch duellierten.
»Wie lange bleibst du in der Stadt?«, fragte Janet.
Kaye ließ die Hand sinken. Sie hatte vergessen, wo sie war.

»Ein paar Monate bestimmt.«
»Es ist wirklich komisch, oder? Dass wir nach so langer Zeit und obwohl du so weit weg warst und überhaupt, dass wir da noch Freundinnen sind. Ich habe nachgedacht, über letzte Nacht.«
»Ja?«, fragte Kaye. Sie war auf der Hut.
»Er hat dich angemacht, oder?«
Kaye zuckte mit den Schultern. Unmöglich zu erklären, was wirklich geschehen war. Sie hatte keine Erklärung dafür, warum sie ihm erlaubt hatte, mit seiner Hand über ihr Bein zu wandern, warum es sie nicht gestört hatte, bis sie sich erinnert hatte, wo und wer sie waren.
»Ein bisschen schon. Aber ich bin wirklich hingefallen. Zu viel getrunken oder so.«
»Wieso bist du überhaupt da hochgegangen?«
Jetzt grinste Kaye entspannt. »Forscherdrang. Da oben stand ein wahnsinnig schönes altes Karussellpferd. Kennst du es? Es hat keine Beine mehr, aber der Rest ist perfekt, nicht mal die Farbe ist richtig abgeblättert.« Sie seufzte wehmütig. »Aber selbst wenn ich es irgendwie nach Hause transportieren würde, ich könnte es unmöglich von einer Wohnung in die nächste schleppen.«
Janet seufzte. Offensichtlich fand sie solche Beweggründe einleuchtend.
Kaye rauchte weiter. Warum war sie jetzt wütend? Diesmal erinnerten die Rauchkringel sie an Roibens Haare, silberne Rohseide. Der Gedanke daran machte sie nur noch unruhiger und frustrierter. Sie musste ihn wieder sehen.

»Erde an Kaye«, sagte Janet. »Woran hast du gerade gedacht?«
»An Robin.« Auch das würde Janet ohne weiteres glauben.
»Gibt es den wirklich? Echt?« Janet saugte fest an ihrem Shake. Sie versuchte ein gefrorenes Erdbeerstückchen aus dem verstopften Strohhalm zu saugen.
»Sei nicht so gemein«, sagte Kaye, aber sie war nicht richtig sauer.
»Entschuldigung. Es klingt nur so unwahrscheinlich – einen Typen in Regen und Sturm zu treffen, wenn man nach Hause läuft. Ich meine, was hat er denn da gemacht? Ich hätte kein Wort mit . . . mit so einem geredet.«
»Ich würde sagen, die Bezeichnung ›Fremder‹ würde es gut treffen«, sagte Kaye lächelnd.
Janet runzelte missbilligend die Stirn. »Hat er nicht mal ein Auto?«
»Hör mal, ich bin nur ein paar Monate hier, höchstens. Da zählt nur, dass er zum Umfallen schön ist, echt zum Verrücktwerden.« Kaye zuckte viel sagend mit den Augenbrauen.
Endlich schnappte Janet mal schockiert nach Luft.
»Du Schlampe«, sang sie leise. »Weißt du wenigstens, ob er dich mag?«
Kaye trat ihre Zigarette auf dem rauen Zement aus und verschmierte die Asche in einem groben Kreis. Sie hatte keine Lust, über eine Liste jener Dinge nachzudenken, die ein Elfenritter an ihr gut finden könnte; ihr fiel absolut nichts ein, was sie auf eine solche Liste hätte schreiben können.

»Er wird mich schon mögen«, sagte sie in der Hoffnung, dass der Zauber, die Wörter laut auszusprechen, bewirkte, dass sie wahr wurden.

An diesem Abend ließ Kaye Isaac und Armageddon auf dem Bett herumlaufen, drehte den CD-Player auf und hörte immer wieder »White Rabbit« von Grace Slick. Dann legte sie »Hole« auf und hörte zu, wie Courtney Love knirschte: »I want to be the girl with the most cake . . . someday you will ache like I ache.«
Sie öffnete das Fenster einen Spalt und zündete sich eine Zigarette an. Sie bemühte sich den Rauch über den Rasen zu blasen.
Die aufgereihten Puppen beobachteten sie ausdruckslos vom Bücherregal aus, obwohl sie wahrscheinlich gegen die guten Sitten ihrer Kaffeekränzchengesellschaft verstieß. Sie fing die beiden Ratten ein und setzte sie zwischen die Puppen, damit sie einander kennen lernten. Dann ging sie zum Bett zurück. Sie stellte es hochkant an die Wand und legte die Matratze auf den Fußboden. Die nahm jetzt den meisten Platz im Zimmer ein, aber wenigstens konnte Kaye endlich bequem ihre Füße über das Fußende hängen lassen. Und wenn sie einen der Batiküberwürfe ihrer Mutter über das Untergestell legte, könnte es schon fast als Sofa durchgehen.
Sie drückte die Zigarette aus, legte sich wieder hin und beobachtete die Ratten, die den Puppen über den Schoß krochen, ohne auf die samtenen Reiterjacken oder Prinzessinnenkleider aus goldener Spitze zu achten. Sie schaute zu,

wie sie am Kunsthaar schnüffelten und an den feinen Porzellanfingern knabberten. Schließlich schloss sie die Augen und schlief ruhig ein.

4

»Tag und Nacht
züngelt mein Verlangen nach dir
wie eine Giftschlange.«

SAMAR SEN,
»LOVE«

Montagmorgen wurde Kaye früh wach, zog sich an und tat so, als ginge sie zur Schule.

Das machte sie jetzt schon fast eine Woche, seit ihre Großmutter darauf bestanden hatte, dass sie zur Schule hinüberging und sich erkundigte, warum sie sie noch nicht aufgenommen hatten. Es hatte keinen Zweck, ihrer Großmutter zu erklären, dass die Zeugnisse von anderen Schulen, auf die Kaye angeblich wartete, nie ankommen würden. Kaye schmierte sich ein Erdnussbutter-Honig-Sandwich, nahm noch eine Apfelsine mit und ging los, um die Zeit totzuschlagen.

Als sie damals nach Philadelphia gezogen waren, war sie natürlich sofort auf eine neue Schule gegangen. Aber dann fingen sie an umherzuziehen und wohnten sechs Monate in University City, dann wieder vier Monate in South Philly und einige Wochen im Museum District. Jedes Mal war sie entweder gezwungen lange Strecken zu ihrer alten Schule auf sich zu nehmen oder eine neue zu finden. Vor ungefähr einem Jahr war ihr das zu viel geworden und sie hatte angefangen ganztags bei Chow Fat zu arbeiten. Sie brauchten Geld und das kostenlose Essen war auch nicht schlecht.

Kaye kickte eine platte Sodadose vor sich her. Sie fand selbst, dass sie nicht in die richtige Richtung ging, auch im übertragenen Sinn. Ihre Großmutter hatte Recht, sie wurde wie ihre Mutter, nein, schlimmer noch, denn sie hatte nicht den geringsten Ehrgeiz. Gut war sie nur im Ladendiebstahl, außerdem hatte sie einige Feuerzeug-Tricks auf Lager.

Sie überlegte nach Red Bank zu fahren und den Laden von Sue und Liz zu suchen. Sie hatte ein bisschen Geld, aber die paar Stationen konnte sie auch schwarzfahren. Das größte Problem war, dass Ellen nicht verraten hatte, wie der Laden hieß.

Vielleicht kannte Corny ihn. Die Nachtschicht war frühestens in einer Stunde zu Ende. Wenn sie ihm einen Kaffee kaufte, bevor der Mann für die Frühschicht ihn ablöste, hätte er vielleicht nichts dagegen, wenn sie bei ihm rumhing.

Der Minimarkt war fast leer. Sie goss nussbraunen Kaffee in zwei große Pappbecher und schüttete Zimt, Zucker und Milch in ihren eigenen. Da sie nicht wusste, wie Corny seinen Kaffee trank, nahm sie noch Zucker- und Kaffeeweißtütchen mit. Die gähnende Frau an der Kasse sah Kaye nicht mal an, als sie zahlte.

Corny saß auf der Motorhaube seines Autos und spielte Schach auf einem kleinen Magnetbrett.

»Hey«, rief Kaye. Er schaute auf, nicht besonders freund-

lich. Sie hielt ihm den Kaffee hin und er sah sie ziemlich verwirrt an.
»Solltest du nicht in der Schule sein?«, fragte er endlich.
»Abgegangen«, sagte sie. »Ich mache demnächst auf dem zweiten Bildungsweg weiter.«
Er zog die Augenbrauen hoch.
»Willst du jetzt Kaffee oder nicht?«
Ein Wagen fuhr an eine Zapfsäule heran. Corny seufzte und rutschte von der Motorhaube. »Stell ihn neben das Schachbrett.«
Sie zog sich auf seinen Wagen hoch, stellte vorsichtig die Becher hin und kramte in ihren Taschen nach den Tütchen. Dann nahm sie den Deckel von ihrem Becher und trank einen großen Schluck. Das warme Getränk tat gut an diesem kalten, nassen Herbstmorgen.
Nach einigen Minuten kam auch Corny zurück und machte es sich auf der Motorhaube bequem. Er überlegte kurz, dann schüttete er Zucker in seinen Kaffee und rührte mit einem schmierigen Stift um.
»Und wer bist du, Schwarz oder Weiß?«, fragte Kaye und zog die Knie an.
Schnaubend sah er zu ihr hoch. »Willst du mir auf die Nerven gehen? Kaffee kostet nicht viel.«
»Mensch, ich versuche nur mich zu unterhalten. Wer gewinnt denn?«
Corny grinste. »Er, noch. Jetzt sag schon, warum bist du wirklich hier? Mich besucht sonst keiner. Eine normale Unterhaltung mit mir ist wie die Apokalypse herauszufordern oder so ähnlich.«

»Und wieso?«

Corny hüpfte wieder knurrend vom Wagen, weil schon wieder ein Auto vorfuhr. Sie schaute zu, wie er ein Päckchen Zigaretten verkaufte und den Tank füllte. Ob der Besitzer wohl ein sechzehnjähriges Mädchen einstellen würde? Ihr letzes Gehalt war bald aufgezehrt. Corny hatte schließlich schon hier gearbeitet, als er noch jünger gewesen war als sie jetzt.

»Corny«, fragte sie, als er zurückkam, »kennst du einen kleinen CD-Laden in Red Bank?«

»Versuchst du mich zum Autofahren zu bestechen?«

Sie seufzte. »Verfolgungswahn. Ich will nur wissen, wie der Laden heißt.«

Er zuckte mit den Achseln und spielte kommentarlos einige Züge. »Mein Comicbuchladen liegt direkt neben einem CD-Laden, aber ich weiß nicht, wie der heißt.«

»Was für Comics liest du denn?«

»Willst du damit sagen, dass du Comics liest?« Corny wirkte misstrauisch, als wollte sie ihn irgendwie in eine Falle locken.

»Klar. *Batman. Lenore. Too Much Coffee Man.* Früher natürlich auch *Sandman*.«

Corny sah sie einen Moment lang nachdenklich an. Dann entspannte er sich endlich. »Ich habe früher alle X-Comics gelesen, aber jetzt lese ich vor allem japanisches Zeug.«

»*Akira* oder was?«

»Nö. Girl Comics, die mit den hübschen Jungen und Mädchen. Hey, weißt du zufällig, was *shonen-ai* bedeutet?«, fragte er skeptisch.

»Ich wünschte, ich könnte Japanisch.«

Corny grinste. »Ich dachte, du wärst Japanerin.«

Sie zuckte mit den Achseln. »Das sagt meine Mom. Mein Dad spielte hier in einer Glamgoth-Band, und meine Mutter war ihr Fan, als sie auf der Highschool war. Eine Art Groupie-Geschichte.«

»Krass.«

»Tja.«

Ein Wagen fuhr vor, parkte aber direkt neben Cornys Auto. Ein dunkelhäutiger Junge stieg aus.

»Schön, dass du heute mal auftauchst«, sagte Corny und warf ihm einen Schlüsselbund zu.

»Ich habe doch gesagt, dass es mir Leid tut«, sagte der Junge.

Corny wandte sich wieder Kaye zu und fragte: »Wo gehst du jetzt hin?«

Kaye zuckte mit den Achseln.

»Willst du mitkommen? Du kannst warten, bis Janet nach Hause kommt.«

»Mache ich.«

Sie gingen zusammen zum Wohnwagen.

Er schaltete den Fernseher ein und ging in sein Zimmer. »Ich sehe mal nach meinen E-Mails.«

Kaye nickte und setzte sich aufs Sofa. Jetzt fühlte sie sich doch ein bisschen unbehaglich. Es war seltsam, ohne Janet bei Janet zu sein. Sie zappte durch die Kanäle und blieb bei Cartoon Network hängen.

Als er nach einigen Minuten noch nicht wieder zurückgekommen war, ging sie in sein Zimmer. Cornys Zimmer sah völlig anders aus als Janets. An allen Wänden hingen Bücherregale, voll gestopft mit Büchern und Comics. Corny saß an einem Schreibtisch, der aussah, als würde er gleich unter all den darauf getürmten Geräten zusammenbrechen. Zu seinen Füßen stand eine weitere Kiste mit Kabeln und Computerinnereien.

Er tippte auf seiner Tastatur und grunzte, als sie hereinkam. »Bin gleich fertig.«

Kaye setzte sich auf die Bettkante, wie sie es auch bei Janet getan hätte, und nahm sich einen Comic. Es war ein japanischer. Held und Heldin waren blond – das hatte sie immer schon seltsam gefunden. Es gab auch einen Bösen mit superlangen schwarzen Haaren und coolem Kopfschmuck. Außerdem flatterte ein niedlicher dicker Ball mit Fledermausschwingen als Kumpan um ihn herum. Sie blätterte weiter. Held nackt und ausgepeitscht im Bett des Bösen. Sie hörte auf zu blättern und starrte das Bild an. Der Blonde hatte seinen Kopf zurückgeworfen, entweder aus Ekstase oder vor Schreck, während der Böse seine Brustwarze leckte.

Sie sah zu Corny hoch und hielt das Buch hoch. »Lass mich raten: Ist das *shonen-ai?*«

Er warf ihr vom Computer nur einen schnellen Blick zu, aber sein selbstgefälliger Gesichtsausdruck war ihr nicht entgangen.

»Yeah.«

Kaye wusste nicht genau, was sie dazu sagen sollte, und genau darum ging es wahrscheinlich. »Du stehst auf Jungen?«

»Es gibt einen Fachbegriff dafür«, sagte Corny. »Schwul. Und da sind echt hübsche Jungs drin.«
»Weiß Janet Bescheid?« Sie konnte sich zwar nicht vorstellen, warum er es ihr sagen sollte und Janet nicht, aber Janet hätte ihr bestimmt davon erzählt. Janet berichtete in ihren E-Mails immer von ihrem gesamten Tagesablauf und tratschte über Leute, die Kaye gar nicht kannte.
»Klar, die ganze Familie weiß Bescheid. Es ist nicht sonderlich wichtig. Eines Tages habe ich beim Abendessen gesagt: ›Mom, kennst du die verbotene Liebe, die Spock für Kirk empfindet? Tja, mir geht's genauso.‹ So konnte sie es leichter verstehen.« Er klang so, als wollte er Kaye herausfordern.
»Ich hoffe, du erwartest jetzt keine Reaktion darauf«, sagte Kaye schließlich. »Denn alles, was mir dazu einfällt, ist, dass das die seltsamste Coming-out-Geschichte ist, die ich je gehört habe.«
Sein Gesichtsausdruck entspannte sich. Dann fing er an zu lachen und dann lachten sie beide und schauten auf den Comic und lachten weiter.

Als Janet aus der Schule kam, schlief Corny und Kaye las einen Haufen Sexcomics.
»Hey«, sagte Janet erstaunt, weil ihr Sofa belegt war.
Kaye gähnte und nippte an ihrem halb vollen Glas Kirsch-Cola. »Oh, hi. Ich war mit deinem Bruder zusammen und dann habe ich mir gedacht, ich warte einfach, bis du nach Hause kommst.«
Janet verzog das Gesicht und warf ihre Schulbücher auf ei-

nen Stuhl. »Schule ist der reinste Spaß gegen das, was du hier machst. Wenn du schon so viel Zeit hast, könntest du doch wenigstens . . . ach, ich weiß nicht.«

»Irgendwas anstellen?«

»Genau. Hör zu, ich gehe raus . . . ich treffe mich mit den Jungs. Kommst du mit?«

Kaye streckte sich und stand auf. »Klar.«

Das »Blue Snapper« war rund um die Uhr geöffnet. Hier spielte es keine Rolle, wie lange man in einer der verspiegelten Nischen saß oder wie viel man bestellte. Kenny und Doughboy saßen mit einem Mädchen in einer Nische, das Kaye nicht kannte. Es hatte kurze schwarze Haare, rote Nägel und schmale aufgemalte Augenbrauen. Doughboy trug ein kurzärmeliges Trikot über einem langärmeligen schwarzen Unterhemd; die offenen Schnürsenkel seiner Stiefel schauten unter dem Tisch hervor. Er hatte sich seit ihrer letzten Begegnung die Haare geschnitten und sie hinten und an den Seiten abrasiert. Kenny trug seine silberne Jacke über einem schwarzen T-Shirt und hatte sich keinen Deut verändert: zerzaust, hübsch und bereits vergeben.

»Tut mir Leid, dass ich neulich Nacht ausgeflippt bin«, sagte Kaye, schob die Hände in die Hosentaschen und hoffte, dass niemand allzu viel darüber reden wollte.

»Was war denn?«, fragte das Mädchen. Es klickte, wenn sie sprach. Das war ihr Zungenstecker, der beim Reden ihre Zähne berührte.

Doughboy wollte etwas sagen, aber Kenny unterbrach ihn.

»Alles o. k.«, sagte er und ruckte mit dem Kinn. »Kommt rein, Ladys.«

»Kaye«, sagte Janet, während sie in die Nische schlüpfte und sich neben das Mädchen setzte, »das ist Fatima – ich habe dir doch in meinen E-Mails von ihr erzählt. Kaye ist meine Freundin aus Philly.«

»Stimmt. Klar. Hi.« Es war Fatimas Party gewesen, die sie vorgestern verpasst hatte, und sie hatte keine Ahnung, worüber sie nach ihrem Abgang geredet hatten. Kenny sah sie kaum an, aber Doughboy beobachtete sie, als erwarte er, dass sie gleich etwas Seltsames oder Merkwürdiges tun würde. Kaye wünschte, sie wäre im Wohnwagen geblieben. Sie fühlte sich ziemlich unwohl.

»Du bist doch die, deren Mutter in einer Band spielt, oder?«, fragte Fatima.

»Nicht mehr.«

»Stimmt's, dass sie mit Lou Zampolis gevögelt hat? Janet hat erzählt, dass sie bei Chainsuck Back-up-Sängerin war.«

Kaye zog eine Grimasse. Waren alle ihre E-Mails so weitergeleitet worden? »Leider.«

»Findest du das Scheiße – ich meine, macht sie auch Sachen wie – deine Freunde zu vögeln und so?«

Kaye zog die Augenbrauen hoch. »Ich gehe nicht mit Männern, die in einer Band spielen.« Sie stellte sich vor, wie Ellen Kenny fände. Unvorstellbar, dass Ellen Roiben träfe.

»Ich habe eine Freundin, wisst ihr«, erzählte Fatima, »deren Mutter und Schwester haben beide mit dem Typen geschlafen, der sie geschwängert hatte. Wie in einer blöden Talk-Show.«

»Erin, stimmt's?«, sagte Janet. »Sie ist auf Reha.«

Die Kellnerin blieb an ihrem Tisch stehen. Sie trug eine braune, viel zu enge Uniform. Auf ihrem Namensschildchen stand RITA. »Was darf's denn sein, Leute?«

»Diät irgendwas«, sagte Janet.

»Kaffee«, bestellte Kaye.

»Ich nehme . . . machst du mir bitte Discofries, Rita?«, bat Doughboy.

»Bin gleich zurück«, sagte die Kellnerin und lächelte Dough schüchtern an, weil er sie mit Namen angesprochen hatte.

Kenny drehte sich um und holte Zigaretten und Feuerzeug aus der Jackentasche. Kaye sah, dass er unten am Nacken tätowiert war, mit einem indianischen Stammesmuster, das aussah wie ein Skarabäus. Hatte er noch mehr Tätowierungen in tiefer gelegenen Körperregionen? Janet wusste es bestimmt.

»Noch jemand?«, fragte er und bot das Päckchen an.

»Ich«, sagte Kaye.

»Alles, was du willst«, gab er zurück und reichte ihr die Zigarette mit einem Grinsen, das sie erröten ließ.

Janet sprach mit Fatima über Erins Baby und achtete im Augenblick nicht auf sie. Doughboy stürzte sich auf die Fritten mit Käse-Fleisch-Soße, die die Kellnerin ihm hinknallte.

»Soll ich dir einen Trick zeigen?«, fragte Kaye, die sich plötzlich nicht mehr vor der Herausforderung in Kennys Stimme drücken wollte. »Gib mir mal dein Feuerzeug.«

Er reichte ihr ein silbernes mit einem aufgelöteten achtkugeligen Medaillon aus Emaille.
Kaye hatte diesen Trick von Liz gelernt, als ihre Mutter noch bei Sweet Pussy gesungen hatte. Liz hatte ihr angeboten es ihr beizubringen, weil es ein gutes Mittel war, Jungs zu beeindrucken. Kaye hatte zwar überhaupt nicht begriffen, warum Liz irgendwen hätte beeindrucken wollen, weil sie doch schon mit Sue zusammen war, aber sie lernte den Trick und hatte damit bisher immerhin jeden Barkeeper beeindruckt.
Kaye hielt den Metallkörper des Feuerzeugs zwischen Zeige- und Mittelfinger ihrer linken Hand, dann ließ sie es erst über und dann unter jedem Finger hervorschnellen, sodass das Metall schimmerte wie ein kleiner Fisch. Immer schneller, immer schneller ließ sie das Feuerzeug über ihre Finger Hürden laufen. Dann hörte sie auf, klappte es auf und zündete es an, und zwar mit der rechten Hand, die sie die ganze Zeit auf dem Tisch hatte liegen lassen. Sie beugte sich vor und bot Kennys Zigarette großzügig die Flamme.
Wenn Kaye den Plattenladen erst gefunden hatte, würde sie Liz erzählen, dass sie Recht gehabt hatte. Kenny sah schwer beeindruckt aus und selbst Doughboy hatte aufgehört in seinen Fritten zu stochern.
»Cool«, sagte Doughboy. »Hast du Lust, es mir beizubringen?«
»Logo«, sagte Kaye, zündete ihre eigene Zigarette an und inhalierte den bitteren Rauch. Sie zeigte es ihm, führte den Trick langsam vor, damit er sehen konnte, wie es gemacht wurde. Dann durfte er es selbst versuchen.

»Lasst mich mal kurz raus«, sagte Kenny und sie und Doughboy rutschten aus der Nische.

Bevor sie wieder reinrutschen konnte, stieß Kenny sie am Arm und zeigte mit dem Kopf zu den Toiletten.

»Bin gleich wieder da«, sagte Kaye zu Janet und legte ihre Zigarette in den Aschenbecher. »Muss mal.«

Janet hatte bestimmt nichts mitbekommen, denn sie nickte nur.

Kaye ging hinter Kenny her durch den schmalen Gang. Obwohl sie keine Ahnung hatte, was er wollte, glühten ihre Wangen und ein merkwürdiges Prickeln wand sich durch ihren Bauch.

Kaum waren sie im Gang, drehte Kenny sich zu ihr um und lehnte seinen schlanken Körper an die Wand. »Was hast du mit mir gemacht?«, fragte er, zog hastig an seiner Zigarette und rieb sich mit dem Handrücken über die Bartstoppeln.

»Nichts. Wovon redest du?«

Er senkte die Stimme und sprach ruhig, aber mit Leidenschaft. »In jener Nacht. Das Pferd. Was hast du gemacht?« Er hielt inne und sah sich um, bevor er weitersprach. »Ich muss immer an dich denken.«

Kaye war sprachlos vor Erstaunen. »Ich . . . ehrlich . . . ich habe nichts *gemacht*.«

»Egal, mach es wieder rückgängig«, forderte er mürrisch.

Sie suchte nach einer Erklärung. »Manchmal, in Tagträumen, passieren mir Dinge . . . Ich hatte gerade daran gedacht, auf dem Pferd zu reiten. Ich habe noch nicht mal gehört, dass du reingekommen bist.« Ihre Wangen wurden

noch heißer, als ihr eine Theorie von Sue einfiel, die erklärte, warum alle jungen Mädchen reiten wollen.
Er sah sie genauso eindringlich an wie unterm Dach des Karussellgebäudes und nahm die Zigarette wieder an die Lippen. »Das ist total verdreht«, sagte er. »Ich meine es ernst, ich kriege dich nicht aus dem Kopf. Ich denke nur noch an dich, den ganzen langen Tag.«
Kaye wusste darauf nichts zu sagen.
Er kam einen Schritt näher, schien es aber gar nicht zu merken. »Du musst etwas tun.«
Sie wich zurück, aber hinter ihr war die Wand. Sie spürte die kalten Fliesen an ihrer Wirbelsäule. Das Münztelefon zu ihrer Rechten nahm ihr die Sicht. »Es tut mir Leid.«
Er machte noch einen Schritt, bis seine Brust ihre berührte. »Ich will dich«, sagte er und schob ihr sein Knie zwischen die Beine.
»Wir sind in einem Restaurant«, sagte Kaye und packte ihn an den Schultern, sodass er ihr ins Gesicht sehen musste. Er war blass, nur auf seinen Wangen lag hektisches Rot. Seine Augen waren glasig.
»Ich will aufhören dich zu wollen«, sagte er und wollte sie küssen. Kaye drehte den Kopf zur Seite, sodass er den Mund voller Haare hatte, aber das schien ihm nichts auszumachen. Er küsste ihren Hals bis hinunter zur Kehle. Mit einer Hand streichelte er sie von der Taille bis zur Brust, die er festhielt, während er ihr mit der anderen Hand durchs Haar fuhr.
Kaye umklammerte noch immer seine Schultern und wankte vor Unentschlossenheit. Sie könnte ihn wegsto-

ßen. Sie sollte ihn wegstoßen. Aber ihr eigensinniger Körper drängte sie noch ein kleines bisschen damit zu warten, ihn noch ein bisschen fester zu halten und abzuwarten, was passierte.

»Leute, ich wollte . . . was zum Teufel?«

Als er Janets Stimme hörte, machte Kenny sich von Kaye los. Er richtete sich auf, hatte aber noch immer einige lange blonde Strähnen in der Hand. »Erzähl mir noch einmal, wie scheißunsicher deine Freundin ist.«

Janet hatte Tränen in den Augen. »Du hast sie geküsst!«

»Beruhige dich zum Teufel!«

Kaye flüchtete auf die Toilette, schloss sich ein und glitt auf dem schmutzigen Boden in eine sitzende Position.

Ihr Herz schlug wie rasend, als ob es sich aus ihrer Brust herausschlagen wollte. Sie wollte etwas tun, irgendetwas. Magie, falls es so etwas überhaupt gab, sollte nicht so funktionieren. Es war nicht richtig, dass sie jemanden, den sie kaum kannte, verzauberte, ohne es wenigstens selbst beschlossen zu haben.

Die Freude war das Schlimmste, jener Teil von ihr, der über das Schuldgefühl hinwegsah und eine triumphierende Gerechtigkeit darin fand, dass Kenny nicht mehr aufhören konnte an sie zu denken. Es wäre einfach, ihn zu mögen, süß und cool, wie er war, und wild auf sie. Und im Gegensatz zu einem unerreichbaren Elfenritter war er jemand, den sie wirklich bekommen konnte.

Mit einem tiefen Atemzug verließ sie die Toilette. Sie ging zum Waschbecken und spritzte sich Wasser ins Gesicht. Ihr Spiegelbild zeigte sie in einem ausgeblichenen roten

Fat-Chow-T-Shirt, mit verschmiertem Augen-Make-up und strähnigen Haaren.

Als sie sich abwandte, fiel ihr etwas auf. Sie ging zum Spiegel zurück und betrachtete ihr Gesicht aus der Nähe. Sie sah genauso aus wie immer. Kaye ging zur Tür. Einen Augenblick lang hatte sie gedacht, das Gesicht im Spiegel wäre grün gewesen.

Als sie zurückkam, stand noch mehr Kaffee auf dem Tisch und sie nippte an der Tasse, die an ihrem Platz stand.

Doughboy erzählte Kenny von dem neuen Auto, das er gerade reparierte, und Janet starrte Kaye wütend an.

»Du erlaubst, Kaye«, sagte eine Stimme, die gleichzeitig fremd und vertraut war.

Einen Moment lang war Kaye völlig verdattert. Ihr Verstand schrie, dass so was unmöglich war. Es verstieß gegen die Regeln. Das taten sie nie. Es war eine Sache, an Elfen zu glauben, aber eine ganz andere, wenn einem gar keine andere Wahl blieb. Wenn sie einfach in jedermanns normales Leben marschierten, dann gehörten sie wohl dazu und sie konnte die beiden Hälften in ihrem Kopf nicht mehr voneinander trennen.

Aber Roiben stand tatsächlich an ihrer Nische. In dem Neonlicht leuchteten seine zum Pferdeschwanz gebundenen Haare weiß wie Salz. Er trug einen langen schwarzen Wollmantel, der alles, was er darunter tragen mochte, verbarg und nur seine durch und durch modernen Lederstiefel freigab. Sein Gesicht hatte so wenig Farbe, dass er aussah, wie auf einem Schwarz-Weiß-Foto.

»Wer ist der Typ?«, hörte Kaye Doughboy fragen.

»Das ist bestimmt Robin«, sagte Janet schlecht gelaunt.
Roiben zog bei dieser Antwort eine Augenbraue hoch, sprach aber weiter: »Kann ich dich sprechen?«
Zu mehr als einem Nicken war sie nicht in der Lage. Sie begleitete ihn zu einem leeren Tisch; keiner von beiden setzte sich.
»Ich bin gekommen, um dir dies zu geben.« Roiben griff in seinen Mantel und zog ein schwarzes Stoffbündel aus einer verborgenen Tasche. Er lächelte, das gleiche Lächeln, das sie aus dem Wald kannte, jenes Lächeln, das nur für sie bestimmt war. »Deine Bluse, auferstanden von den Toten.«
»Wie du.«
Er nickte leicht. »Allerdings.«
»Meine Freunde haben mich davor gewarnt, mit dir zu sprechen.« Bevor die Worte aus ihrem Mund kamen, hatte sie nicht gewusst, dass sie diesen Satz hatte sagen wollen. Die Silben fühlten sich an wie Dornen, die von ihrer Zunge fielen.
Er sah zu Boden. »Deine Freunde? Nicht diese Freunde da, nehme ich an.« Sein Blick streifte die Nische und sie verneinte.
»Lutie und Spike.«
Als er sie wieder anschaute, waren seine Augen dunkel geworden und das Lächeln war verschwunden. »Ich habe einen ihrer Freunde getötet. Vielleicht war er auch dein Freund.«
Um sie herum aßen die Menschen, lachten und tranken, aber ihr schienen diese normalen Geräusche fehl am Platz.
»Du hast Gristle getötet.«

Er nickte.
Sie starrte ihn an, als erwarte sie, dass sich die Dinge neu mischten und einen Sinn ergaben. »Wie? Warum? Warum erzählst du mir das?«
Roiben sah sie beim Reden nicht an. »Gibt es irgendeine Entschuldigung, die ich dir anbieten könnte und die es dann besser machen würde?«
»Ist das deine Antwort? Es kümmert dich gar nicht?«
»Du hast deine Bluse wieder. Ich habe getan, wozu ich gekommen bin.«
Sie packte ihn am Arm und ging um ihn herum. Sie wollte ihm ins Gesicht sehen. »Du schuldest mir die Antworten auf drei Fragen.«
Er versteifte sich, aber seine Miene blieb ausdruckslos.
»Nun gut.«
Sie wurde wütend, ein bitteres, hilfloses Gefühl.
»Warum hast du Gristle getötet?«
»Meine Herrin bat mich darum. Mein Gehorsam lässt mir keine Wahl.« Roiben steckte seine langen Finger in die Manteltaschen. Er blieb sachlich, als langweilten ihn seine eigenen Antworten.
»In Ordnung«, sagte Kaye, »wenn sie dir also befehlen würde von einer Brücke zu springen . . .?«
»Richtig.« In seiner Stimme lag keinerlei Ironie. »Darf ich das als deine zweite Frage betrachten?«
Kaye hielt inne und holte Luft, ihr Gesicht war heiß. Sie spürte, dass sie zitterte.
»Warum hast du nicht. . .«, begann sie und unterbrach sich dann selbst. Sie musste nachdenken. Vor lauter Erregung

war sie nachlässig und dumm. Ihr blieb noch eine einzige Frage und sie war wild entschlossen sie gut zu nutzen. Sie dachte an die Botschaft in der Eichel und die darin enthaltene Warnung. »Wie lautet dein voller Name?«

Er sah aus, als hätte er einen Schlag erhalten. »Was?«

»Dies ist meine dritte Frage: Wie lautet dein voller Name?«

Sie wusste nicht genau, was sie getan hatte, jedenfalls nicht ganz genau. Sie wusste nur, dass sie ihn zu etwas zwang, was er nicht wollte, und das gefiel ihr gut.

Roibens Augen wurden dunkel vor Zorn. »Rath Roiben Rye – möge dir dieses Wissen gefallen.«

Ihre Augen verengten sich. »Ein schöner Name.«

»Du bist schlau. Schlauer als dir gut tut, würde ich sagen.«

»Kiss my ass, Rath Roiben Rye.«

Er hatte sie am Arm gepackt, bevor sie überhaupt eine Bewegung wahrgenommen hatte. Sie hob die Hand, um den Schlag abzuwehren. Er warf sie nach vorn. Sie kreischte. Ihre Hand und ihr Knie schlugen hart auf den Steinboden. Sie schaute auf und erwartete schon fast ein Schwert schimmern zu sehen, aber stattdessen zog er grob den Bund ihrer Jeans herunter und drückte seinen Mund auf ihre nackte Haut.

Alles schien sich in Zeitlupe zu bewegen, während sie auf den rutschigen Boden glitt, Roiben hochkam, die Gäste sie anstarrten und Kenny sich aus der Nische herauskämpfte.

Roiben stand über ihr. Er sprach tonlos: »Dies ist die Natur des Dienens, Kaye. Sie folgt dem Buchstaben und hat mit Schlauheit nichts zu tun. Sei vorsichtig im Umgang mit Schimpfwörtern.«

»Was glaubst du eigentlich, wer du bist?«, fragte Kenny, als er endlich bei ihr war und sich bückte, um ihr aufzuhelfen.
»Frag sie«, sagte Roiben und zeigte mit dem Kinn auf Kaye. »Sie weiß jetzt ganz genau, wer ich bin.« Er drehte sich um und verließ das Restaurant.
Kaye kamen die Tränen.
»Na, komm«, sagte Fatima, »wir bringen dich raus. Nur wir Mädchen, ja?«
Fatima und Janet führten sie nach draußen, wo sie sich auf die Motorhaube eines der Autos setzte, die dort parkten. Kaye hatte die leise Hoffnung, dass es einem aus ihrer Clique gehörte. Sie wischte sich die Tränen von den Wangen. Sie hatte bereits aufgehört zu weinen, es war eigentlich eher der Schock, der sie zum Heulen gebracht hatte.
Fatima zündete eine Zigarette an und reichte sie Kaye. Sie inhalierte, aber ihre Kehle fühlte sich belegt an und der Rauch brachte sie nur zum Husten.
»Ich hatte auch mal so einen Freund. Der hat mich grün und blau geschlagen.« Fatima setzte sich neben Kaye und tätschelte ihr den Rücken.
»Vielleicht hat er dich ja mit Kenny gesehen«, sagte Janet, ohne sie anzusehen. Sie lehnte an einem Scheinwerfer und starrte über die Hauptstraße hinaus auf den Militärstützpunkt gegenüber dem Restaurant.
»Es tut mir Leid«, sagte Kaye elend.
»Lass sie in Ruhe«, sagte Fatima. »Du hast doch das Gleiche mit mir gemacht.«
Janet wandte sich daraufhin Kaye zu. »Du kriegst ihn

nicht, das sage ich dir. Vielleicht will er dich ja vögeln, aber er würde nie mit dir ausgehen.«

Kaye nickte nur und führte mit zitternden Händen die Zigarette zum Mund. Wahrscheinlich wäre es besser gewesen, sie hätte die Finger von Jungs gelassen.

»Verfolgt dich dieser Robin, was meinst du?«, fragte Fatima. Kaye hätte beinahe gelacht. Falls er es tat, konnte ihn sowieso niemand aufhalten. Er hatte sich schneller bewegt, als Kaye überhaupt sehen konnte. Es war sehr dumm von ihr gewesen, keine Angst vor ihm zu haben.

»Ich glaube nicht«, sagte sie endlich.

Kenny und Doughboy kamen aus dem Restaurant und stolzierten im Gleichschritt auf die Mädchen zu.

»Alles in Ordnung?«, fragte Kenny.

»Nur ein paar Schrammen«, sagte Kaye. »Nichts Besonderes.«

»Verdammt«, sagte Doughboy. »Erst dieser Abend neulich und jetzt das, dir wird es noch vergehen mit uns wegzugehen.«

Kaye bemühte sich zu lächeln, fand seine Bemerkung aber durchaus zweischneidig.

»Soll ich dich nach Hause fahren?«, fragte Kenny.

Kaye wollte gerade dankend ablehnen, als Fatima sich einmischte: »Wie wär's, wenn du Janet nach Hause fährst, und ich lasse Dough und Kaye raus?«

Kenny schaute auf die abgestoßenen Spitzen seiner Doc Martens und seufzte: »Einverstanden.«

Während der Fahrt mit Fatima wurde nicht viel geredet und Kaye auf dem Beifahrersitz war ihr dankbar dafür.

Das Radio lief und sie tat so, als würde sie zuhören. Als Fatima vor dem Haus von Kayes Großmutter vorgefahren war, schaltete sie das Licht aus.
»Ich weiß nicht, was zwischen Kenny und dir passiert ist . . .«, begann Fatima.
»Ich auch nicht«, sagte Kaye und lachte kurz auf.
Das andere Mädchen lächelte und biss sich auf einen manikürten Fingernagel. »Hör zu, ich weiß nichts über Robin und dich und so weiter, aber falls es dir nur darum geht, deinen Freund loszuwerden, lass es sein. Janet liebt Kenny sehr, weißt du? Sie betet ihn an.«
Kaye öffnete die Wagentür und stieg unbeholfen aus. »Danke fürs Bringen.«
»Gern geschehen.« Fatima schaltete das Licht wieder an.
Kaye warf die Autotür zu und ging ins Haus.

Als Kaye in die Küche kam, saß ihre Mutter mit einem Notizblock vor sich am Küchentisch und telefonierte. Als sie Kaye hereinkommen sah, zeigte sie auf den Herd, auf dem ein Topf mit kalten Spagetti und Würstchen standen. Kaye nahm eine Gabel und fischte sich Spagetti raus.
»Du glaubst also, dass du Charlotte kriegen kannst?« Beim Telefonieren kritzelte Ellen Bandnamen auf den Block.
»Alles klar, ruf mich an, wenn du mehr weißt. Unbedingt. Tschüss, Süße.«
Ellen legte auf und Kaye sah erwartungsvoll zu ihr hinüber.
Ihre Mutter lächelte und nahm einen Schluck aus einem Becher, der auf dem Tisch stand. »Wir gehen nach New York!«

Kaye starrte sie an. »Was?«
»Nun, es ist noch nicht hundertprozentig, aber Rhonda will mich als Lead-Sängerin für ihre neue Frauenband Meow Factory und sie glaubt, dass sie Charlotte Charlie auch noch kriegt. Ich habe ihr gesagt, wenn die mitmacht, bin ich dabei. In New York gibt es einfach viel mehr Clubs.«
»Ich will nicht umziehen«, sagte Kaye.
»Wir können bei Rhonda unterkommen, bis wir eine eigene Wohnung gefunden haben. Du wirst New York irre finden.«
»Ich finde es hier schon wahnsinnig.«
»Wir können nicht ewig bei meiner Mutter hocken. Außerdem geht sie dir genauso auf die Nerven wie mir.«
»Ich habe mich heute um eine Stelle gekümmert. Großmama ist bestimmt viel zufriedener, wenn ich ers tmal Geld nach Hause bringe. Du kannst doch auch hier in einer Band singen.«
»Bis jetzt steht noch nichts fest«, sagte Ellen, »aber ich denke, du solltest dich an den New-York-Gedanken gewöhnen, Liebes. Wenn ich in Jersey bleiben wollte, hätte ich es schon vor Jahren getan.«

Hundert Streichholzschachteln aus hundert Bars, in denen ihre Mutter einmal aufgetreten war, oder aus Restaurants, in denen sie mal gegessen hatten, oder aus der Wohnung von Männern, mit denen sie zusammengelebt hatten. Hundert Streichholzschachteln und alle brannten.
Sie brannte auch, stand innerlich in Flammen auf eine Wei-

se, die sie vielleicht falsch verstand. Vor lauter Adrenalin wurden ihre Finger zu Eis, die Hitze züngelte nach innen und tanzte in ihrem Kopf. Wut und eine seltsame Erwartung summten durch ihre Adern.

Kaye sah sich in ihrem dunklen Zimmer um, das nur von dem flackernden orangefarbenen Licht beleuchtet wurde. Die Glasaugen der Puppen tanzten im Einklang mit den Flammen. Die Ratten rollten sich in der hintersten Ecke des Käfigs zusammen. Kaye atmete den scharfen Schwefelgestank ein, zündete noch eine Streichholzschachtel an und sah zu, wie die Flamme über die Reihe weißer Streichholzköpfe raste und der Pappdeckel brennend hochging. Sie drehte die Schachtel in den Händen und sah zu, wie sie verbrannte.

5

»Ich verschlang die Mythologie & träumte.«

YUSEF KOMUNYAKAA,
»BLACKBERRIES«

Kaye erwachte von einem kratzenden Geräusch am Fenster. Das Zimmer war dunkel, das Haus ruhig.

Etwas schaute ins Zimmer hinein. Winzige schwarze Augen zwinkerten unter schweren Augenbrauen und lange Ohren ragten an beiden Seiten eines kahlen Schädels empor.

»Spike?«, flüsterte Kaye und stand strauchelnd von ihrer am Boden liegenden Matratze auf. Mit den Beinen verhedderte sie sich in den Decken.

Er klopfte noch mal, mit gerunzelter Stirn. Er war kleiner, als sie ihn in Erinnerung hatte, und trug nur ein dünnes Gewand aus Rinde, das vom Bauch bis zu den Oberschenkeln reichte. An den Ellbogen waren ihm dornenförmige Spitzen gewachsen.

Hinter ihm erkannte sie Lutie-loos dünne Gestalt, weil sie im Kontrast zu den dunklen Dachziegeln leuchtete. Ihre Flügel waren so durchsichtig, dass man sie kaum sehen konnte.

Kaye zog am Fenster, aber sie musste es mehrmals versuchen, bis es sich aus dem alten aufgequollenen Rahmen löste. Zwei weiße Motten flatterten herein.

»Spike!«, rief Kaye. »Lutie! Wo wart ihr denn? Ich bin doch schon so lange wieder zurück. Ich habe Milch für euch hingestellt, aber die haben wohl die Katzen getrunken.«

Der kleine Mann sah sie aus einem Auge an, wie ein vorwitziger Spatz. »Die Distelhexe wartet«, sagte Spike. »Beeil dich.«

Seine Stimme klang seltsam, drängend und merkwürdig unfreundlich. So hatte er noch nie mit ihr geredet. Dennoch gehorchte sie, schon allein aus Gewohnheit: das gleiche alte Zimmer, die gleichen kleinen Freunde, die sie mitten in der Nacht holten, um Leuchtkäfer zu fangen oder saure Kirschen zu pflücken. Sie zog einen Pullover über das weiße Altedamennachthemd, das ihre Großmutter ihr geliehen hatte, und schlüpfte in ihre Stiefel. Dann sah sie sich in ihrem Zimmer nach ihrer Jacke um, aber die war auch nur ein weicher schwarzer Haufen von vielen. Sie gab es auf. Der Pullover war warm genug.

Kaye kletterte aufs Dach. »Warum will sie mich treffen?«

Kaye hatte in der Distelhexe immer eine miesepetrige Tante gesehen, die nicht gerne spielte und der man nicht quer kommen sollte.

»Sie muss dir etwas mitteilen.«

»Könnt ihr das nicht tun?«

Kaye schwang die Beine über den Rand des Daches. Spike flitzte auf seiner Rinde abwärts und Lutie schwebte mit ihren schimmernden Flügeln im Gleitflug dahin.

»Komm weiter«, sagte Spike.

Kaye stieß sich vom Dach ab und fiel. Als sie geschickt wie eine Katze fest auf beiden Füßen landete, zerkratzte der Rhododendronbusch ihr die Beine.

Sie rannten zur Straße, während Lutie-loo in der Luft um Kaye herumtanzte und immer wieder flüsterte: »Ich habe dich vermisst, ich habe dich vermisst.«

»Hier entlang«, sagte Spike unnötigerweise. Kaye hatte sich den Weg gemerkt.

»Ich habe euch auch vermisst«, sagte Kaye zu Lutie und streichelte mit ausgestreckter Hand den leichten Körper. Lutie fühlte sich gut an, glatt wie Wasser, weich wie Rauch.

Der Glassumpf, dessen Name von den vielen kaputten Flaschen herrührte, die den kleinen Bach verstopften, lag etwa einen Kilometer entfernt unterhalb der Straße. Sie kletterten das steile Ufer herunter; Kayes Stiefel rutschten durch den Matsch. Auf Steinen standen Bierflaschen, manche waren schon zu großen Scherben zerschmissen.

»Was ist denn los? Worum geht es?«, rief sie so leise wie möglich, aber dennoch so, dass Spike sie hören konnte. Es war sonnenklar, dass etwas nicht stimmte, denn er beeilte sich dermaßen, als wollte er ihr nicht ins Gesicht sehen. Aber vielleicht war sie ja auch einfach zu alt, als dass er Spaß mit ihr haben könnte.

Er antwortete nicht.

Lutie schoss auf sie zu, ihre Haare peitschten durch die Luft wie eine beigefarbene Fahne. »Wir müssen uns beeilen. Mach dir keine Sorgen. Es sind gute Neuigkeiten – gute Neuigkeiten.«

»Psst«, sagte Spike.
Wegen des undurchdringlichen Dickichts am Bach musste Kaye sich direkt am Wasser vortasten. Es war so dunkel, dass sie fürchten musste beim nächsten Schritt mit den Stiefeln im Wasser zu stehen. Sie bewegten sich in aller Stille, während Kaye versuchte in dem trüben Licht, das Luties Leuchten verbreitete, den Weg zu finden.
Sie sah etwas Weißes – zerbrochene Eierschalen hüpften in dem schmalen Bach. Kaye blieb stehen, um diese seltsame Armada zu beobachten. Manche waren klein und gefleckt, andere glänzten supermarktweiß. In einer Schale krabbelte eine Spinne hin und her wie ein unfreiwilliger Kapitän. In einer anderen ankerte in der Mitte eine schwarze Nadel, während sich die Eierschale taumelnd drehte.
Kaye hörte ein Kichern.
»Vieles kann gelesen werden aus einer Eierschale«, sagte die Distelhexe. Mit großen schwarzen Augen sah sie unter den geflochtenen Gräsern und der gebundenen Baumheide hervor, die auf ihrem Kopf wuchsen wie Haare. Sie saß am entgegengesetzten Ufer, ihr kauernder Körper war unter graubraunem Wollstoff verborgen.
»Sie haben uns sogar dabei erwischt«, fuhr die Distelhexe fort, »als wir die Eierschalen gebraut haben. Stolz verwandelt selbst die weisesten Elfen in Angeber, sagt man.«
Kaye hatte immer ein bisschen Angst vor ihr gehabt, aber im Augenblick verspürte sie nur Erleichterung. Die Distelhexe hatte freundliche Augen und ihre kratzige Stimme war angenehm vertraut. Sie hatte keinerlei Ähnlichkeit mit Roiben und seinem Dämonenpferd.

»Hallo«, sagte Kaye, die nicht wusste, welche Anrede sie gebrauchen sollte. Als sie ein Kind gewesen war, hatte sie mit der Hexe nur gesprochen, wenn sie einen Splitter im Fuß oder ein aufgeschürftes Knie gehabt hatte oder wenn sie sich hatte entschuldigen müssen, weil sie aus Spaß einen Freund aus der Eisenwelt mitbringen wollte. »Spike hat gesagt, du hättest mir etwas mitzuteilen.«

Die Distelhexe sah sie lange an, als wollte sie Maß nehmen. »Alles konzentriert sich immer auf das Ei. Es ist das Leben, es ist Nahrung, es ist die Antwort auf hundert Rätsel, aber sieh dir die Schale an. An ihren Wänden stehen die Geheimnisse geschrieben. Geheimnisse liegen in den Eingeweiden der Dinge, im Bodensatz.« Die Distelhexe piekte oben und unten eine Nadel in die Schale eines winzigen blauen Eis und hob es an ihre Lippen. Sie blies die Wangen auf und ein klares, dickliches Rinnsal rann in eine Kupferschale auf ihrem Schoß.

Kaye betrachtete die Eierschalen, die noch immer den Bach hinunterhüpften. Sie verstand das nicht. Welche Geheimnisse bewahrten sie, außer einer Spinne und einer Nadel?

Die Distelhexe klopfte auf die feuchte Erde neben sich. »Willst du sehen, was ich sehe, Kaye? Setz dich.«

Kaye suchte eine trockene Stelle und sprang leichtfüßig über den Bach.

Ein kleines Wesen in einer Jacke aus Maulwurfsfell schlitterte auf den Schoß der Distelhexe und schaute neugierig in die Schale.

»Es waren einmal zwei Höfe, der helle und der dunkle, der Selige und der Unselige Hof, das Luftvolk und das Erdvolk. Sie bekämpften einander wie eine Schlange, die sich in den eigenen Schwanz beißt. Wir aber hielten uns fern, blieben in unseren verborgenen Hainen und unterirdischen Flüssen und sie vergaßen uns. Jetzt haben sie einen Waffenstillstand geschlossen und sich daran erinnert, dass Herrscher auch Untertanen brauchen.« Abwesend streichelte die Distelhexe beim Reden das glänzende Fell der Jacke der kleinen Elfe. »Sie haben den Zehnten wieder eingeführt – die alte Abgabe des zehnten Teils. Ein schönes, begabtes Menschenwesen soll als Zehnter geopfert werden. Am Seligen Hof würden sie sich damit begnügen, einen Dichter zu entführen, der ihnen Gesellschaft leistet, aber den Unseligen Hof verlangt es nach Blut. Im Gegenzug müssen jene, die in den Ländern des Unseligen Hofes leben, sich zum Dienst verpflichten. Ihnen zu dienen ist hart, Kaye, und ihre Späße sind grausam. Und jetzt hast du ihre Aufmerksamkeit erregt.«

»Wegen Roiben?«

»Oh, sprich nur weiter seinen Namen aus«, zischte Spike. »Sollen wir aus lauter Blödheit den gesamten Unseligen Hof zum Nachmittagstee einladen?«

»Psst«, sagte die Distelhexe beruhigend. Spike stampfte mit dem Fuß auf und sah weg.

»Du darfst noch nicht einmal ihre Namen laut aussprechen«, erklärte die Distelhexe. »Der Unselige Hof ist schrecklich, schrecklich und gefährlich. Und von allen am Unseligen Hof wird kein Ritter so gefürchtet wie . . . der, mit dem du gesprochen hast. Als der Waffenstillstand geschlossen wurde, tauschten die Königinnen ihre besten Ritter aus – er war die Gabe des Seligen Hofes. Die Königin lässt ihn ihre schlimmsten Aufträge ausführen.«

»Er ist so unberechenbar, dass ihm nicht einmal seine Königin trauen kann. Er kann nett sein oder töten, keiner weiß das vorher«, ergänzte Spike. »Er hat Gristle getötet.«

»Ich weiß«, sagte Kaye. »Das hat er mir erzählt.«

Spike sah die Distelhexe erstaunt an.

»Das meine ich ja! Was für eine perverse neue Freundschaft ist das bloß?«

»Wie – wie hat er es getan?«, fragte Kaye. Sie fürchtete sich zwar vor der Antwort, aber sie musste es wissen. »Wie ist Gristle gestorben?«

Lutie flatterte herbei und schwebte nun mit ihrem kleinen traurigen Gesicht vor ihr. »Wir waren zusammen. Wir gingen zum ... zum Elfenhügel. Dort gab es Schlüsselblumenwein und Gristle wollte, dass ich ihm helfe eine Flasche zu klauen. Er wollte sie bei einem seiner Koboldfreunde gegen ein Paar hübsche Stiefel tauschen. Es war nicht schwer, hineinzukommen. Es gibt da einen Grasflecken, der ist ganz braun, da geht's rein. Wir nahmen die Flasche, kinderleicht das Ganze, und waren schon auf dem Rückweg, als wir die Kuchen sahen.«

»Kuchen?« Kaye staunte.

»Wunderschöne weiße Honigkuchen, stapelweise angerichtet, gratis auf einer Platte. Essen und schlau werden, du weißt schon.«

»Nicht dass ich wüsste«, sagte Kaye. »So läuft das nicht.«

»Doch«, schimpfte Lutie. »Wie soll das denn sonst gehen?«

Die kleine Elfe griff sich einen dünnen Ast, hängte sich kopfüber an einen niedrigen Strauch und erzählte weiter. »Fünf Stück hat er verschlungen, bevor sie ihn erwischten.«

Kaye wies sie nicht darauf hin, dass er vielleicht, wenn er von diesen Kuchen wirklich klüger geworden wäre, auf die Idee gekommen wäre, nach dem ersten aufzuhören. Davon wurde sein Tod nicht weniger Grauen erregend.

»Wahrscheinlich hätten sie ihn gehen lassen, aber *sie* brauchte einen Fuchs für die Jagd. Sie sagte, er sei der perfekte Fuchs, weil er die Kuchen gestohlen hatte. Oh, Kaye, es war furchtbar. Sie hatten Hunde und Pferde und haben ihn einfach niedergeritten. Roiben hat ihn tödlich getroffen.«

»Was seid ihr für Narren, dass ihr immer wieder seinen Namen sagen müsst?«, murrte Spike.

Kaye konnte es nicht glauben. Roiben sollte Gristle aus Spaß getötet haben? Weil er einige Kuchen gestohlen hatte? Und sie hatte diesem Bastard geholfen! Sie bekam eine Gänsehaut, als sie sich daran erinnerte, wie unbefangen sie mit ihm geredet, wie sie an ihn gedacht hatte. Sie überlegte, was man wirklich mit einem Namen erreichen konnte, welche Art von Rache sie finden könnte.

Die Distelhexe reichte ihr das kleine Ei.

»Komm, Kaye, blas das Ei aus und brich es auf. Es enthält ein Geheimnis, das dich betrifft.«

Kaye nahm das kleine blaue Ei. Es war so leicht, dass sie

befürchtete, es werde schon beim leisesten Druck ihrer Hand zerbrechen.
Sie kniete über der Kupferschale der Distelhexe und blies sachte in das Nadelloch des Eis. Zähflüssig flossen Eiklar und Eigelb am anderen Ende heraus.
»Nun zerbrich es.«
Kaye drückte mit dem Daumen gegen die Eisschale und die ganze Seite brach weg, wurde nur noch von einem dünnen Häutchen zusammengehalten.
Spike und Lutie sahen überrascht aus, aber die Distelhexe nickte nur.
»Ich habe es falsch gemacht«, sagte Kaye und wischte die Eierschalen in den Bach. Im Gegensatz zu den kleinen Booten sah dieses Ei auf dem Wasser wie ein Konfettiregen aus.
»Sprechen wir von einem weiteren Geheimnis, mein Kind, das dir entgangen ist. Wenn du überlegst, wirst du bestimmt zugeben, dass dir etwas überaus Seltsames eigen ist. Eine Merkwürdigkeit nicht nur im Verhalten, sondern eine, die woanders herrührt. Allein der Geruch, eine Spur davon vertreibt Eisenweltler, macht sie misstrauisch und zieht sie gleichzeitig an.«
Kaye schüttelte den Kopf, sie hatte keine Ahnung, wohin das führen sollte.
»Verrate ihr ein anderes Geheimnis«, warnte Spike. »Dieses zu verraten macht alles nur noch schlimmer.«
»Du bist eine von uns«, sagte die Distelhexe zu Kaye und ließ ihre Augen funkeln wie schwarze Juwelen.
»Was?« Sie hatte gehört, was gesagt worden war, sie ver-

stand es auch, schindete nur Zeit, bis ihr Gehirn die Arbeit wieder aufnahm. Sie hatte das Gefühl, nie wieder atmen zu können. Es gab verschiedene Stufen des Unmöglichen, zumindest graduelle Unterschiede im Unwirklichen. Aber jedes Mal, wenn Kaye glaubte unten angekommen zu sein, tat sich der Boden erneut unter ihr auf.

»Nur die Mädchen der Sterblichen sind dumm und begriffsstutzig«, sagte Lutie. »Du kannst aufhören so zu tun.«

Obwohl sie es noch nicht zugeben konnte, wusste sie bereits, dass es stimmte. Es fühlte sich wahr an und brachte ihre Welt so genau ins Ungleichgewicht und wieder ins Gleichgewicht, dass sie sich tatsächlich fragte, wie sie ohne diese Wahrheit gelebt hatte. Warum schließlich sollte sie die Einzige sein, die Besuch von Elfen bekam? Warum hatte nur sie diese Magie, die sie nicht beherrschte?

»Warum habt ihr mir nichts gesagt?«

»Zu riskant«, sagte Spike.

»Und warum erzählt ihr es mir jetzt?«

»Weil du es bist, die sie für den Zehnten auswählen werden – du bist die Zehnte!« Die Distelhexe verschränkte heiter ihre schlaksigen Arme. »Weil du das Recht hast, es zu wissen.«

Spike schnaubte.

»Was? Aber ihr habt gesagt, ich bin nicht ...« Sie hörte von allein auf. Sie hatte heute Nacht keinen einzigen intelligenten Satz zu Stande gebracht und bezweifelte, dass sich das noch ändern würde.

»Die denken, du bist ein Mensch«, sagte Spike. »Und das ist gut so.«

»Einige verrückte Elfen wollen mich töten und du findest, das ist gut so? Hey, ich dachte, wir wären Freunde.«
Spike gönnte ihr nicht einmal ein Lächeln für diesen müden Witz. Er war voll und ganz in seine Planung vertieft. »Es gibt einen Ritter am Seligen Hof, der dir den Schild abnehmen kann. Dann sieht es so aus, als wollte die Unselige Königin einen von uns opfern – genau die Sorte Scherz, die ihr jeder zutraut.« Spike holte Luft.
»Wir brauchen deine Hilfe.«
Kaye biss sich auf die Unterlippe und glitt mit den Zähnen darüber, so sehr konzentrierte sie sich. »Ich bin jetzt ziemlich verwirrt, Leute – das wisst ihr, oder?«
»Wenn du uns hilfst, werden wir frei sein«, sagte Lutie. »Frei! Sieben Jahre lang!«
»Also was ist der Unterschied zwischen dem Seligen und dem Unseligen Hof?«
»Es gibt viele, sehr viele Höfe, Selige und Unselige. Fast immer ist es so, dass die Unseligen Höfe schlimmer sind und dass der Adel es an allen Höfen genießt, über die Bürgerlichen zu herrschen und mehr noch über die freien Geister. Wir, die wir an keinen Hof gebunden sind, sind von der Gnade dessen abhängig, der das Land regiert, in dem wir leben.«
»Und warum geht ihr dann nicht einfach woanders hin?«
»Einige von uns können das gar nicht, das Baumvolk zum Beispiel. Und wo sollten die anderen hingehen? An einem anderen Hof könnte es noch härter sein als an diesem.«
»Warum lassen sich die freien Geister auf diesen Handel, Freiheit gegen Menschenopfer, überhaupt ein?«

»Die einen wegen des Blutes, die anderen des Schutzes wegen. Das Menschenopfer ist ein Zeichen von Macht. Macht, die uns zum Gehorsam zwingen könnte.«
»Aber könnten sie euch dann nicht einfach mit Gewalt zurückholen?«
»Nein. Sie müssen sich genauso an die Vereinbarung halten wie wir. Sie sind an die Einschränkungen gebunden. Wenn das Opfer ausfällt, sind wir sieben Jahre frei. Niemand hat uns dann etwas zu befehlen.«
»Na ja, Leute, ihr wisst doch, dass ich euch helfe. Ich würde euch immer helfen, egal, wobei.«
Das breite Lächeln auf Spikes Gesicht verscheuchte all ihre Befürchtungen, die sein barsches Verhalten in ihr ausgelöst hatte. Er hatte wohl Angst gehabt, dass sie Nein sagen würde. Lutie flog glücklich um sie herum und hob Haarsträhnen zum Binden oder Flechten hoch.
Kaye wandte sich der Distelhexe zu, ohne Luties Aufmerksamkeiten Beachtung zu schenken. »Wie ist das alles passiert? Wenn ich wie ihr bin, wieso lebe ich dann mit meiner . . . mit Ellen zusammen?«
Die Distelhexe schaute in den Bach und sah den schwankenden Eierbooten nach. »Weißt du, was ein Wechselbalg ist? Früher ließen wir immer etwas in der Wiege zurück – ein Stück Holz oder sterbende Geister –, die wir so verzaubert hatten, dass sie wie das gestohlene Baby aussahen. Nur selten lassen wir eins der unseren zurück, aber wenn wir es tun, kann das Kind mit zunehmendem Alter seine Natur immer schwerer verbergen. Am Ende kommen sie alle ins Elfenland zurück.«

»Aber warum – nicht warum sie zurückkehren, sondern warum ich? Warum wurde ich zurückgelassen?«

Spike schüttelte den Kopf. »Die Antwort darauf kennen wir genauso wenig wie wir wissen, warum uns befohlen wurde uns um dich zu kümmern.«

Kaye war erschüttert, als ihr klar wurde, dass es noch eine andere Kaye Fierch geben musste, die echte Kaye Fierch, die irgendwo im Elfenland lebte. »Ihr habt gesagt ... mit einem Schild versehen. Bedeutet das, dass ich eigentlich nicht so aussehe?«

»Es ist ein besonders starker Schild. Jemand hat ihn dir für immer auferlegt.« Spike nickte weise.

»Und wie sehe ich wirklich aus?«

»Nun, du bist ein Pixiemädchen, wenn dir das weiterhilft.« Spike kratzte sich am Kopf. »Meistens sind sie grün.«

Kaye kniff fest die Augen zu. »Wie kann ich mich sehen?«

»Ich rate dir davon ab«, sagte Spike. »Wenn du den Schild erst mal abgelegt hast, kann ihn niemand, zumindest niemand, den wir kennen, genauso gut erneuern. Warte doch erst mal Samhain ab – dann ist der Zehnte fällig. Sonst errät noch jemand, wer du bist, wenn du an deinem Gesicht herumpfuschst.«

»Der Schild geht doch sowieso bald ab und dann musst du nicht mehr so tun, als wärst du sterblich, es sei denn du möchtest es gerne«, flötete Lutie.

»Wenn mein Schild so gut ist, woran habt ihr denn erkannt, wer ich wirklich bin?«

Die Distelhexe lächelte. »Ein Schild dient der Illusion, aber manchmal, wenn er sehr geschickt verwoben wurde, kann er über eine Maske hinausgehen. Ein gezauberter Regenschirm kann einen tatsächlich vor dem Regen schützen und Zaubergold kann Gold bleiben, zumindest solange die Wärme des Zauberers an den Münzen haftet. Der Zauber, mit dem du belegt wurdest, ist der stärkste, den ich je gesehen habe, Kaye. Er schützt dich sogar, wenn du Eisen berührst, das Elfenfleisch normalerweise verbrennt. Ich weiß aber, dass du ein Pixie bist, weil ich dich kenne, seit du sehr klein warst und wir alle im Seligen Land gelebt haben. Die Königin höchstpersönlich hat uns gebeten auf dich aufzupassen.«

»Aber warum nur?«

»Wer kennt die Launen von Königinnen?«

»Und wenn ich den Schild ablegen möchte?« Kaye wollte es wissen.

Die Distelhexe ging auf sie zu. »Es gibt viele Möglichkeiten, Elfenzauber abzulegen. Ein vierblättriges Kleeblatt, Vogelbeeren oder ein Blick durch einen Stein mit einem natürlichen Loch. Die Entscheidung liegt bei dir.«

Kaye holte tief Luft. Sie musste nachdenken. »Ich gehe wieder ins Bett.«

»Noch was«, sagte die Distelhexe, als Kaye vom Ufer aufstand und sich den Schmutz abklopfte. »Bedenke die Warnung deiner Eierschale. Wohin du auch gehst, Chaos und Streit werden dir folgen.«

»Was soll das heißen?«

Die Distelhexe lächelte. »Das wirst du mit der Zeit schon erfahren. So ist es immer.«

Kaye stand auf dem Rasen vorm Haus ihrer Großmutter. Es war dunkel, nur der Mond schien silbern. Ein Mond, der an diesem Abend nichts Menschliches hatte, ein kalter Stein, der nur leuchtete, weil er Licht reflektierte. Stattdessen kamen ihr die Bäume lebendig vor, deren krumme Äste wild um sich greifenden Armen glichen.

Dennoch konnte sie nicht ins Haus gehen. Sie setzte sich ins taufrische Gras und riss es büschelweise aus, warf es in die Luft, nicht ohne sich irgendwie schuldig zu fühlen.

Ein Pixie. Das Wort klang – wie ein Jux. Aber sie musste doch lächeln bei dem Gedanken, dass auch sie ein Zauberwesen war, dass sie Flügel hatte wie Lutie, flinke Finger wie der arme Gristle.

Beim Gedanken an ihre Mutter bekam sie allerdings Magenschmerzen. Ihre Mutter, deren Kopf sie aus diversen Kloschüsseln gefischt hatte, die sie, Kaye, von Wohnung zu Wohnung geschleppt hatte, von Kneipe zu Kneipe, nur um einem fernen Traum näher zu kommen. Ihre Mutter, die einmal eine von Kayes Lieblings-LPs zerbrochen hatte, weil es sie »krank machte, dieser unbegabten Nutte zuzuhören«. Ihre Mutter, die ihr nie vorgeworfen hatte merkwürdig zu sein, die sie immer dazu angehalten hatte, selbst zu denken, die für sie gerade stand und sie noch nie im Leben als Lügnerin bezeichnet hatte.

Was würde ihre Mutter denken, wenn sie herausfand, dass ihre Tochter nicht das Mädchen war, mit dem sie sechzehn Jahre gelebt hatte?

Nein, Ellens Baby war von flinkfingrigen Elfen großgezogen worden.

Das Ganze war zu verkorkst, um länger darüber nachzudenken.
Wenn sie nun nicht Kaye Fierch war, das verrückte Menschenmädchen, wer oder was war sie dann? Die Elfen wünschten zwar nicht, dass sie ihrem Plan für Halloween in die Quere kam, aber in diesem Moment wollte Kaye nur noch eins: wissen, wie sie aussah.
Auf dem Rasen wuchs stellenweise Klee. Sie bückte sich zu einem kleinen Feld braunen, halb verwelkten Klees hinunter, spreizte die Finger und suchte. Es waren so viele, sogar jetzt im Herbst noch, es musste einfach ein vierblättriges dabei sein.
Sie kam im Dunkeln nur langsam voran und keins der Kleeblätter, deren sie habhaft wurde, hatte mehr oder weniger als drei Blätter. Sie war schon fast so weit, eins der herzförmigen Blätter in der Mitte durchzureißen, um herauszufinden, ob dieser Zauberkram jetzt echt oder eher symbolisch war. Dabei musste sie ja noch nicht mal ausdrücklich eines finden, sondern es nur berühren.
Oh, das war ihr wirklich zu blöd. Das funktionierte nie im Leben. Und selbst wenn es funktionierte, war es doch immer noch blöd.
Kaye streckte sich auf dem Rasen aus und hoffte, dass um diese Zeit keine Autos mehr vorbeifuhren. Dann wälzte sie sich im Kleefeld. Der Boden war kalt, der Tau zu Raureif gefroren. Benommen kugelte sie mit ausgestreckten Armen herum. Währenddessen musste sie lachen – das Ganze war absurd und führte nur dazu, dass sie nass und kalt wurde, durch und durch kalt, aber im Geruch der Erde

und in der Berührung des Grases lag etwas Kraft Spendendes. Aus ihrem Mund wirbelte das Lachen im warmen Atemwind nach oben.
Sie fühlte sich nicht verwandelt, aber sie fühlte sich entschieden besser. Sie grinste wie ein Idiot. Albernheit gewann die Oberhand über ihre Angst.
Auf dem Rücken liegend, stellte Kaye sich vor, wie es wäre, eine Elfe zu sein, funkelnd von oben bis unten mit Haaren, die ständig im Wind flatterten. Das einzige Bild, das sie tatsächlich beschwören konnte, war jenes von einem blassgrünen Gesicht, das sie im Spiegel der Restauranttoilette zu sehen geglaubt hatte. Sie konnte sich so genau an alle Einzelheiten erinnern, dass es ihr eigentlich nicht echt vorkam, sondern eher wie eine Erinnerung. Vielleicht hatte sie es aus einem Film.
Kaye drehte sich um, weil sie aufstehen und ins Haus gehen wollte, da merkte sie, dass an ihrer Hand ein Stück Haut lose herunterhing. Als sie es zögernd mit dem Finger berührte, streifte der es ab wie nach einem Sonnenbrand und legte zarte grüne Haut frei. Kaye leckte an ihrem Finger und versuchte das Pigment abzureiben. Es ging nicht ab; stattdessen breitete es sich nur noch weiter aus. Ihre Hand schmeckte nach Schmutz.
Kaye hörte auf sich zu bewegen. Sie hatte Angst, ihr war schlecht vor Angst, aber ruhig war sie auch, ruhig wie nie. *Reiß dich zusammen*, schimpfte sie mit sich selbst, *du hast es so gewollt*.
Ihre Augen juckten und sie rieb sie mit den Knöcheln. Etwas ging ab, es fühlte sich an wie eine Kontaktlinse, aber

als sie darauf hinuntersah, erkannte sie, dass es Haut war und dass durch die Reibung immer mehr Haut auch von ihren Händen abfiel.

Als sie hochschaute, erschien ihr die ganze Welt strahlender, schimmernd vor Licht. Farben tanzten über das Gras. Das Braun der Bäume hatte viele Schattierungen, die Falten der Schatten waren tief wie Geheimnisse, die eine neue Wendung genommen hatten, und so schön.

Sie breitete die Arme so weit aus wie möglich. Sie roch das beißende Grün des Grases, auf das sie trat, als sie aufstand. Als sie herumwirbelte, roch sie die scharfe Kälte der Luft, angereichert mit Abgasen, welken Blättern, mit dem Rauch eines in der Ferne brennenden Blätterhaufens. Sie roch die Fäulnis im trocknenden Holz, die verderbenden Wintervorräte der Ameisen. Sie hörte das Wühlen der Termiten, das Zischen des elektrischen Stroms im Haus, das Rascheln des Windes in tausenden von Blättern, spröde wie Papier.

Sie schmeckte Chemikalien in der Luft – Eisen, Rauch und andere Dinge, die sie nicht benennen konnte. In dunkler Harmonie tönten sie über ihre Zunge.

Das war zu viel für sie. Es war überwältigend. So viele Sinneseindrücke bedrängten sie, zu viele, als dass sie sie hätte filtern können. So konnte sie nicht ins Haus gehen, dabei hätte sie es jetzt so gerne getan – sie wollte sich einfach unter ihren Decken vergraben. Sie war hierauf nicht vorbereitet gewesen – ihre Neugierde war eine dumme Laune gewesen.

Wie sah sie denn nun wirklich aus?

Jetzt sollte sie wohl besser zum Sumpf zurückgehen, alles gestehen und sich von der Distelhexe erklären lassen, was sie mit sich selbst angestellt hatte. Kaye zwang sich dazu, einige Male kurz einzuatmen, ohne darüber nachzudenken, wie die Luft schmeckte. Es ging ihr gut, ja sogar besser, sie war verdammt noch mal übernatürlich. Sie musste nur zum Sumpf zurückgehen und darauf achten, auf dem Weg dorthin ihre Haut nicht mehr zu berühren.

Nachdem sie jedoch gestartet war, merkte sie, dass sie nicht laufen konnte. Sie rannte. Sie rannte durch Hinterhöfe, über nassen ungemähten Rasen, hörte Hunde bellen. Rannte über einen fast leeren Parkplatz, dann in das dahinter liegende Gelände, wo sie nach Luft ringend stehen blieb und sich die Seiten hielt. Sie war angekommen – an der feinen Maskierung der Bäume und am Bach, der durch sie hindurchfloss.

»Spike! Lutie!«, rief Kaye und erschrak selbst vor ihrer atemlos keuchenden Stimme. »Bitte . . .«

Keine Antwort. Stille.

Kaye schwankte den Hügel hinunter; ihre Stiefel versanken im Dreck. Die Eierschalen waren fort. Nichts, nur der Gestank eines stehenden Gewässers. Die kaputten Flaschen schimmerten auf einmal wie gezackte Juwelen. Ergriffen von so viel Schönheit blieb sie stehen.

»Bitte Lutie oder. . .«

Niemand antwortete.

Kaye setzte sich in den kalten Schmutz. Sie konnte warten. Sie musste warten.

Kaye reckte und streckte sich. Dann drehte sie sich um. Über ihr wehten und raschelten die Blätter im Morgenwind. Kalte Wassertropfen fielen auf ihre Wange, dann auf ihren Arm und ein Augenlid. Kaye setzte sich hin. Ihr taten die Augen weh und ihre Lippen waren wund und geschwollen.
Als sie ihren Arm ins Licht hielt, schimmerte die Haut grünlich. Ihre Finger waren zu lang und krümmten sich behände am neuen vierten Glied oder rollten sich ein, wenn sie sie zur Faust ballte. Sie hob die andere Hand, von der sich in der vergangenen Nacht die Haut gelöst hatte. Hier hatte ihre Haut einen ins Dunkle tendierenden smaragdgrünen Ton.
Niemand war gekommen. Ein weiterer Tropfen traf ihr nacktes Bein; sie sprang auf. Ihr Nachthemd war verdreckt und sie zitterte trotz des Pullovers.
Sie drängte die Tränen zurück, verschränkte die Arme und lief los. Nach Hause konnte sie nicht gehen – zumindest jetzt noch nicht, da klar erkennbar war, dass sie nicht das Mädchen war, das dort hingehörte. Aber sie musste aus dem Regen raus. Wenigstens diesmal konnte Janet ihr nicht vorwerfen, dass sie log.
Auf einem Parkplatz blieb sie stehen und drehte den Seitenspiegel eines Wagens so, dass sie ihr Profil sehen konnte. Ihre Haare waren ein einziger Wust, ein Heiligenschein aus taunassen Ästen, und ihre Haut hatte jetzt eine Schattierung saftigen Moosgrüns. Keine tiefe Verfärbung, eher eine Tönung, als läge ein grüner Schleier über ihr. Ihr Ohr war länger, es lugte oben durch die Haare. Ihre Wange war einge-

fallen und knochig, ihr Auge schräg gestellt und schwarz, schwarz glänzend mit einer stecknadelgroßen weißen Pupille. Wie ein Vogelauge oder eine einzige Perle.
Sie berührte ihr Gesicht mit der Hand. Die Haut riss leicht auf und enthüllte einen Streifen grasgrüner Haut.
Sie schlug ein Spinnwebenmuster in den Spiegel und überraschte sich selbst damit. Sie kümmerte sich nicht um die Schmerzen im Handgelenk und das feuchte Brennen ihrer blutenden Knöchel; sie rannte los.

Corny blinzelte. Ein Mädchen mit grünem Make-up rannte über die Straße bis unter das Vordach der Tankstelle. Sie schaute auf und er glaubte sie zu erkennen, aber als sie näher kam, war er sich nicht mehr so sicher.
»Ich wollte zu Janet«, sagte sie und klang absolut wie Kaye, »aber dann ist mir eingefallen, dass sie in der Schule ist.«
Von nahem sah das Mädchen überhaupt nicht aus wie Kaye. Sie sah überhaupt nicht aus wie irgendwer. Ihre Schlitzaugen waren schwarz wie eine Ölkatastrophe. Sie war zu dünn. Lange Ohren drangen an beiden Seiten des Kopfes durch ihre zerzausten Haare. Ihre Haut schien sich zu schälen, grüne Flecken waren darunter zu sehen.
»Kaye?«, fragte Corny.
Das Mädchen lächelte ihn an, aber zu heftig. An ihrer Unterlippe riss die Haut auf.
Er blieb wie angewurzelt stehen und starrte sie an.
Sie zischte an ihm vorbei ins Büro, wobei sie die Finger spreizte. Sie sahen aus wie Zweige. Er unterdrückte ein Wimmern und versuchte stattdessen den Blick auf so ge-

wohnte Dinge zu richten wie das Kreditkartengerät, die schmutzigen Zeitungen und den kastenförmigen, mit Schlitzen versehenen Luftbefeuchter. Er konnte sie riechen, eine verrückte Mischung aus Kiefernnadeln, Moos und Blätterhaufen. Ihm wurde schwindelig.

Sie setzte sich auf den Boden, auf einen Haufen von Zeitungen und Fastfood-Schachteln.

»Was zum Teufel ist mit dir passiert?«

Kaye streckte die Hand aus und hielt sie flüchtig ins Licht. »Ich bin krank«, sagte sie. »Ich bin echt krank.«

Er kniete nieder und schaute sie wieder an. Ihre Haut hatte etwas Leuchtendes, eine Art Strahlen, das ihre Augen fiebrig glänzen ließ. Auch mit ihrer Figur stimmte etwas nicht, das sah er an der Art, wie sie die Schultern hochzog und an dem kleinen Buckel auf dem Rücken.

Er griff sich ein Stück Holz, an dem ein Schlüssel baumelte. »Komm mit auf die Toilette. Da ist das Licht besser und du kannst noch mehr von dem Zeug abwaschen.«

Sie stand auf.

»Ich kann dich auch ins Krankenhaus bringen«, sagte er. Sie antwortete nicht und er bestand nicht darauf. Corny wusste, dass dies kein gewöhnlicher Krankenhausfall war – das hatte er nur aus Pflichtgefühl gesagt.

Die Toilette war verdreckt. Corny konnte sich nicht daran erinnern, wann hier irgendwer an mehr gedacht hätte als daran, das Klopapier auszuwechseln. Die ehemals weißen Fliesen waren gesprungen und angegraut. Der Platz reichte kaum für zwei Leute, aber Kaye quetschte sich gehorsam neben das Klo und zog ihren Pullover aus.

»Zieh den Rest auch aus. Da ist irgendwas an deinem Rücken.«

Sie warf ihm einen abschätzenden Blick zu, entschied sich aber dafür, dass es entweder ihr oder ihm oder auch beiden egal war. Sie schleuderte die Stiefel fort, zog das Nachthemd aus und stand dann noch im Slip da.

Corny hielt ihr Nachthemd unter den Wasserhahn, bis es klatschnass war. Mit dem nassen Tuch rubbelte er die alte Haut ab. Auf ihrem Rücken war sie dünn wie Krepppapier. Als er mit dem Stoff über die Ausbeulung zwischen ihren Schultern rieb, riss sie auf.

Eine dünne weißliche Flüssigkeit floss zwischen ihren Schulterblättern den Rücken hinunter.

»Iiiiih!« Corny wich zurück.

Kaye sah sich zu ihm um und er las in ihrem Gesicht, dass sie keine weitere Merkwürdigkeit verkraften würde. Natürlich konnte er bei diesen seltsamen Augen genauso gut daneben liegen.

»Alles in Ordnung«, sagte er so beruhigend wie möglich. Draußen hörte er einen Wagen vorfahren, ging aber nicht hin.

»Was ist passiert?« Unter der Oberfläche bewegte sich etwas auf ihrem Rücken, etwas Glitschiges, Schillerndes.

»Durchhalten«, sagte er. Unter dem dickflüssigen Zeug zeigte sich ein weiß geädertes Leuchten, das sich über den gesamten Rücken zog. Plötzlich löste sich etwas und stieg nach oben, sodass es Corny beinahe ohrfeigte, bevor es nass auf ihrem Rücken zusammenfiel.

»Oh Gott«, sagte Corny. »Du hast Flügel.«

Die feuchten Dinger machten schwächliche Bewegungen. Ihr Anblick ließ ihn trotz seiner Angst freudig erschauern.

»Komm mit«, sagte er. »Zu mir.«

6

»Ich lief den Hügel hinunter und bald
Vergaß ich die Weise der Menschen hier,
Weil die Düfte der Nacht, berauschend und kalt,
Ekstase weckten in mir.«

SARA TEASDALE,
»AUGUST MOONRISE«,
FLAME AND SHADOW

Kaye setzte sich behutsam auf den Rand des Sofas, damit ihre neuen Flügel locker hängen konnten und nicht zerquetscht wurden, für den Fall, dass sie sich impulsiv bewegte oder gar zurücklehnte.

Sie trug eine Jeans von Corny. Aufgekrempelt und mit Gürtel passte sie halbwegs. In das schwarze Kapuzenshirt hatte Corny ein großes Loch für die Flügel geschnitten. Ihre Haut war so empfindlich, dass sie meinte gewisse Teilchen zu spüren, die durch die Luft schwebten.

Corny schenkte sich ein Glas Mineralwasser ein. »Kannst du Sprudel trinken?«

»Ich glaube schon«, sagte Kaye. »Früher ja.«

Er schenkte einen Becher voll und reichte ihn Kaye. Sie trank es doch nicht – es hatte die gleiche Farbe wie ihre Haut.

Sie konnte das Wasser *riechen,* auch die grünen Farbstoffe

und die chemische Versetzung mit Kohlensäure. Sie roch Corny, seinen vor Aufregung sauren Schweiß. Die Luft, die sie einatmete, schmeckte nach Zigaretten, Katzen, Plastik und Eisen. Diesen Geruch hatte sie früher überhaupt nicht wahrgenommen – und jetzt erstickte sie beinahe an jedem Atemzug.

»Ich raffe es langsam«, sagte Corny. »Ich kann dich schon fast ansehen, ohne daran zu denken, mit dem Kopf gegen die Wand zu rennen.«

»Ich weiß nicht genau, wie ich es erklären soll. Es hat schon vor langer Zeit angefangen. Ich weiß nicht, ob ich mich an die wichtigen Dinge erinnern kann.«

»Dann erzähl das, was in der letzten Zeit passiert ist.« Corny setzte sich neben sie aufs Sofa. Er sah sie mit einer Mischung aus Faszination und Abscheu an.

»Ich habe mich im Klee gewälzt.« In Erinnerung an die absurde Situation musste sie lachen.

»Warum?« Corny lachte nicht mit. Er war todernst.

»Weil mir die Distelhexe gesagt hat, dass ich mich dann so sehen kann, wie ich wirklich bin. Ich hab's dir ja gesagt, es ist wirklich lächerlich.«

»So siehst du also wirklich aus?«

Kaye nickte vorsichtig. »Ich denke schon.«

»Und diese Mistelhexe? Wer ist das?«

»Distelhexe«, berichtigte Kaye. Sie erzählte es ihm, erzählte ihm, dass sie Elfen kannte, solange ihre Erinnerung zurückreichte, dass Spike, als sie klein war, auf dem Fußende ihres Bettes gehockt und ihr Geschichten von Kobolden und Riesen erzählt hatte, während Lutie durch das Zimmer geschossen war wie ein manisches Nachtlicht. Sie erzählte ihm, wie ihr Gristle beigebracht hatte auf Grashalmen zu pfeifen, und beschrieb, wie die Distelhexe aus Eierschalen weissagte.

Die ganze Zeit starrte Corny sie reglos an.

»Wem hast du von diesen Freunden erzählt?«

Kaye zog die Schultern hoch. »Meiner Mom, meiner Großmutter – dabei bin ich wohl gar nicht mit ihnen verwandt . . .« Plötzlich hörte sie auf zu reden. Sie klang verunsichert, das hörte sie selbst, und holte tief Luft. »Allen, die mit mir in der ersten Klasse waren. Dir. Janet.«

»Hat einer von diesen Leuten jemals Elfen gesehen?«

Kaye schüttelte den Kopf.

Corny sah jetzt die Wand an und runzelte vor lauter Konzentration die Stirn. »Und du kannst sie nicht rufen?«

Kaye schüttelte noch mal den Kopf. »Sie finden mich, wenn sie wollen – so war es immer schon. Das ist ja genau das Problem. In diesem Zustand kann ich doch nicht bleiben, aber ich habe keine Ahnung, wie ich meinen Schild zurückbekommen soll.«

»Du kannst sie nirgends suchen?«

»Nein«, sagte Kaye heftig. »Das habe ich dir doch schon gesagt. Der Sumpf ist der einzig mögliche Ort und da bin ich die ganze Nacht gewesen.«

»Aber du bist doch auch eine Elfe. Hast du keine besonderen Fähigkeiten?«

»Weiß ich nicht«, sagte Kaye und dachte an Kenny. Darüber wollte sie aber hier und jetzt nicht reden. Ihr Kopf tat so schon weh genug.

»Kannst du jemanden verzaubern oder verhexen?«
»Ich weiß es nicht, ich weiß es nicht, ich weiß es wirklich nicht! Geht das nicht in deinen Kopf, dass ich keine Ahnung habe?«
»Komm mit nach hinten. Wir surfen im Internet.«
Sie gingen in Cornys Zimmer, wo er seinen Computer anschaltete. Er fuhr den Rechner hoch, dann erschien sein Bildschirmschoner: Eine Eidechse beugte sich über ein Schachbrett, auf dem zwei Königinnen miteinander kämpften. Die eine war pechschwarz, die andere makellos weiß.
Kaye warf sich auf sein ungemachtes Bett, auf den Bauch natürlich, Flügel hoch.
Corny tippte ein paar Buchstaben ein und sein Modem ächzte.
»Okay. E-l-f-e. Mal sehen. Hmmm. Schwules Zeug, nein, da gehen wir jetzt nicht rein.«
Kaye kicherte boshaft.
»Na, wer sagt's denn. Deutsche Wechselbälger. Bilder. Gedichte von Yeats.«
»Anscheinend bin ich ein Pixie«, ergänzte Kaye. »Klick trotzdem mal auf den Link zu den Wechselbälgern.«
»Interessant.«
Er scrollte und sie versuchte mitzulesen, aber dafür war sie etwas zu weit weg.
»Was?«
»Hier steht, man soll sie ins Feuer werfen, wenn man sein eigenes Kind wiederhaben will . . . oder ihnen ein heißes Schüreisen in den Rachen jagen.«

»Toll. Weiter.«

»Los geht's. Pixie. Können Gut und Böse erkennen, hassen Orks und sind zwischen dreißig und sechzig Zentimeter groß...« Er fing an zu lachen. »Geben Pixiestaub von sich.«

»Orks?«, fragte Kaye nach. Sie wechselte die Stellung und merkte plötzlich, dass sie die Muskeln noch gar nicht richtig unterscheiden konnte, mit denen ihre Flügel zuckten. Sie schienen sich unabhängig von ihr zu bewegen, jeder für sich wie zwei weiche leuchtende Insekten auf ihrem Rücken.

Corny hörte gar nicht mehr auf zu lachen. »Pixiestaub. Wie Engel, die Engelstaub machen. Internationales Drogenkartell schnappt sich Seraphime und schüttelt sie. Priester, die ihre Kirchen fegen und den Stoff in Frischhaltebeutel verpacken.«

Sie schnaubte. »Du bist blöd, hat dir das schon mal jemand gesagt?«

»Nö«, sagte er und lachte weiter.

»Tipp mal ›Unseliger Hof‹ ein.«

Er klickte einige Male mit der Maus, dann sagte er: »Sieht so aus, als würden sich da alle bösen Typen aus dem Elfenland rumtreiben. Was hat das mit dir zu tun?«

»Es gibt einen Ritter, der mich vielleicht töten will, vielleicht aber auch nicht. Meine Freunde wollen, dass ich aus gewissen Gründen so tue, als wäre ich menschlich, wegen des Zehnten, wie sie sagen – echt kompliziert.«

Corny setzte sich wieder gerade hin. »Warum hast du mir das nicht erzählt?«

»Ich habe dir den verständlichen Teil erzählt.«

»In Ordnung.« Corny nickte. »Dann erzähl mir jetzt den unverständlichen Teil.«

»Ich habe es nicht genau verstanden, aber grundsätzlich gibt es freie Geister und Elfen bei Hofe. Roiben gehört zu den Hofelfen, den habe ich angeschossen im Wäldchen gefunden. Er lebt am Unseligen Hof.«

»Okay, ich kann dir folgen, aber nicht mehr lange.«

»Spike und Lutie haben mir eine Eichelbotschaft geschickt, in der sie mir mitteilten, dass er gefährlich ist. Er hat einen anderen Freund von mir getötet: Gristle.«

»Eine Eichelbotschaft?«

»Der Deckel ging ab. Innen war sie hohl.«

»Natürlich. Was sonst?«

»Ha-ha. Jetzt such mal unter ›Zehnter‹, bitte. Soviel ich weiß, wird dieses Opfer dargebracht, damit die Elfen, die zu keinem Hof gehören, den Leuten bei Hofe gehorchen. Ich soll so tun, als wäre ich ein Mensch, damit sie so tun können, als würden sie mich opfern.«

Er tippte den Suchbegriff ein. »Da kommt nur dummes Zeug. Im Stil von: Gib-mir-zehn-Prozent-von-deiner-Kohle, dann-kann-ich-mir-eine-Hundehütte-mit-Klimaanlage-kaufen. Dieses Opfer – wie sicher ist das denn? Ich meine, wie gut kennst du diese Leute eigentlich?«

»Ich vertraue Ihnen vollkommen ...«

»Aber?«

Sie lächelte reumütig. »Aber sie haben es mir nie *gesagt*. Sie haben es die ganze Zeit gewusst, aber nichts – nicht mal eine Andeutung.« Kaye schaute sich nachdenklich ihre Fingergelenke an. Warum sollten sie mit einem zusätzlichen

Glied grausig sein? Waren sie aber, es widerstrebte ihr, sie zu beugen.
Corny legte die Fingerspitzen aneinander und ließ die Gelenke knacken wie ein Bösewicht. »Erzähl mir alles noch einmal, von Anfang an.«

Benebelt wachte Kaye auf. Sie wusste nicht, wo sie war, und rutschte herum, bis sie an eine Gestalt stieß, die stöhnte und sie wegschob. Corny. Sie warf ihm einen Blick zu und rieb sich die Augen. Es war dunkel im Zimmer, nur an den Seiten der schweren braunen Vorhänge kam etwas Licht hinein. Von irgendwoher im Wohnwagen drangen Stimmen zu ihr, während weiter weg Studiogelächter im Fernsehen zu hören war.
Sie drehte sich wieder um und wollte weiterschlafen. Der Nachttisch geriet in ihr Blickfeld. Ein Buch, *Vintage,* ein Fläschchen mit Ibuprofentropfen, ein Wecker mit Flammen auf dem Zifferblatt und eine Schachfigur aus Plastik, ein schwarzer Läufer.
»Corny«, sagte sie und rüttelte, was sie für die Schulter des unförmigen Haufens hielt. »Wach auf. Ich weiß, was wir tun müssen. Mir ist was eingefallen.«
Er kam unter den Decken hervor. Seine Augen waren nasse Schlitze inmitten von Bettdecken. »Wehe, das stimmt nicht«, stöhnte er.
»Das Kelpie. Ich weiß, wie man das Kelpie ruft.«
Er warf die Bettdecke von sich und setzte sich hin, plötzlich war er hellwach. »Stimmt. Das stimmt.« Er glitt aus dem Bett, kratzte sich die Eier durch den ehemals weißen

Slip und setzte sich an den Computer. Der Bildschirmschoner verschwand, als er die Maus schüttelte.
Kaye hörte laut und deutlich, wie Janet sich im Flur bei ihrer Mutter darüber beklagte, dass sie den Führerschein nie kriegen würde, wenn Corny ihr seinen Wagen nie lieh.
»Wie spät ist es?«, fragte sie.
Corny sah auf die Bildschirmuhr. »Kurz nach fünf.«
»Kann ich mal telefonieren?«
Er nickte. »Wenn, dann jetzt. Es funktioniert nicht, wenn ich online bin. Wir haben nur die eine Leitung.«
Das Telefon in Cornys Zimmer war eine Kopie des Emergency-Bat-Phone. Es war knallrot und stand unter einer Plastikkuppel auf dem Boden. Es hatte sogar einen kleinen Leuchtknopf, der blinkte bestimmt, wenn ein Anruf kam.
Kaye setzte sich im Schneidersitz auf den Boden, nahm die Kuppel ab und wählte ihre Nummer.
»Hallo?«, fragte Kayes Großmutter.
»Großmama?« Sie zog ihre Finger durch die Kunststoffschlaufen des Teppichs, auf dem sie saß. Ihr Blick fiel auf ihre langen grünen Zehen mit den abgebrochenen ungeschnittenen Fußnägeln.
»Wo bist du?«
»Bei Janet«, sagte Kaye und wackelte mit den Zehen, damit sie endlich akzeptierte, dass es ihre eigenen waren. Es fiel ihr schwer, unter diesen Umständen mit ihrer Großmutter zu reden. Sie hatte sie und Ellen nur aufgenommen, weil sie zur Familie gehörten und man sich um seine Familie kümmern musste. »Ich wollte dir nur sagen, wo ich bin.«
»Und wo warst du heute Morgen?«

»Ich bin früh aufgestanden«, sagte Kaye, »ich wollte vor der Schule noch ein paar Freunde treffen.« Stimmte doch eigentlich.

»Gut, und wann kommst du nach Hause? Oh, ich habe zwei Nachrichten für dich. Joe vom Amoco hat wegen eines Jobs angerufen – ich hoffe doch nicht, dass du an einer Tankstelle arbeiten willst, oder? – und ein gewisser Kenny hat zweimal angerufen.«

»Zweimal?« Gegen ihren Willen musste Kaye breit lächeln.

»Ja. Kommst du zum Abendessen?«

»Nein, ich esse hier. Tschüss, Oma, ich hab dich lieb.«

»Deine Mutter hätte dich aber sicher gerne zum Abendessen hier. Sie möchte mit dir über New York reden.«

»Ich muss Schluss machen. Tschüss, Oma.«

Kaye hängte ein, bevor ihre Großmutter einen neuen Satz anfangen konnte. »Du kannst jetzt online gehen.«

Nach einigen Minuten gab Corny ein Geräusch von sich. Sie schaute auf.

»Es gibt ein kleines Problem bei deinem Plan.«

»Ach wirklich – nein, sag's mir, was ist los?«

»Kelpies ertränken grundsätzlich Leute und saugen sie dann aus – bis auf eine leere Hülle, die lassen sie übrig. Man darf nicht auf ihren Rücken steigen, blablabla, blablabla, blablabla, sie sind verflucht böse, blablabla, blablabla, blablabla, außerdem wechseln sie die Gestalt. Oh, klasse, man kann sie zähmen, wenn man es schafft, ihnen Zaumzeug anzulegen. Ganz einfach.«

»Oh.«

»Hast du dir schon mal überlegt, ob diese Internetseiten vielleicht von Elfen gestaltet werden? Wer weiß, vielleicht finde ich ja noch eine Newsgroup oder so was.«

»Also, wenn wir uns nicht auf seinen Rücken setzen, sind wir in Sicherheit?«

»Wie bitte? Oh – keine Ahnung.«

»Gut, ist da auch die Rede von Leuten, die nicht auf seinem Rücken sitzen?«

»Nein, aber ich werde auch nicht so richtig schlau daraus.«

»Ich werde es versuchen. Ich werde mit ihm sprechen.«

Er sah von seinem Computertisch zu ihr hinüber.

»Du gehst aber nicht ohne mich.«

»Gut«, sagte Kaye. »Es könnte aber gefährlich werden.«

»Es geht um alles«, sagte er leise, »und ich bin entschlossen nicht das kleinste bisschen davon zu verpassen. Du brauchst gar nicht daran zu denken, wegzulaufen.«

Sie hob beide Hände und ergab sich lachend.

»Ich möchte ja, dass du mitkommst. Wirklich, okay?«

»Und ich will nicht irgendwo aufwachen mit einer verkorksten Erinnerung, die mir keiner abnimmt. Hast du mich verstanden?« Corny war rot im Gesicht.

»Schon gut, Corny, gleich hört dich deine Mutter oder Janet. Ich lasse dich nicht allein.«

Er beruhigte sich allmählich. Es nützte nichts, sich ständig vorzustellen, was als Nächstes passieren würde, fand Kaye. Wenn sie sich schon in einer dermaßen unklaren Situation befand, war es wohl vermessen, zu glauben, dass die Dinge sich von nun an folgerichtig entwickeln würden.

Von all dem Metall im Auto wurde ihr schlecht, sie fühlte sich schwerfällig und müde wie Opfer einer Kohlendioxidvergiftung, kurz bevor sie sterben. Kaye legte die Wange an das kalte Fenster. Ihre Kehle war trocken und Kopfschmerzen hatte sie auch. Das hatte etwas mit der Luft in diesem Auto zu tun, die ihr beim Atmen fast die Lungen verbrannte. Zum Glück fuhren sie nur eine kurze Strecke. Sie taumelte beinahe aus dem Wagen, als Corny ihr die Tür aufhielt.

Bei Tageslicht waren die Häuserreihen hinter den Bäumen gut zu sehen und Kaye wunderte sich, wie sie die paar Bäume für ein Wäldchen hatte halten können. Als sie den Bach gefunden hatten, stellte sich heraus, dass er voll Müll war. Corny bückte sich und wischte den Dreck von einer braunen Flasche, die nicht nach Bier aussah, sondern nach dem Haarwasser irgendeines schleimigen Vertreters.

»Glastiegel für Vaseline«, sagte Corny. »Einige sind richtig alt. Ich wette, dafür würde man noch was bekommen.« Mit dem Fuß stieß er eine andere Flasche an. »Egal, wie rufen wir dieses Ding denn jetzt?«

Kaye hob ein braunes Blatt auf. »Hast du irgendwas Scharfes dabei?«

Er griff in die Hosentasche und holte ein Taschenmesser heraus, das er geschickt mit dem Daumennagel aufklappte. »Denk dran, was im Internet steht – nicht auf seinen Rücken, kommt nicht in die Tüte. Egal, was passiert.«

»Ich habe die Site auch gesehen, verstanden? Nicht nötig, mich daran zu erinnern. Kelpie = böses Wasserpferd, das aus Spaß Leute ertränkt. Habe ich verinnerlicht.«

»Na ja.«
Er gab ihr das Messer. Sie stach sich mit der Spitze in den Daumen. Ein heller Blutstropfen bildete sich, den sie auf das Blatt schmierte.
»Und jetzt?«, fragte er. Seine Worte klangen zwar zynisch, aber er atmete schwer.
Sie warf das Blatt mit der blutbeschmierten Seite nach unten in den Fluss, wie sie es zuvor getan hatte. »Ich heiße Kaye«, sagte sie und versuchte sich an die richtigen Worte zu erinnern. »Ich gehöre keinem Hof an, aber ich brauche deine Hilfe. Bitte hör mich an.«
Lange war es still. Endlich seufzte Corny tief. Er schien langsam darauf zu spekulieren, dass nichts geschehen würde. Kaye war selbst hin- und hergerissen zwischen dem Bedürfnis, zu beweisen, dass sie wusste, was sie tat, und der Angst vor den Folgen.
Einen Augenblick später gab es keinen Grund mehr, zu zweifeln. Ein schwarzes Pferd stieg aus dem Wasser.
Das Wesen sah anders aus, entweder lag es am Tageslicht oder Kaye nahm die Dinge anders wahr. Es war eher smaragdgrün als schwarz, aber dennoch sehr dunkel. Die perlmuttartigen Augen leuchteten wie Perlen. Als es Kaye ansah, musste sie an Cornys ernüchternde Suchergebnisse denken.
Das Kelpie kam ans Ufer, schüttelte seine gewaltige Mähne und bespritzte Corny und Kaye mit glänzenden Wassertropfen. Kaye hob die Hände, aber viel half ihr das nicht.
»Was wünschst du?«, sprach das Pferd mit leiser, tiefer Stimme.

Kaye holte tief Luft. »Ich möchte lernen meinen Schild zu erneuern und ich möchte auch lernen meine eigene Magie zu beherrschen. Kannst du mich diese Dinge lehren?«

»Was gibst du mir dafür, Mädchenkind?«

»Was willst du haben?«

»Hat der Junge da nicht vielleicht Lust auf meinem Rücken zu reiten? Ich unterrichte dich, wenn du ihn auf mir reiten lässt.«

»Damit du ihn töten kannst? Kommt nicht in Frage.«

»Der Tod gibt mir zu denken, obwohl ich ihn vielleicht nie kennen lernen werde. Er ähnelt sehr der Ekstase, so wie sie den Mund öffnen beim Ertrinken, wie sich ihre Finger in meine Haut krallen. Ihre Augen sind weit geöffnet und voller Staunen und in meinen Armen schlagen sie um sich, als wäre es die reine Leidenschaft.«

Voller Grauen schüttelte Kaye den Kopf.

»Du kannst mich nicht dafür tadeln. So ist meine Natur. Und das schon seit sehr langer Zeit.«

»Ich helfe dir nicht dabei, Menschen zu töten.«

»Vielleicht könnte mir ja auch etwas anderes gefallen, aber mir fällt nichts ein. Du kannst gerne darüber nachdenken.«

Kaye seufzte.

»Du weißt ja, wo du mich findest.«

Mit diesen Worten stapfte das Kelpie ins Wasser zurück.

Corny saß wie angewurzelt am Ufer.

»Das Ding wollte mich umbringen.«

Kaye nickte.

»Hast du vor etwas anderes zu finden, das ihm gefallen könnte?«

Kaye nickte wieder. »Yeah.«
»Ich weiß nicht, wie ich das finden soll.«
»Du hast die Site gelesen. Du wusstest doch, wie es sein würde.«
»Stimmt. Aber es ist was anderes, es zu sehen und zu hören.«
»Sollen wir gehen?«
»Zum Teufel, nein!«
»Fällt dir irgendwas ein, das nicht auf zwei Beinen herumläuft?«
»Nun«, sagte er nach einer kurzen Denkpause, »mir fallen wirklich viele Leute ein, die ich dem Ding gerne zum Fraß vorwerfen würde.«
Sie lachte.
»Nein, wirklich.«
»Was willst du damit sagen?«
»Damit will ich sagen, dass es eine ganze Menge Leute gibt, die von mir aus ruhig ertrinken können. Echt, ich finde, so sollten wir es machen.«
Kaye sah zu ihm auf. Er meinte es offensichtlich ernst.
»Ausgeschlossen.«
Corny zuckte mit den Achseln. »Janets Freund zum Beispiel. Ein kompletter Idiot.«
»Kenny?«, quiekte Kaye.
»Egal, es muss nicht der sein. Mir fällt auf Anhieb ein Dutzend Leute ein. Die wären auch alle so dämlich, dass sie glatt mitkommen und auf dem Pferd reiten würden. Ich finde, Dummheit sollte Folgen haben. Komm schon, wir könnten die menschliche Rasse von ein wenig Unkraut befreien.« Er ließ seine Augenbrauen spielen.

»Nein«, sagte sie. »Such nach einer Alternative zu Menschen, die wir ihm geben könnten.«

»Haferflocken? Eine große Packung Instant-Hafermehl? Ein Abo für die Reiter-Revue? Heu, jede Menge Heu?«

»Wir lassen nicht zu, dass er jemanden tötet. Gib's auf, verstanden?«

Von Cornys Seufzern wurde ihr ganz schlecht.

Wetten, dass Roibens voller Name ein faires Angebot wäre? Dieses Ding gehörte aller Wahrscheinlichkeit nach zu keinem der Höfe und war stattdessen an diesen Fluss gebunden. Wetten, dass es bestimmt sofort darauf eingehen würde? Und es würde keinerlei Auswirkungen darauf haben, dass sie seinen Namen schließlich auch kannte.

Als Rache für den Mord an Gristle wäre das sehr befriedigend.

Aber dann fiel ihr gerade noch rechtzeitig ein, dass das Kelpie ihm befehlen würde Menschen anzuschleppen, die es dann ertränken könnte. Was er auch tun würde.

Was konnte sie dem Kelpie denn sonst anbieten?

Sie dachte an ihre Puppen, aber alles, was ihr dazu einfiel, war das Bild eines kleinen Mädchens, das ihrer Spur bis zum Flussufer folgte. Das Gleiche galt für Musikinstrumente. Sie musste etwas finden, womit das Kelpie ganz allein etwas anfangen konnte. Anziehsachen? Lebensmittel?

Dann fiel es ihr ein . . . ein Gefährte. Ein Gefährte, den es nicht ertränken konnte. Etwas, mit dem es sprechen, das es bewundern konnte. Das Karussellpferd.

»Oh Corny«, rief Kaye. »Ich habe genau das Richtige gefunden!«

Schon wieder ins Auto zu steigen war wirklich das Letzte für Kaye, aber ihr blieb nichts anderes übrig. Sie stieg hinten ein und drückte sich das T-Shirt auf den Mund, als könnte der Stoff das Eisen aus der Luft filtern.

»Du weißt, wo es langgeht, oder?«, fragte sie. Konnte er überhaupt verstehen, was sie durch den Stoff nuschelte?

»Yeah.«

Sie legte den Kopf auf den Kunststoffsitz. Ein Flügel zuckte außerhalb ihres Blickfelds und leuchtende Regenbogenschauer tanzten auf ihrem Bein, sobald mehr Licht hereinfiel. Alles reduzierte sich auf diese Regenbogen. Nichts und niemand konnte sie gegen die glitzernden Muster auf ihren grasgrünen Schenkeln schützen: weder Corny auf dem Fahrersitz noch der kratzige Song im Radio, keine vorbeifahrenden Autos, keine Häuser, keine Einkaufszentren, nichts Reales hatte dagegen eine Chance.

Es gab keine Worte für dieses Gefühl, keine Klänge, gar nichts. Es gab keine Bezeichnung für das, was sie war, keine Erklärung, die diese stumpfe, stumme Dunkelheit von ihr abhalten konnte. Sie spürte, wie das Schwindelgefühl sie zu überwältigen drohte.

»Kannst du bitte mal das Fenster öffnen?«, bat sie. »Ich kriege keine Luft.«

»Ist deins kaputt?«

Sie rutschte auf die Sitzkante und streckte die Hände aus, mit den Handflächen nach oben wie ein Bettler. »Immer, wenn ich den Griff berühre, brennt es. Sieh nur.« Sie hielt ihm die Hand hin und er konnte sehen, dass sie teilweise ganz rot war. Sie bewegte die Finger. »Das ist vom Türgriff.«

»Scheiße.« Corny holte Luft, konnte aber anscheinend nicht ausatmen. Er kurbelte sein Fenster runter.

Die salzhaltige Luft reinigte ihre Lungen mit jedem Atemzug, aber es reichte nicht, um die aufkommende Übelkeit zu vertreiben. »Ich muss aus diesem Wagen raus.«

»Wir sind gleich da.« Corny hielt an einer roten Ampel.

Er parkte vor dem großen Gebäude. Es war komisch, es bei Tageslicht zu sehen. Bei der Bewölkung sah die Fassade noch heruntergekommener aus.

»Geht's dir gut?«, fragte Corny und schaute sich zu ihr um.

Kaye schüttelte den Kopf. Sie war kurz davor, sich zu übergeben, ausgerechnet jetzt, ausgerechnet hier, direkt auf die leeren Sodadosen und zertretenen Fastfood-Packungen. Sie steckte die Hand in die Tasche des Sweatshirts und öffnete die Tür.

»Kaye! Was machst du da?«

Halb fiel, halb kroch sie über den Asphalt des Parkplatzes bis zu einem Grünstreifen, wo sie sich erbrach. Sie hatte nicht viel im Magen und außer Magensäure und Speichel kam nicht viel raus.

»Mensch!« Corny hockte sich neben sie.

»Es geht schon«, sagte Kaye und stand benommen auf. »Das kommt von dem Metall überall.«

Er nickte, sah zum Auto hinüber und schaute sich skeptisch um. »Vielleicht sollten wir das Ganze vergessen.«

Kaye holte tief Luft. »Nein. Komm mit.«

Sie rannte hinten herum, den gleichen Weg wie damals mit Janet. »Gib mir deine Jacke«, sagte sie. »Da ist alles voller Glas.«
Bei Tageslicht war alles anders.
Die Treppe hoch, da war es und bei näherem Hinsehen sah es ebenfalls schäbiger aus. Schön fand sie es aber immer noch. Das Beige der Flanken tendierte eher ins Braune und die vergoldete Verzierung war fast vollständig abgerieben. Wie Kaye grinsend feststellte, waren die Lippen zu einem leicht spöttischen Lächeln geschnitzt.
Gemeinsam zogen sie das Pferd über den Boden zur Treppe. Das Gewicht des vornübergeneigten Karusselltiers lag auf Corny und Stufe um Stufe manövrierten sie es nach unten. Es haute gerade so hin.
Im Erdgeschoss kletterte Kaye aus dem Fenster und Corny schob das Pferd vorsichtig hinterher.
Draußen bekam Corny Panik. Unmöglich, das Pferd auf dem Rücksitz zu verstauen. Dazu kam, dass der Kofferraum überquoll von Kisten mit alten Büchern und seltsamem Werkzeug.
»Gleich sieht uns jemand!«
»Wir müssen es irgendwie aufs Dach binden.«
»Scheiße! Scheiße! Scheiße!« Corny kramte im Kofferraum herum und brachte eine Bungeeschnur, zwei Plastiktüten und etwas Bindfaden zum Vorschein.
»Die Schnur ist aber sehr dünn«, sagte Kaye skeptisch.
Corny schlang sie um Hals und Körper der hölzernen Kreatur und dann durch das Wageninnere. »Geh auf die andere Seite. Gleich sieht uns jemand. Beeil dich!«

Er warf ihr die Schnur zu, sie wickelte sie um das Pferd und warf sie wieder zurück. Corny machte einen Knoten. »Okay. Das muss reichen. Und los.«
Corny schwang sich auf den Fahrersitz. Kaye ging um das Auto herum, stieg ein, wickelte Cornys Jacke um ihre Hand und zog schnell die Tür zu. Beim Losfahren stieg Corny dermaßen aufs Gaspedal, dass die Reifen quietschten.
Kaye hatte jedes Auto hinter ihnen im Verdacht, ein Polizeiwagen zu sein, und befürchtete die ganze Zeit, das Pferd würde vom Dach auf die Straße oder, noch schlimmer, auf ein anderes Auto fallen. Aber sie kamen heil und unversehrt an.
Dann schleppten sie das Karussellpferd durch das Wäldchen zum Fluss.
»Wehe, dem Ding gefällt das nicht. Ich kann mir jetzt eine Woche Splitter rausziehen.«
»Es wird ihm gefallen.«
»Außerdem muss ich die Delle im Wagendach wieder ausbeulen.«
»Ich weiß. Ich würde dir ja gerne helfen, aber ich kann es nun mal nicht anfassen.«
»Ich sage ja nur, dass es dem Ding gefälligst gefallen soll.«
»Wird es schon.«
Sie stellten das beinamputierte Pferd so geschickt auf den matschigen Uferboden, dass es ziemlich aufrecht aussah, auch wenn sie es nicht festhielten. Kaye suchte ein neues Blatt und Corny holte sein Messer schon unaufgefordert aus der Tasche.

»Lass. Ich kratze mir einfach den Schorf auf.«

Er zog ein Gesicht, sagte aber nichts.

»Kelpie«, sagte Kaye und warf das Blatt ins Wasser. »Ich habe etwas gefunden, was dir bestimmt gefällt.«

Das Pferd kam aus der Tiefe hervor und starrte das verkrüppelte Karussellpferd an.

Wiehernd trabte es ans Ufer.

»Es hat keine Beine«, sagte das Kelpie.

»Es ist trotzdem schön«, sagte Kaye.

Das Kelpie umkreiste das hölzerne Ding und beschnüffelte es prüfend. »Noch schöner, finde ich. Verkrüppelte Teile sind immer schöner. Der Makel bringt die Schönheit besser zur Geltung.«

Kaye grinste. Sie hatte es geschafft. Sie hatte es wirklich geschafft.

»Bringst du mir jetzt alles bei?«

Das Wesen sah Kaye an und verwandelte sich. An seinem Platz stand jetzt ein dunkelhäutiger junger Mann, nackt und immer noch klatschnass; in seinen Haaren steckten Binsen. Er sah von Kaye zu Corny. »Kaye werde ich die Dinge lehren, aber du musst es mir vergelten, wenn ich auch dich belehren soll. Komm her und setze dich neben mich.«

»Keine Lehre ist so viel wert«, sagte Kaye.

Der Kelpie-Mann lächelte, aber er sah Corny an und zeichnete ein Muster auf seine Brust. Cornys Atem ging flacher.

»Nein«, sagte Corny so leise, dass man ihn kaum verstehen konnte.

Dann verwandelte sich das Wesen wieder, schlängelnd kringelnde Energie, bis Kaye sich selbst gegenüberstand.
»Bist du also bereit zu beginnen?«, fragte das Kelpie mit Kayes Stimme aus Kayes Mund. Dann wurde sein Lächeln, Kayes ganz und gar unähnlich, listig und fies. »Ich muss dich vieles lehren. Und der Junge täte gut daran, zuzuhören. Die Magie ist nicht allein den Geistern und Elfen vorbehalten.«
»Du hast doch gerade gesagt, er müsste es dir vergelten.«
»Im Moment ist mir seine Angst Lohn genug. Mir ist so wenig Trost vergönnt.« Das Kelpie sah sie mit ihren eigenen schwarzen Augen an und sie beobachtete, wie diese Lippen, ihren eigenen so ähnlich, flüsterten: »Es ist schon so lange her, seit ich das letzte Mal eine Jagd erleben durfte.«
»Wieso?«, fragte Kaye wider Willen.
»Wir, die wir nicht zu den Herrschern zählen, müssen jenen gehorchen. Sterbliche gelten auch dem Adel als Köstlichkeit und sind nicht für unsereins bestimmt. Es sei denn, sie sind willig.«
Kaye nickte und dachte darüber nach.
»Weißt du, wie es sich anfühlt, magische Energie aufzubauen?«, fragte das Kelpie. »Es prickelt. Schließe ein wenig die Hand und konzentriere dich darauf, darin Energie aufzubauen. Wie fühlt sich das an?«
Kaye formte aus der Hand eine Kuhle und stellte sich vor, wie die Luft darin immer dichter wurde und vor Energie schimmerte. Einen Augenblick später sah sie überrascht auf. »Das fühlt sich an, als wäre mir die Hand eingeschla-

fen und jetzt würde ich sie plötzlich bewegen. Prickelnd, genau, wie du gesagt hast, wie kleine Energieschocks.«

»Bewege sie zwischen deinen Händen hin und her. So spürst du Magie im Rohzustand, aus der du alles machen kannst, was du willst.«

Kaye nickte und wiegte die Energie, die einer Hand voll Nesseln glich, ließ auch etwas davon durch ihre gespreizten Finger rinnen. An das Gefühl konnte sie sich erinnern, sie hatte schon manchmal eine Art Kringeln im Bauch und brennende Lippen gespürt. Jedes Mal war dann etwas Seltsames passiert.

»Jetzt frage ich dich: Was hast du getan, um die Energie entstehen zu lassen? Wie hast du das geschafft?«

»Ich weiß nicht . . . Ich habe sie mir vorgestellt und fest meine Hand angeschaut.«

»Du hast sie dir vorgestellt. Das ist der einfachste der vier Wege. Jetzt musst du noch lernen sie zu hören, zu riechen und zu schmecken. Erst dann wird deine Magie Wirklichkeit. Sei im Übrigen vorsichtig: Manchmal kann jemand einen einfachen Schild aus dem Augenwinkel durchschauen.« Die Kreatur zwinkerte ihr zu.

Kaye nickte.

»Bei der Ausübung von Magie gibt es zwei Stufen: Konzentration und Kapitulation. Es ist der Teil mit der Kapitulation, mit dem so viele Anfänger Schwierigkeiten haben. Um Magie auszuüben, musst du dich auf etwas konzentrieren, dann die Energie loslassen und darauf vertrauen, dass sie deinem Geheiß Folge leistet. Schließe die Augen. Nun stelle dir vor, dass die Energie dich umhüllt. Stelle dir beispielsweise an einem deiner Finger einen Ring vor. Schmücke ihn aus. Stelle dir vor, wie golden der Ring ist, dann stelle dir den Stein vor, seine Farbe, wie klar er leuchtet, wie er das Licht zurückwirft, wie er riecht, wie er schmeckt ... richtig. Genau so.«

Blinzelnd öffnete sie die Augen, als sie hörte, wie Corny nach Luft schnappte.

»Kaye! An deinem Finger steckt wirklich ein Ring. Ein echter Zauberring. Ich kann ihn sehen.«

An ihrem Zeigefinger steckte tatsächlich der Ring, den sie sich vorgestellt hatte, silbern zu einem Mädchen geschmiedet, in dessen geöffnetem Mund ein funkelnder Smaragd steckte. Sie hielt ihn ans Licht, aber obwohl sie wusste, dass sie ihn ins Leben gezaubert hatte, war der Ring hart wie Stein.

»Und wie kann man etwas ... rückgängig machen?«, fragte Kaye.

Das Kelpie legte den Kopf in den Nacken und lachte. »Was hast du angestellt?«

»Jemanden verzaubert mich zu ... mögen«, sagte Kaye leise. Corny sah sie überrascht und ein wenig ärgerlich an. Dass sie noch einen Teil der Geschichte ausgelassen hatte, gefiel ihm bestimmt nicht.

Das Kelpie schnalzte mit der Zunge.

»Du nimmst die Verzauberung auf dieselbe Art und Weise von ihm, wie wenn du einen Schild abnimmst. Erspüre das Netz deiner Magie, nimm es und zerreiße es. Du kannst mit dem Ring üben.«

Kaye konzentrierte sich und ließ die Energie um sich herumwirbeln. Sie spürte, wie sie durch ihren Körper raste, kam und ging wie die Gezeiten, eins mit ihrem Herzschlag.

Auf der Rückfahrt durch die Nacht zeigte Kaye auf den Hügel. »Sieh dir die Lichter an. Wer könnte das sein, da oben?«

»Ich sehe nichts.« Im Rückspiegel sah er sie scharf an.

Cemetery Hill war ein großer, weithin abfallender Hügel mit starkem Gefälle an jener Seite, die der Hauptstraße zugewandt war. Auf dieser Seite gab es keine Grabstätten. Im Winter fuhren die Kinder hier munter Schlitten und schmückten die wenigen Denkmäler mit überzähligen Handschuhen oder Schals. Unten an der sanft abfallenden Seite des Hügels stand ein verlassenes, unvollendetes Mausoleum. Es hatte zwei Stockwerke, aber kein Dach und war überwuchert von Büschen und Ranken. Drum herum stand jede Menge Denkmäler, Grabmäler und hoch aufgerichtete Grabsteine.

»Glaubst du auch, dass hier der Unselige Hof ist?«, fragte sie leise.

»Das will ich sehen.«

Er fuhr auf den Friedhof und parkte direkt am Kiesweg.

Durch die Heckscheibe schaute sie den schwirrenden Lichtern zu, während sie darauf wartete, dass Corny um das Auto herumging und ihr die Tür öffnete.

»Das sind eindeutig Elfen«, sagte Kaye.

»Ich sehe gar nichts.« Cornys Stimme klang unsicher.

Kaye ging den Lichtern nach, die sie blendeten und gleich-

zeitig immer abdrehten, sodass sie nicht klar zu erkennen waren. Sie ging schneller, ihre Stiefel knirschten auf dem bereits gefrorenen Gras. Jetzt waren sie so nah, dass sie sie fast aus der Luft greifen konnte.
»Kaye!«, rief Corny. Sie drehte sich um.
»Verdammt, warte auf mich! Hinterher muss ich mich mein Leben lang fragen, ob ich noch alle Tassen im Schrank habe.«
»Ich warte doch auf dich! Ich versuche nur eins von diesen Dingern zu fangen.«
Plötzlich gab es eine unglaubliche Explosion von Leuchtkäfern, die zwischen den Bäumen hin und her flitzten. Mitternacht war lange vorbei und auch die Jahreszeit schon zu weit vorgeschritten für Leuchtkäfer. Dennoch schossen die Insekten um sie herum, jedes leuchtete einen langen Augenblick, ging aus, leuchtete wieder. Kaye sah sie sich vorsichtig aus der Nähe an. Es waren kleine, geflügelte Wesen, noch kleiner als jene, die sie gerade hatte fangen wollen. Eins flog nah an sie heran und zeigte die Zähne.
Kaye quiekte schrill.
»Was?«, fragte Corny.
»Keine Käfer . . . das sind winzige, widerliche Elfen.«
Corny griff aufs Geratewohl nach einer, die sich ihm flink entwand. »Ich kann sie nicht erkennen. Sind das die Dinger, die du von der Straße aus gesehen hast?«
»Nein. Die Lichter waren größer.«
Er ging in die Hocke; sein Atem schuf weiße Dampfwölkchen vor seinem Mund. »Siehst du sie immer noch?«
»Nein. Lutie hat erzählt, dass als Eingang ein brauner

Grasflecken dient, aber schließlich ist der ganze Hügel voll von braunem Gras.«

»Vielleicht wächst da ja inzwischen gar kein Gras mehr.«

Kaye kniete nieder und legte ein Ohr an den Boden. Sie hörte leise Musik.

»Hör mal. Man kann sie hören.«

Er ging neben ihr in die Knie und legte ebenfalls ein Ohr an den Boden. »Musik. Hört sich an wie Dudelsack.«

»Schöne Musik«, sagte sie lächelnd, bevor ihr wieder einfiel, dass es keineswegs ein guter Ort war, den sie da besuchen wollten.

»Lass uns einmal rund um den Hügel gehen und nach einer auffälligen Stelle suchen.« Corny stand auf, streckte sich und wartete darauf, dass Kaye loslief.

Es war unnatürlich still auf dem Friedhof. Sie konnte es kaum glauben, aber der Mond sah noch voller und fetter aus als beim letzten Mal.

Die neueren Grabsteine aus Granit waren unnatürlich spiegelglatt poliert, sodass Corny und sie im Vorbeigehen ihre Umrisse darin sehen konnten. Von den älteren Grabsteinen aus bleichem, milchigem Marmor hatte das Mondlicht Grasflecken und Schmutz gewaschen.

Bleich wie Roibens Haare.

»Hey, wie wäre es hiermit?« Corny zeigte auf ein Stück Gras in einer ungewöhnlichen Braunschattierung.

Er kniete daneben nieder, zog an einer Ecke, die sich wirklich verschob, als wäre sie die Klappe eines unterirdischen Zelts, und beugte sich vor.

»Nein«, sagte Kaye. »Ich muss allein reingehen.«

»Ich will mitkommen«, sagte Corny. »Du hast versprochen mich nicht allein zurückzulassen.«
»Es ist für mich selbst schon gefährlich genug. Ich komme so schnell wie möglich zurück.« Kaye schob sich schlängelnd durch den Eingang. »Versprochen.«
Sie konnte die Musik jetzt besser hören, Dudelsäcke und Gelächter, immer lauter in der ruhigen Nacht. Kaye hörte Corny noch sagen: »Du willst den ganzen Spaß für dich«, dann folgte sie dem Lied ins Innere des Hügels.

7

»Der gefangenen Grille lauschen,
Ihrer schrecklichen Musik,
Verborgen im Granit des Hügels.«

LOUISE BOGAN,
»MEN LOVED WHOLLY BEYOND WISDOM«

Sie schlüpfte in den ausgehöhlten Hügel hinein. Die Luft war schwer vor Süße; Atmen allein verwirrte schon die Sinne.

Lange niedrige Tische bogen sich unter goldenen Birnen, Kastanien, Schüsseln mit Brot, das in buttriger Milch einweichte, Granatäpfeln, die halbiert und noch mal halbiert worden waren, violetten Blüten auf Kristallplatten und vielen anderen seltsamen Köstlichkeiten. Breite silberne Kelchgläser zierten die Tische wie schlafende Kröten, abwechselnd auf dem Fuß und falsch herum stehend. Elfendamen in scharlachroten Gewändern rauschten an Männern in zerrissenen Fetzen vorbei und Höflinge tanzten mit Hutzelweibern.

Die Feiernden tanzten, sangen und tranken; manche lagen wie ohnmächtig auf Bänken. Die vielen verschiedenen Kostüme hatten nichts Mittelalterliches an sich. Sie wirkten eher wie eine Art verrückte Bio-Couture. Kragen erhoben sich wie große Flossen. Es gab Kleider, die von oben bis unten aus Blüten oder Blättern bestanden. Die schönsten Kleider fransten in abgerissene Säume aus. Hässlich, seltsam, lieblich wie der Sommermond – ja, niemals jedoch schlicht.

»Der Unselige Hof«, sagte Kaye laut. Sie hatte etwas anderes erwartet, eine Höhle vielleicht, mit abgenagten Menschenknochen und gefangenen Elfen. Irgendwas Einfaches. Beim Anblick der feiernden Menge wusste sie nicht, was sie denken sollte.

Der Saal war riesig, so lang, dass sie nicht absehen konnte, was auf der anderen Seite war. Jeder Schritt offenbarte neuen Glanz, neue Pracht. Ein Geiger spielte auf einem völlig unmöglichen Instrument mit mehreren Hälsen und so vielen Saiten, dass er mit dem Bogen wie wild auf ihnen herumsägen musste. Sie entdeckte eine Frau mit einer langen Nase, Sommersprossen und Ohren wie angefressene Kiefernzapfen. Drei Männer mit roten Haaren und einer doppelten Reihe von Haifischzähnen saugten Blut aus einem Schlachthaufen. Eine mächtige Kreatur mit Fledermausschwingen und Gliedern wie Stelzen saß auf einem Tisch und leckte einen verbogenen Kupferkessel mit Rahm aus. Sie zischte Kaye an, als sie an ihr vorüberging.

Über ihnen allen prangte das Kuppeldach, verziert mit Fresken von herunterhängenden Wurzeln.

Kaye nahm ein Kelchglas von einem der Tische. Es war verziert und sehr schwer, schien aber sauber zu sein. Aus einer silbernen Karaffe, die in der Mitte des Tisches stand, goss sie eine dünne, rötliche Flüssigkeit in ihren Kelch.

Obenauf schwammen Kerne, aber das Getränk roch lecker und nicht allzu fremd. Sie trank einen Schluck. Es schmeckte süß und bitter zugleich und stieg ihr sofort so zu Kopf, dass sie sich am Tisch festhalten musste.
Sie nahm einen silbernen Apfel aus einer Schale mit seltsamen dornigen Früchten, wog ihn in der Hand und biss zaghaft hinein. Innen war er knallrot, er schmeckte nach wässrigem Honig. Sie fand ihn so lecker, dass sie ihn ganz aufaß, auch das Kerngehäuse. Sie leckte sich sogar noch den Saft von der Hand. Der nächste Apfel war braun, sah schon halb verfault aus und das Fruchtfleisch war körnig, aber er schmeckte feurig und süß nach Alkohol.
Die Ausgelassenheit war ansteckend. Hier konnte sie tun, was sie wollte – niemand würde etwas Seltsames daran finden. Sie durfte herumwirbeln und tanzen und singen.
Plötzlich merkte sie, wie weit sie sich schon in die Menge vorgewagt hatte. Sie hatte sich so oft gedreht, dass sie nicht mal mehr wusste, wie sie wieder herauskommen sollte.
Sie versuchte sich zu vergegenwärtigen, wo sie hergekommen war, und begegnete drei Frauen, deren silberne Röcke hinter ihnen herschwebten wie Nebel. Der tiefe Ausschnitt ihrer Kleider – sie trugen alle die gleichen – zeigte die hohlen Rücken der Damen. Kaye musste zweimal hinschauen: Ihre konkaven Rücken sahen tatsächlich aus wie drei Schalen, glatt und leer. Sie zwang sich weiterzugehen. Ein kleiner gedrungener Mann – ein Zwerg? – mit kunstvoll verzierten silbernen Armreifen und schulterlangen schwarzen Locken warf ihr einen begehrlichen Blick zu, während er in eine Aprikose biss.

Von Augenblick zu Augenblick wurde die Situation unwirklicher.
Ein geflügelter Junge kam auf sie zugesprungen und grinste sie an. »Du riechst nach Eisen«, sagte er und pikste sie mit dem Finger in die Seite.
Die Umstehenden lachten sie aus, als sie vor seinem Finger zurückschreckte. Der Junge hatte helle grashüpfergrüne Insektenflügel auf dem Rücken.
Kaye drängte sich durch die Menge, wand sich an Tänzern vorbei, die in komplizierten ineinander verschlungenen Kreisen herumsprangen, vorbei an einer Hand, die unter einer schweren dunkelroten Tischdecke her nach ihrem Knöchel schnappte, vorbei auch an einem zügellosen Schachspiel mit lebenden Figuren.
Ein Satyr mit lockigem Bart und Hörnern aus Elfenbein saß vornübergebeugt und riss behutsam den Flügel einer winzigen Elfe aus, die seiner fleischigen Faust in die Falle gegangen war. Die Elfe kreischte und schlug kolibriflink mit dem anderen Flügel auf die Finger, die es festhielten. Blassgrünes Blut tropfte über die Hand des Ziegenmannes. Kaye blieb stehen und sah fassungslos und angewidert, wie der Satyr das kleine Wesen in die Luft warf. Es flog verzweifelt im Kreis, bis es schließlich auf den Erdboden trudelte. Bevor Kaye eingreifen konnte, hatte der Satyr schon mit dem Stiefel aufgestampft und die Elfe in den Staub getreten.
Kaye torkelte davon und rempelte Leute an, so schnell wollte sie fort. Während sie sich durch die Elfen wühlte, wurde ihr klar, wie töricht es gewesen war, hierher zu

kommen. Dies war der Unselige Hof. Hierher kam der Abschaum der Elfenwelt, um bis zur Bewusstlosigkeit zu saufen.

Drei Männer mit grün schimmernden Rockschößen, mit Armen und Beinen lang und mager wie Besenstiele, schubsten einen rehäugigen Jungen mit Grashüpferbeinen hin und her, von einem zum anderen. Vorsichtig ging er in die Hocke, um fortzuspringen, wurde aber im letzten Moment immer festgehalten und weitergestoßen.

Kaye ging auf sie zu. »Lasst ihn in Ruhe«, sagte sie. Der Junge erinnerte sie zu sehr an Gristle, als dass sie tatenlos hätte zusehen können.

Die Männer, die sich glichen wie ein Ei dem anderen, wandten sich ihr gleichzeitig zu. Der Junge versuchte ihnen zu entschlüpfen, aber einer der drei Männer legte ihm reflexartig einen Arm um den Hals.

»Was soll das?«, fragte er.

»Wie wär's, wollt ihr ihn gegen irgendwas tauschen?«, fragte Kaye, während sie noch krampfhaft versuchte sich etwas auszudenken.

Der Mann, der den Grashüpferjungen hielt, kicherte boshaft und der zweite zog ein kleines Messer mit elfenbeinernem Heft und einer Metallklinge heraus, die nach reinem Eisen stank. Der dritte fuhr mit der Hand durch die Haare des Jungen und kippte seinen Kopf nach hinten.

»Nein!«, schrie Kaye, als einer der mageren Männer dem Jungen die Eisenklinge von der Wange bis über den Hals zog. Der Junge zitterte und schrie vor Schmerz. Das Eisen hinterließ eine rote Spur.

»Willst du ihn retten, Schätzchen?«
Kayes Hände zitterten. Sie griff um sich, fand ein schweres Glas und hob es hoch wie eine kleine Keule.
»Wir bringen ihn nicht um«, sagte der erste Mann.
»Wollen ihn nur ein bisschen weich kochen«, ergänzte der zweite.
Heiße Wut überwältigte sie. Der Kelch flog aus ihrer Hand, traf die Schulter des zweiten Mannes und bespritzte seinen Frack mit Wein, bevor er wirkungslos zu Boden fiel und dort kreiselte.
Der zweite Mann lachte, der dritte holte aus, um sie zu fangen. Sie duckte sich, drängte eine zierliche Frau zur Seite und tauchte in der Menge unter.
Plötzlich blieb sie stehen. Sie hatte Corny entdeckt, der beinahe vollständig von drei Gestalten mit Krötenhaut verdeckt wurde, die sich über ein Würfelspiel beugten.
Er war zwischen einer Wand und einem umgekippten Tisch eingekeilt und hielt einen Kelch verkehrt herum in der Hand. Mit geschlossenen Augen schaukelte er vor und zurück. Sein Hemd war offen und ein Rest Wein hatte seine Hose durchtränkt, aber das war ihm offensichtlich egal.
Um sie herum blockierten so viele feiernde Leute den Weg, dass Kaye einfach unter den Tisch kroch.
»Corny?«, fragte sie schwer atmend.
Obwohl sie ihm so nahe war, schien er sie nicht zu sehen.
Erst als sie ihn schüttelte, hob er den Kopf. Er wirkte betrunken, nein, eigentlich sah er aus, als wäre er noch schlechter dran. Als wäre er seit Jahren betrunken.
»Ich kenne dich«, sagte Corny mit belegter Stimme.

»Ich bin's, Kaye.«
»Kaye?«
»Was machst du hier?«
»Sie haben gesagt, das wäre nichts für mich.«
»Was wäre nichts für dich?«
Die Hand mit dem Kelch bewegte sich ein wenig.
»Der Wein?«
»Nichts für mich. Also habe ich ihn getrunken. Ich will alles haben, was nichts für mich ist.«
»Was ist mit dir passiert?«
»Das hier«, sagte er und zuckte mit dem Mund – das sollte wohl ein Lächeln sein. »Ich habe ihn gesehen.«
Sie schaute schnell in die Menge.
»Wen?«
Corny zeigte auf ein erhöhtes Podium, auf dem sich große blasse Elfen unterhielten. »Deinen jungen Mann. Roiben vom weißen Haar. Ich glaube jedenfalls, dass er es war.«
»Was hat er gemacht?«
Corny schüttelte schlaff den Kopf.
»Wird dir gleich schlecht?«
Er schaute ihr ins Gesicht und lächelte. »Mir ist schon schlecht.«
Er begann »King of Pain« zu singen, leise und falsch. Sein Blick ging ins Leere und er lächelte sanft. Mit einer Hand spielte er mit einem Knopf, als wollte er sein Hemd wieder zuknöpfen. »There's a king on a throne with his eyes torn out. There's a blind man looking for a shadow of doubt. Oh-oooh, king of pain, I will always be king of pain.«
»Ich gehe ihn suchen«, sagte Kaye.

Corny murmelte etwas vor sich hin, wischte mit dem Finger den Kelch aus und leckte ihn ab.
»Warte hier auf mich, klar? Lauf nicht weg.«
Er antwortete nicht, aber er konnte wahrscheinlich sowieso nicht mehr laufen. Er sah wirklich fix und fertig aus.
Kaye mischte sich wieder unter die Gäste und ließ sich in die Richtung treiben, die Corny ihr gezeigt hatte.
Eine Frau mit dicken dunkelroten Haaren saß auf einem hohen Holzthron, dessen Kanten zu scharfen Spitzen geschnitzt waren. Termiten hatten ihn dermaßen zerlöchert, dass er aussah wie Gitterwerk. Zu ihren Füßen sprangen Kobolde umher.
Roiben ging auf den Thron zu und ließ sich auf ein Knie nieder.
Kaye wollte näher heran, weil sie so nicht genug sehen konnte. Sie versteckte sich in einer kleinen Nische in der Wand, von wo aus sie alles im Blick hatte. Sie wollte zusehen und nach Möglichkeit dafür sorgen, dass Roiben seine Taten bereute.

Rath Roiben Rye lief durch die Menge, vorbei an einem Tisch, an dem sich ein Kobold im Griff eines Menschenfressers wand, ob aus Vergnügen oder Furcht, war nicht zu erkennen. Früher wäre er mit Sicherheit stehen geblieben. Sein silbernes Schwert hatte er umgegürtet, aber seine Herrin erwartete ihn und er hatte gelernt ein williger kleiner Sklave zu sein, also ging er weiter.
Die Herrin Nicnevin, die Königin des Unseligen Hofes, stand inmitten ihrer Höflinge. Weinrote Haare wehten um

ein weißes Gesicht mit saphirblauen Augen und wieder einmal ergriff ihn ihre kalte Schönheit. Vier Kobolde tollten um sie herum. Einer zupfte an ihrem Rock wie ein Kleinkind. Rath Roiben Rye kniete nieder und neigte den Kopf, bis seine zinnfarbenen Haare sich auf den Boden ergossen. Er küsste die Erde zu ihren Füßen.

Wenn es nach ihm gegangen wäre, wäre er in dieser Nacht gar nicht gekommen. Er hatte noch immer Schmerzen in der Brust und hätte sich am liebsten hingelegt und die Augen zugemacht. Sobald er jedoch die Augen schloss, erschien ihm stets das Gesicht des Menschenmädchens, gezeichnet von Schock und Entsetzen, weil er sie in einem Restaurant auf den schmutzigen Fußboden geworfen hatte.

»Ihr dürft Euch erheben«, sagte die Herrin. »Kommt näher. Eine Aufgabe erwartet Euch.«

»Ich bin ganz der Eure«, sagte Rath Roiben Rye und wischte sich Erde von den Lippen.

Sie lächelte ein wenig. »Ach ja? Und dient Ihr mir ebenso gut wie Ihr meiner Schwester gedient habt?«

Er zögerte mit der Antwort. »Vielleicht sogar besser, weil Ihr mehr von mir fordert.«

Das Lächeln schwand von ihren Lippen. »Wollt Ihr Euch über mich lustig machen?«

»Ich bitte um Verzeihung, Herrin. Ich meinte es nicht verächtlich. Nur übertragt Ihr mir nur selten angenehme Aufgaben.«

Sie lachte, ein silberkaltes Lachen, das aus ihrer Kehle emporstieg wie ein Schwarm flügger Krähen.

»Ihr habt keine vornehm höfliche Zunge, Ritter. Dennoch finde ich an Euch Gefallen. Warum nur?«

»Zum Spaß, Herrin?«

Ihre Augen waren hart und nass wie blaues Glas, dafür lächelte sie hinreißend.

»Klug ist es jedenfalls nicht. Erhebt Euch. Ich habe gehört, dass ich es einem Menschenmädchen zu verdanken habe, dass Ihr uns heute Nacht mit Eurer Anwesenheit beehrt.«

Er achtete darauf, ein ernstes Gesicht zu machen, während er aufstand. Es wäre unangebracht, zu zeigen, wie überrascht er war.

»Ich war leichtsinnig.«

»Das muss ja ein treffliches Mädchen sein. Erzählt uns mehr von ihr.« Mehrere der Adligen vom Unseligen Hof, die ihrer Königin aufwarteten, lächelten breit und beobachteten dieses Spiel so begierig wie ein Duell.

Er bemühte sich, bemühte sich sehr jedes Zucken seiner Gesichtszüge zu vermeiden. Seine Stimme sollte locker sein, seine Worte sorgfältig abgewogen. »Sie hat gesagt, sie sei mit den freien Geistern bekannt. Sie hatte das zweite Gesicht. Ein kluges Mädchen und freundlich.«

Die Herrin musste lächeln. »Waren es nicht ausgerechnet die freien Geister, die auf Euch geschossen haben, mein Ritter?«

Er nickte und konnte nicht verhindern, dass ein leises Lächeln sich auf seine Lippen stahl. »Ich fürchte, es sind doch nicht so gute Verbündete, Herrin.«

Oh, das gefiel ihr gar nicht. Das war nicht zu übersehen.

»Das bringt mich auf eine Idee«, sagte seine Herrin und

hob einen zarten Finger an ihre Lippen. »Verschafft uns dieses Mädchen. Der Zehnte, den wir an die freien Geister zahlen, wird ihre Bündnistreue stärken. Ein junges Mädchen, das mit dem zweiten Gesicht gesegnet ist, wäre eine ausgezeichnete Wahl.«

»Nein«, sagte er, bellte es vielmehr wie einen Befehl. Die Höflinge drehten die Köpfe anlässlich dieses Tons. Er spürte, wie ihm die Galle hochkam. Nicht besonders klug von ihm. Nein, klug verhielt er sich im Moment wahrhaftig nicht.

Seine Herrin Nicnevin lächelte offen triumphierend. »Außerdem: Wenn sie das Mädchen kennen, wäre es genau das Richtige, um sie daran zu erinnern, mein Spielzeug nicht kaputtzumachen.« Seinen Ausbruch erwähnte sie mit keinem Wort.

In dieser Bemerkung lag eine deutliche Stichelei für ihn, ihr Spielzeug, aber er nahm sie kaum wahr. Im Geiste sah er das Mädchen schon sterben. Ihre Lippen verfluchten ihn bereits mit seinem vollen Namen.

»Ich könnte Euch eine andere bringen«, hörte er sich selbst sagen. Früher hätte seine Herrin es vielleicht lustig gefunden, ihn darum kämpfen zu sehen, eine Unschuldige als Ersatz für eine andere Unschuldige zu finden.

»Nein, danke. Bringt mir das Mädchen in zwei Tagen. Vielleicht überlege ich es mir ja anders, wenn ich sie erst gesehen habe. Nephamael ist gerade mit einer Botschaft vom Hof meiner Schwester gekommen. Möglicherweise können wir ihn dazu überreden, Euch bei der Suche nach dem Mädchen zu helfen.«

Er blickte kurz zu dem anderen Ritter hinüber, der sich mit einer ziegenfüßigen Dichterin unterhielt und von ihrer Unterhaltung anscheinend nichts mitbekommen hatte. Roiben wurde schon übel, wenn er nur den eisernen Reif auf seiner Stirn sah. Angeblich verlief die verbrennende Narbe sogar tief und schwarz in seinem Fleisch, wenn er den Reif herausnahm. Er trug einen dornengespickten Mantel. Wenn Roiben auch nur eine gelinde Rache am Seligen Hof vergönnt war, so nahm sie in Nephamael Gestalt an. Er hatte durchaus bemerkt, wie oft die Selige Königin ihren neuen Ritter mit kleineren Aufträgen zum Unseligen Hof zurückschickte.

Er verbeugte sich so tief, dass Knie und Stirn die Erde berührten, aber Nicnevin schenkte ihre Aufmerksamkeit bereits anderen.

Als er sich unter das Volk mischte, kam er wieder an dem Tisch vorbei, an dem er den Menschenfresser gesehen hatte. Von dem ungleichen Paar war nichts mehr zu sehen außer drei kirschroten Blutstropfen und dem schimmernden Staub der Koboldflügel.

Kaye beobachtete, wie Roiben vom Podium rauschte, und kämpfte mit den Gefühlen, die ihr die Kehle zuzuschnüren drohten.

Ein kluges Mädchen und freundlich. Diese einfachen Worte hatten ihren Herzschlag in einer Weise beschleunigt, der ihr ganz und gar nicht gefiel.

Hatte er gemerkt, wie weich seine Stimme geworden war, als er über sie geredet hatte?

Er ist so unberechenbar, dass ihm nicht einmal seine Königin trauen kann. Er kann nett sein oder töten.

Aber die Erinnerung an seine Lippen auf ihrer Haut wollte nicht schwinden. Nicht mal, wenn sie die Stelle rieb.

Kaye stand auf, als der andere Ritter auf die Königin zuging, sich tief verneigte und den Saum ihres Kleides küsste.

»Erhebt Euch, Nephamael«, sagte die Königin. »Wie ich vernommen habe, seid Ihr gekommen, um mir eine Botschaft zu überbringen.« Seine schlanke Gestalt erhob sich mit der gleichen anmutigen, gemessenen Förmlichkeit wie Roiben sie an den Tag legte. Der Ritter trug einen Metallring in der Stirn; drum herum war die Haut dunkler, wie verbrannt. Seine gelben Augen kamen Kaye vage bekannt vor.

»So lautet die Botschaft meiner Herrin für Euch.« Sein Lächeln betonte die im Ton bereits enthaltene Illoyalität. »Meine Herrin sagt, dass sie sich trotz des Waffenstillstands Gedanken über den Einfluss der Menschen macht. Sie hat mehrere Günstlinge, die Eure Grenzen passieren wollen, und sucht nach einer Möglichkeit, ihnen freies Geleit durch Eure Ländereien zu verschaffen. Mir wurde befohlen Eure Antwort abzuwarten. Besondere Eile scheint jedoch nicht geboten. Ich muss gestehen, dass es mich freut, rechtzeitig zum Zehnten nach Hause zu kommen.«

»Das war alles, was sie gesagt hat?«

»Jawohl. Allerdings hat mich eine der Hofdamen der Königin angefleht, ich möge mich nach dem Wohlergehen ihres Bruders erkundigen. Anscheinend hat sie keinerlei

Neuigkeiten von ihm vernommen, seit er an Euren Hof gelangt ist. Ein süßes Kind, dieses Mädchen. Außerordentlich lange weiße Haare – man könnte bei Gefallen glatt einen Strick daraus drehen. Sie sieht dem Ritter, mit dem Ihr gerade spracht, sehr ähnlich.« Wieder lächelte er boshaft. »Sie verlangte zu erfahren, warum Ihr ihn nie als Botschafter an den Hof sendet.«

Auch die Königin lächelte. »Es tut gut, Euch wieder hier zu haben, Nephamael. Möglicherweise könnt Ihr meinem Ritter helfen, das Opfer dingfest zu machen.«

»Es soll mir eine Ehre sein. Im Übrigen habe ich von einer sehr geeigneten Anwärterin gehört – die überdies bereits mit einem Angehörigen Eures Hofes bekannt ist.«

Plötzlich wurde Kaye am Arm gepackt und fortgezogen. Sie jaulte auf.

»Du gehörst hier nicht hin«, sagte Roiben mit eisiger Stimme. Er hatte sie fest im Griff.

Sie hielt seinem Blick stand. »Ich wollte nur der Königin zuhören.«

»Wenn einer ihrer anderen Ritter dich beim Spionieren erwischt hätte, wäre es ihm eine Freude gewesen, ein Exempel an dir zu statuieren. Dies ist kein Spiel, Pixie. Hier ist es zu gefährlich für dich.«

Pixie? Dann fiel es ihr wieder ein. Er sah grüne Haut, schwarze Augen, gefaltete Flügel. Er erkannte sie nicht oder zumindest wusste er nicht, dass er sie kannte. Sie konnte wieder freier atmen.

»Das geht Euch gar nichts an«, sagte sie und wand sich in seinem Griff. Er würde sie doch wohl gehen lassen, oder?

Aber dann fielen ihr Luties Worte wieder ein. Sie sah Roiben auf einem schwarzen Pferd mit glühenden weißen Augen; sein Gesicht befleckt von Blut und Schmutz, seine Augen, blitzend vor Raserei, während er den armen Gristle niederritt.

»Ach nein?« Er ließ nicht locker, im Gegenteil, er zog sie hinter sich her durch die Menge. Die Leute machten ihm nicht einfach Platz, sondern sie überschlugen sich dabei praktisch. »Ich habe Nicnevin Treue geschworen. Vielleicht solltest du lieber darüber nachdenken, was ich dir antun könnte, als was ich für dich tun sollte.«

Ein kalter Schauer lief ihr über den Rücken. »Und, was wollt Ihr tun?«

Der Ritter seufzte. »Nichts. Vorausgesetzt, dass du den Elfenpalast sofort verlässt.«

Nichts? Sie wusste nicht, was sie erwartet hatte, als sie ihm jetzt ins Gesicht sah. Erschöpfung war es jedenfalls nicht gewesen. In der Tiefe dieser bleichen Augen war nicht ein Schimmer von Wahnsinn zu entdecken.

Aber sie konnte hier nicht weg und sie konnte ihm auch nicht sagen, dass ihr eindeutig menschlicher Freund auf der anderen Seite des Hügels seinen Rausch ausschlief. Sie musste dieses Spiel jetzt irgendwie zu Ende spielen. »Ich gehöre hier nicht hin? Gibt es etwa eine Gästeliste?«

Bei diesen Worten wurden Roibens Augen noch dunkler und er sagte sehr leise: »Der Unselige Hof heißt Gäste, die für die freien Geister spionieren, herzlich willkommen. Wir finden so selten Freiwillige für unsere Spielchen.«

Gefährliches Terrain. Seine Traurigkeit war wie fortgeblasen, er hatte seine Gesichtszüge vollkommen unter Kontrolle. Sie bekam Magenschmerzen. Willkommen ... unsere Spielchen. Dass er sich mit einbezogen hatte, war ihr nicht entgangen.

»Du kannst hier entlang rausgehen«, sagte er und zeigte ihr einen anderen Erdtunnel als den, durch den sie gekommen war. Zur Tarnung stand ein Stuhl davor. »Du musst dich beeilen. Geh jetzt. Sonst sieht noch jemand, dass wir uns unterhalten.«

»Na und?«

»Man könnte vermuten, dass ich Gefallen an dir gefunden hätte. Dann könnte man auf die Idee kommen, dass es Spaß machen könnte, mich zu beobachten, während man dir sehr, sehr wehtäte.« Roiben sprach mit kühler, ausdrucksloser Stimme. Die Worte schienen von seinen Lippen zu fallen, als hätten sie keine Bedeutung.

Plötzlich erinnerte sie sich an die Szene im Restaurant und sie bekam eiskalte Hände. Wie fühlte es sich wohl an, wenn man eine Marionette war? Wie wäre es, die eigenen Hände dabei zu beobachten, wie sie einem nicht mehr gehorchten?

Die Wut stieg in ihr hoch wie eine dunkle Wolke. Sie wollte gar nicht verstehen, wie es dazu gekommen war, dass er Gristle getötet hatte. Sie wollte ihm nicht vergeben. Vor allem aber wollte sie ihn nicht so sehr begehren.

»Jetzt, Pixie«, sagte er, »geh jetzt!«

»Ich weiß wirklich nicht, ob ich Euch glauben soll«, sagte sie. »Gebt mir einen Kuss.« Wenn sie schon nicht aufhören konnte an seine Lippen zu denken, vielleicht half es ja, zu probieren, wie sie schmeckten. Vielleicht würde es ihr dann gelingen, ihn aus ihren Gedanken zu verbannen.

»Das ist der falsche Zeitpunkt für dumme Pixiestreiche.«

»Wenn Ihr wollt, dass ich schnell verschwinde, beeilt Euch gefälligst.« Sie staunte über ihre eigenen Worte, vor allem über die heitere Bosheit darin.

Noch erstaunter war sie, als sie seinen Mund auf ihrem spürte. Sie war schockiert von den Gefühlen, die durch ihren Körper rasten, bevor er sich von ihr losriss.

»Geh«, sagte er, aber er flüsterte, als hätte sie ihm den Atem geraubt. Seine Augen lagen im Dunkeln.

Kaye tauchte in den Tunnel, bevor sie darüber nachdenken konnte, was sie getan hatte. Insbesondere aber, bevor sie überlegen konnte, ob das noch irgendetwas mit Rache zu tun hatte.

Draußen war es hell und kalt. Unglaublich, aber die Nacht war vorbei. Unter einem Windstoß bebten die letzten Blätter an den Bäumen und Kaye verschränkte die Arme, um sich ein wenig zu wärmen. Dann rannte sie über den Hügel. Sie wusste, wo die braune Stelle gewesen war. Sie musste einfach wieder hineingehen. Wenn sie sich dicht an der Wand hielt, fiel sie bestimmt nicht auf. Corny war sicher noch da und diesmal würde sie besser aufpassen und sich den Ausgang merken.

Nirgends war das Gras brauner als anderswo. Sie hatte sich die Stelle gut gemerkt. Neben einer Ulme und in der Nähe eines Grabsteins mit der Aufschrift ADELAIDE. Sie fiel auf die Knie und grub wie verrückt, krallte sich in die eiskalte Erde. Da war nur Erde und noch mehr Erde – so festgedrückt, als hätte es niemals einen Durchgang zu einem unterirdischen Palast gegeben.

»Corny«, rief sie, obwohl sie genau wusste, dass er sie nicht hören konnte – dort, wo er war: tief unter der Erde.

8

»Denn das Schöne ist nichts
als des Schrecklichen Anfang,
den wir gerade noch ertragen,
und wir bewundern es so,
weil es gelassen verschmäht,
uns zu zerstören.«

RAINER MARIA RILKE,
DUINESER ELEGIEN: DIE ERSTE ELEGIE

Als die Glocken läuteten, erwachte Corny am Hang. Ihm klapperten die Zähne vor Kälte, sein Kopf war schwer und benebelt und bei der geringsten Bewegung kam es ihm hoch. Seine Jacke war weg.

Er lag allein auf einem Friedhof und hatte keine Ahnung, wie er da hingekommen war. Er konnte sein Auto sehen. Dort, wo er es an der Straße geparkt hatte, blinkten noch schwach die Warnblinklichter. Ihm wurde schrecklich schlecht. Mühsam wälzte er sich auf eine Seite und würgte. Der Weingeschmack erinnerte ihn daran, dass ein Mann ihn geküsst hatte, erinnerte ihn an seine streichelnden Hände. Schockiert versuchte er sich zu dem Mund und den Händen auch ein Gesicht vorzustellen, aber sein Kopf tat zu weh.

Er schaffte es, aufzustehen und die Übelkeit in Schach zu halten, während er den Hügel hinunter zu seinem Wagen taumelte. Obwohl die Warnblinkanlage die ganze Nacht gelaufen war, sprang der Wagen dröhnend an, als er den Zündschlüssel ins Schloss steckte. Corny drehte die Heizung voll auf, saß still und überließ sich dem heißer werdenden Luftschwall.

Unter den Fastfood-Verpackungen und den alten Büchern musste irgendwo eine Packung Aspirin stecken. Er konnte sich nicht dazu aufraffen, sie zu suchen. Er lehnte den Kopf zurück und wartete, bis die Wärme in seine Glieder kroch, den Brechreiz vertrieb und ihn entspannte. Dann fiel ihm Kaye ein, wie sie auf dem Rücksitz gelegen hatte, und die Erinnerung an den Beginn des Abends brach mit verstörender Heftigkeit auf ihn ein.

Wie Kayes Haut gerissen und abgeblättert war, das erste Flattern ihrer nassen Flügel, ihre seltsame neue Persönlichkeit, ausgestreckt auf dem Rücksitz, die Musik ... dann allein am Hang, mit verworrenen sich überlagernden Erinnerungen. Solche Geschichten hatte er schon mal gehört – von Männern und Frauen, die auf einem Hügel erwacht waren und von einer Nacht im Elfenreich geträumt hatten. Der Hügel hatte sich ihnen nie wieder geöffnet. Ärgerlich überlegte er, ob Kaye wohl noch dort war, zum Klang der weit entfernten Flöten tanzte und vergessen hatte, dass er jemals existiert hatte.

Sein Magen verkrampfte sich, als ihm eine andere Erklärung dafür einfiel, dass er allein auf dem Hügel war. Genau genommen war es eine Erinnerung, daran nämlich, wie Kaye sich über ihn gebeugt und geflüstert hatte: *Ich gehe ihn suchen. Warte hier auf mich.*

Je länger er darüber nachdachte, umso mehr brutale Bilder drängten sich ihm auf. Da war der Schrei in der Ferne, den er nicht deuten konnte, der Anblick einiger Gäste mit blutroten Zähnen, und da war der Mann, der Mann mit dem Dornenmantel, der ihn gefunden hatte, betrunken im Dreck, und ...

Er schüttelte den Kopf. Es fiel ihm schwer, sich genau zu erinnern. Ein sanfter Mund und scharfe Dornen. Seine Hände flatterten nervös zu den Hemdsärmeln, krempelten sie hoch. Böse rote Wunden auf beiden Armen bewiesen eindeutig, wie er die Nacht verbracht hatte.

Allein ihre Berührung erfüllte ihn mit solch heftigem Verlangen, dass ihm wieder schlecht wurde.

Kaye taumelte durch die Hintertür.

Ein rascher Blick auf die rote Digitalanzeige an der Mikrowelle verriet ihr, dass es bereits später Vormittag war.

Erschöpfung überkam sie, als sie sich bemühte dem ewigen Hin und Her der Zauberkraft in ihren Fingern nachzuspüren. Sie fühlte sich wie eine zu stark gespannte Saite, die durchreißen würde, wenn sie zu fest angezogen wurde.

Kaye hatte alles abgesucht, aber es gab keinen Weg zurück ins Innere des Hügels. Vielleicht war der Eingang nur nachts geöffnet. Ihr blieb nichts anderes übrig, als in der Dunkelheit zurückzukehren, den Weg wieder zu finden und zu warten.

Ihre Sinne waren bis aufs Äußerste gereizt; ihr hauchdünner Schild war mit dem früheren nicht zu vergleichen. Sie spürte ständig, wie ihre Flügel am Rücken raschelten, roch noch immer den Müll unter der Spüle, konnte sogar einzelne Gerüche unterscheiden: Kaffeesatz, Eierschalen, ein wenig verschimmelter Käse, Spülmittel und Spuren eines dickflüssigen, sirupartigen Gifts, mit dem Küchenschaben in die Falle gelockt werden sollten. Die Luft summte vor Energie. Wenn sie sie an sich heranließ, würde ihre Müdigkeit vielleicht verfliegen.

Aber das wollte sie gar nicht, im Gegenteil: Sie wollte sich mit beiden Fäusten an ihrer menschlichen Fassade festklammern.

»Kaye? Bist du's?« Kayes Großmutter kam herein. Sie war noch in Morgenrock und Hausschuhen und hatte Lockenwickler in die dünnen grauen Haare gedreht. »Bist du gerade erst reingekommen?«

»Hi, Großmama«, sagte Kaye gähnend. Sie ging zum Küchentisch, schob einen Haufen Zeitungen und Prospekte aus dem Weg und legte den Kopf in die Hände. Sie freute sich schon fast darauf, dass ihre Großmutter sie gleich anschreien würde, als wäre alles wie immer.

»Ich habe heute Morgen in der Schule angerufen.«

Kaye hätte am liebsten laut gestöhnt.

»Wusstest du eigentlich, dass man ohne schriftliche Genehmigung der Eltern gar nicht von der Schule abgehen darf? Den Unterlagen zufolge bist du nicht mehr zur Schule gegangen, seit du vierzehn warst!«

Kaye schüttelte den Kopf.

»Was soll das heißen? Nein?«

»Ich weiß, dass ich nicht zur Schule gegangen bin«, sagte Kaye. Widerlich, wie kindisch sie klang.

»Nun, das ist ja schön und gut, Fräuleinchen. Ich will aber wissen, was du die ganze Zeit getan hast. Wo hast du dich rumgetrieben?«

»Nirgends«, sagte Kaye kleinlaut. »Ich wollte nur nicht, dass du es erfährst. Weil ich wusste, dass du wütend wirst.«

»Prima, und warum hat dich das nicht in die Schule getrieben? Willst du, dass nichts aus dir wird?«

»Ich nehme den zweiten Bildungsweg«, sagte Kaye.

»Den zweiten Bildungsweg? Wie diese Drogenhändler? Wie schwangere Teenager? Willst du in einem Wohnwagen enden wie deine kleine Freundin?«

»Halt 's Maul!«, schrie Kaye und hielt sich den Kopf. »Du glaubst wirklich, du hast den Durchblick, stimmt's? Deiner Meinung nach ist alles auf der Welt ganz einfach. Du kennst mich doch gar nicht – du weißt überhaupt nichts über mich! Und wie willst du irgendwas über Janet wissen, wenn du noch nicht mal was über mich weißt?«

»Ich habe es nicht nötig, mich in meinem eigenen Haus anschreien zu lassen. Du und deine Mutter, ihr seid beide gleich. Ihr denkt, es reicht schon, die Dinge nur zu wollen. Ihr denkt, wenn man etwas wirklich will, dann passiert ein Wunder und wie durch Zauberei werden alle Wünsche wahr.«

Zauberei. Kaye verzog das Gesicht zu einem Mittelding aus Grinsen und Winseln.

»Nur harte Arbeit bringt einen weiter. Und nicht mal dann kriegen die Leute, was sie wollen. Es gibt Menschen, die leiden, und kein Mensch weiß, warum. Begabte Menschen – wie deine Mutter – schaffen es nicht, egal, wie viel Talent sie haben, und was soll aus denen werden? Man kann sich nicht auf sein Glück verlassen. Woher soll man wissen, ob man überhaupt zu denen gehört, die Glück haben?«

Kaye war erstaunt zu hören, dass ihre Großmutter ihre Mutter für begabt hielt. »Ich verlasse mich nicht auf mein Glück«, sagte Kaye stumpf.

»Ach nein? Worauf denn?«

»Weiß nicht«, sagte Kaye. Sie war müde, ihre Stimme klang schon ganz weinerlich. Gleich würde sie losheulen, und wenn sie erst mal damit anfing, würde sie vielleicht nie wieder aufhören können. Schlimmer, sie klang so trotzig, als rege sie sich nur auf, weil sie erwischt worden war. Das kam der Wahrheit ja auch ziemlich nahe. »Wir brauchten das Geld.«

Ihre Großmutter sah sie entsetzt an.

»Welches Geld?«

»Das denkst du also von mir! Mit dir rede ich doch gar nicht mehr!«, antwortete Kaye und vergrub ihr Gesicht in den verschränkten Armen. Sie grummelte in sich hinein: »Ich habe in einem abgewrackten China-Restaurant gearbeitet, verstanden? In der Stadt. Vollzeit. Wir brauchten das Geld.«

Ihre Großmutter sah sie verwirrt an.

»Hier habe ich noch keinen Job«, gab sie zu. »Aber ich

dachte, ich könnte drüben an der Tankstelle arbeiten, wo auch Janets Bruder arbeitet. Ich habe schon nachgefragt.«

»Du gehst zur Schule, junge Dame, und wenn nicht, wäre eine Tankstelle wohl kaum ein geeigneter Arbeitsplatz für ein junges Mädchen. Welcher Junge würde wohl mit so einem Mädchen ausgehen wollen?«

»Jungs? Wen interessiert denn das? Hör zu, Mom unterschreibt alle nötigen Formulare, die ich für den zweiten Bildungsweg brauche.«

»Nein, das wird sie nicht tun!«, rief Kayes Großmutter. »Ellen!«

»Was?«, antwortete eine ärgerliche Stimme von oben.

»Komm runter und hör dir an, was deine Tochter zu sagen hat! Weißt du, was sie vorhat? Weißt du, was sie gemacht hat?«

Kurz darauf erschien Kayes Mutter. Sie trug eine Jogginghose und ein schwarzes T-Shirt und hatte die Haare mit einem roten Ledertuch zurückgebunden. »Und – was hast du gemacht?«

»Gar nichts«, sagte Kaye. Plötzlich fühlte sie sich bei diesem Streit völlig unbeteiligt, als schaue sie aus weiter Ferne zu. »Ich bin *nicht* zur Schule gegangen und ich habe Großmama *nichts* davon gesagt.«

»Werd nicht frech«, sagte Kayes Großmutter.

Ellen lehnte sich an die Küchentür. »Hör zu, es spielt keine Rolle, was sie getan hat oder nicht, weil wir Anfang nächster Woche nach New York fahren. Ich werde Lead-Sängerin bei Meow Factory.«

Beide, Kaye und ihre Großmutter bedachten Ellen mit

einem entsetzten Blick. Ellen zuckte nur mit den Achseln und schob sich an ihnen vorbei, um Wasser in die Kaffeekanne zu füllen. »Ich wollte es dir gestern Abend schon sagen, aber du bist ja nicht zum Abendessen gekommen.«

»Ich gehe nicht nach New York«, sagte Kaye. Schon wieder klang sie ekelhaft kindisch. War das wirklich dasselbe Mädchen, das den Lieblingsritter der Königin des Unseligen Hofes beleidigt hatte? Und ein Kelpie runtergehandelt hatte?

»Ellen, es kann dir doch nicht im Ernst egal sein, dass deine Tochter nicht zur Schule geht?« Kayes Großmutter kniff die Lippen zu einer dünnen Linie zusammen.

»Kaye ist ein kluges Kind, Mom. Sie kann über sich selbst bestimmen.«

»Du bist ihre Mutter. Es ist deine Aufgabe, dafür zu sorgen, dass sie die richtigen Entscheidungen trifft.«

»Als ob das bei mir je funktioniert hätte! Du hast versucht mir alle Entscheidungen abzunehmen und schau dir an, was aus uns beiden geworden ist. Ich denke nicht daran, den gleichen Fehler mit Kaye zu machen. Und was soll's, wenn sie nicht zur Schule gehen will? Schule war schon zu meiner Zeit Scheiße und ich glaube kaum, dass sie heute besser ist. Kaye kann lesen und schreiben, und das können nicht mal in den höheren Schulklassen alle von sich behaupten. Wahrscheinlich hat sie sogar mehr Bücher gelesen als die meisten anderen Mädchen in ihrem Alter.«

»Ellen, sei doch nicht dumm. Womit soll sie ihr Geld ver-

dienen? Was ist mit ihrer Zukunft? Willst du denn nicht, dass es Kaye irgendwann mal besser geht als dir?«
»Ich wünsche ihr die Zukunft, die sie gerne hätte.«
Kaye schlich sich aus der Küche. Sie würden sich noch eine ganze Weile streiten, ohne zu merken, dass sie verschwunden war, oder ohne sich darum zu kümmern. Sie wollte nur noch schlafen.

Das Telefon klingelte dicht an ihrem Kopf, dort, wo sie es hatte fallen lassen. Kaye stöhnte und drückte die Taste.
»Hallo«, sagte sie benommen. Sie hatte unruhig geschlafen und sich ständig hin und her gewälzt. Die Bettdecke war zu warm, aber ohne fühlte sie sich nicht sicher, wie ausgeliefert. In ihren Träumen waren ihr jede Menge schlitzäugige Wesen erschienen, die mit Klauenfingern auf sie einstachen.
»Mensch! Du bist ja da!« Sie erkannte die Stimme: Corny. Er hörte sich überrascht und ausgesprochen erleichtert an.
»Corny! Ich bin rausgeworfen worden. Ich konnte nicht zu dir zurück.« Sie sah auf die Uhr. Es war ein Uhr mittags.
»Vielleicht wird der Hügel ja nur nachts geöffnet.«
»Ich komme rüber.«
Sie nickte und sagte dann, als ihr einfiel, dass er sie ja nicht sehen konnte, laut: »Yeah. Unbedingt. Komm rüber. Geht's dir gut?«
Das Telefon klickte, die Leitung war tot und sie raufte sich rastlos die Haare. Dann ließ sie den Kopf wieder aufs Kissen fallen.

»Der Schild macht sich gut«, sagte Corny als Erstes, als er ins Zimmer trat. Dann schaute er sich um. »Hey, du hast ja Ratten.«
Sie blinzelte zu ihm hoch. »Wie bist du da rausgekommen? Ich bin beinahe wahnsinnig geworden, so sehr habe ich dich gesucht. Wenn die Bullen mich gesehen hätten, die hätten mich glatt für eine übergeschnappte Grabräuberin gehalten, die mit bloßen Händen Leichen ausgräbt.«
»Ich bin heute Morgen draußen auf dem Hügel wach geworden. Ich dachte schon, du hättest mich im Stich gelassen. Ich hatte das Gefühl, ich wäre plötzlich Rip van Winkle und würde gerade rausfinden, dass wir das Jahr 2112 schreiben und niemand jemals von mir gehört hat.« Er grinste schief.
»Roiben hat mich rausgeworfen. Es tut mir Leid. Ich wollte dich nicht allein lassen, aber ich hatte Angst, dass er rausfinden würde, wer ich bin, wenn ich ihm von dir erzähle.«
Corny lächelte. »Er hat nichts gemerkt?«
Sie schüttelte den Kopf. »Und, was hältst du denn jetzt vom Unseligen Hof?«
Ein leises, böses Lächeln breitete sich auf Cornys Gesicht aus.
»Oh, Kaye«, seufzte er. »Es war einfach wundervoll.«
Sie verengte die Augen zu Schlitzen. »Soll das ein Witz sein, Corny? Die haben getötet. Zum Spaß. Wesen wie uns.«
Er schien sie nicht zu hören, er sah an ihr vorbei zu dem hellen Fenster. »Da war so ein Ritter, nein, nicht deiner. Er . . .« Corny zitterte und gab seinem Satz plötzlich eine

andere Richtung. »Er hatte einen Mantel an, der war mit Dornen gefüttert.«
»Ich habe gesehen, wie er mit der Königin gesprochen hat«, sagte Kaye.
Corny zog seine Jacke aus und zeigte seine Wunden.
»Was ist denn mit dir passiert?«
Cornys Lächeln wurde noch breiter, aber seine Augen bekamen einen abwesenden Ausdruck. Er sah sie wieder an. »Na ja, anscheinend bin ich in seinen Mantel gekrochen.«
Sie schnaubte. »Das hast du aber schön gesagt! Hat er dir wehgetan?«
»Nicht mehr, als ich ihn gelassen hätte.«
Das gefiel ihr überhaupt nicht, weder was er sagte, noch wie er aussah, wenn er darüber sprach.
»Und was ist mit dir, Kaye? Hast du dich an Roiben vom Weißen Haar gerächt?«
Sie konnte nicht verhindern, dass sie rot wurde.
»Na?«, fragte er und sie erzählte ihm alles, wobei sich ihre Wangen noch dunkler färbten. Laut ausgesprochen hörte es sich noch alberner an.
»Willst du damit sagen, dass du ihn so weit gebracht hast, dass er dich einmal auf den Mund und einmal auf den Hintern geküsst hat?«
Kaye sah ihn erst wütend an, musste dann aber auch kichern.
»Ich weiß wirklich nicht, ob ich das furchtbar schlau finden oder ob ich mich jetzt schon davor fürchten soll, wofür du seinen Namen in Zukunft noch missbrauchen

willst. Kannst du ihn bis in alle Ewigkeit herumkommandieren?«
Kaye tat so, als wollte sie ihn treten.
»Und was ist mit dir und deinem Ritter? Sieh dir mal deine Arme an – findest du das etwa normal?«
»Bei der geringsten Berührung kriege ich Gänsehaut«, sagte Corny ehrfürchtig.
»Na, zumindest wir machen uns gegenseitig Angst.«
»Okay, ich gehe besser nach Hause. Was steht als Nächstes auf dem Elfenplan?«
Kaye zuckte mit den Achseln. »Dass ich geopfert werde, würde ich sagen.«
»Toll. Wann soll das stattfinden?«
»Das wüsste ich auch gerne. Samhain ist das Gleiche wie Halloween, oder? Ich schätze mal nachts.«
Corny schaute sie ungläubig an. »Halloween ist in zwei Tagen.«
»Ich weiß«, sagte Kaye. »Aber es ist ja nicht so, dass ich irgendwas tun müsste. Ich soll nur schreien und kreischen und eine Zeit lang so tun, als wäre ich menschlich.«
»Was passiert, wenn sie sauer werden, weil du sie reingelegt hast?«
»Keine Ahnung. Ist das mein Problem? Ich muss nur ein gutes Opfer abgeben.«
»Yeah, hoffentlich kein zu gutes Opfer.«
»Spike und Lutie würden mich nie einer ernsthaften Gefahr aussetzen.«
»Na gut. Dann ist ja alles klar.«
»Glaubst du mir nicht?«

»Ich finde, es klingt gefährlich. Ich finde, bis jetzt haben wir von der Elfenwelt wenig gesehen, das nicht gefährlich gewesen wäre.«

»Stimmt.«

»Oh«, sagte Corny. »Ich habe eben Jimmy getroffen und er hat gesagt, wenn du den Job haben willst, kannst du heute Abend um sechs anfangen. Das ist die Schicht vor meiner, deshalb gehe ich mal davon aus, dass er mich doch nicht gefeuert hat.«

Sie lächelte. »Dann sehen wir uns heute Nacht. Ich bin froh, dass es dir gut geht.«

»Mir würde es noch viel besser gehen, wenn ich noch immer dort wäre«, antwortete Corny.

Kaye runzelte die Stirn. »Corny . . .«

Er lächelte, dieses seltsam entrückte Lächeln, das ganz neu an ihm war. Am liebsten hätte sie ihn an den Schultern gepackt und geschüttelt.

»Bis später«, sagte er und schlüpfte vorsichtig wieder in die Jacke. Er zuckte zusammen, als das Futter über seine Arme scheuerte, und sie hätte ihm echt gegönnt, dass die Schmerzen die Erinnerung an die Ekstase überlagerten.

Nachdem Corny gegangen war, prüfte sie die pinkfarbenen Notizzettel, die innen an ihrer Zimmertür klebten. Darauf standen die Nachrichten, die ihre Mutter für sie entgegengenommen hatte. Eine war von Jimmy – wahrscheinlich wegen des Jobs – und die anderen waren alle von Kenny.

Kaye machte es sich auf der Matratze bequem, griff nach dem Telefon und wählte die Nummer, die Kenny bei seiner ersten Nachricht hinterlassen hatte. Sie wollte ihm auf Anrufbeantworter sprechen, wo sie heute Abend arbeitete. Die Tankstelle war ein öffentlicher Ort. Wenn er sie dort besuchte, konnte sie den Zauber von ihm nehmen und dann würde mit Janet alles wieder so sein wie früher.

»Hey«, antwortete eine Männerstimme. Im Hintergrund hörte sie undefinierbares Schwirren und Knirschen.

»Oh. Hi«, stammelte sie. »Ich dachte, du wärst in der Schule.«

»Bin ich auch«, sagte Kenny. »Du hast mich auf dem Handy angerufen.«

»Ich bin's, Kaye.« Schon wieder kam sie sich dumm vor, als wären schon wenige Worte von ihm eine Art Gnade, derer sie unwürdig war.

»Weiß ich. Der Lehrer kriegt gleich einen Anfall, wir müssen schnell machen. Ich will dich sehen. Heute Abend.«

»Ich muss arbeiten. Du könntest vorbeikommen . . .«

»Um wie viel Uhr?«, unterbrach er sie. Kaye war unbehaglich, sie erwartete, dass er sie wegen ihrer Unbeholfenheit aufziehen würde, und war unverhältnismäßig dankbar, als er es nicht tat.

»Um sechs.«

»Los, wir treffen uns nach der Schule. Kennst du mein Auto?«

»Nein. Warum willst du mich denn nicht einfach bei der Arbeit besuchen?« Sie versuchte die Kontrolle über die Unterhaltung wieder an sich zu reißen.

»Dann eben am Eingang. Haupteingang. Ich muss dich sehen.«

Sie zögerte, aber es gab keinen stichhaltigen Einwand dagegen, ihn dort zu treffen. Schließlich würde es nur einen Augenblick in Anspruch nehmen, den Zauber aufzuheben. Und danach … nun, vielleicht war es sogar besser, wenn sie von dort verschwinden konnte. »Einverstanden.«

»Gut.« Er legte auf.

Sie fühlte sich, als hätte sie zwei Tage alten Kaffee auf leeren Magen getrunken. Ihre Nerven lagen blank. Als sie eine Hand hob, war sie keineswegs überrascht, dass sie leicht zitterte wie eine gezupfte Gitarrensaite. Sie schloss die Augen und holte tief Luft, dann schälte sie sich aus Cornys massakrierten Klamotten und zog eigene an. Sie passten gut über die Illusion eines glatten Rückens, aber mit ihren gespaltenen Sinnen spürte Kaye ihre Flügel unter dem weichen Baumwoll-T-Shirt nur zu genau.

Es war schon komisch, vor einer Schule zu stehen, in die man eigentlich auch hätte gehen sollen. Von den Schülern kamen ihr sogar einige bekannt vor, wahrscheinlich aus der Grundschulzeit. Die meisten aber sahen einfach fremd aus.

Menschen, flüsterte es in ihrem Inneren, *das sind alles Menschen und du nicht.*

Irgendwie war es außerirdisch, dass sie jahrelang keine Schule von innen gesehen hatte. Manchmal tat es ihr Leid, jetzt zum Beispiel. Die Grundschule hatte sie gehasst. Janet und sie hatten sich angefreundet, weil sie beide nicht den normalen Erwartungen entsprachen. Janet wurde wegen ihrer Secondhand-Klamotten aufgezogen, Kaye wegen ihrer Geschichten. In der Stadt aber war Kaye ein unbeschriebenes Blatt gewesen und außerdem gab es da jede Menge seltsamer Kinder. Als es jedoch langsam besser geworden war in der Schule, war sie abgegangen.

»Hey«, sagte Kenny. Er trug eine Sonnenbrille, ein graues T-Shirt und darüber eine dicke marineblaue Flanelljacke. Beim Näherkommen nahm er die Brille ab. Er hatte dunkle Ringe unter den Augen. »Warum hast du mich gestern nicht angerufen? Ich habe dir tausende von Nachrichten hinterlassen. Deine Mutter hat gesagt, du wärst bei Janet, aber das habe ich nachgeprüft. Da warst du auch nicht.«

»Tut mir Leid«, sagte sie. »Ich war unterwegs.«

Er sah so ernst aus, dass sie das Ganze plötzlich richtig witzig fand. Mit der Magie hatte sie keine Probleme mehr, sie rauschte ihr in die Fingerspitzen und prickelte auf der Zunge – nur machte sie keinerlei Anstalten, den Zauberbann von ihm zu nehmen.

»Kaye, ich . . .«, begann er, schien sich dann aber zu besinnen. »Ich kann nicht schlafen. Ich kann nichts essen. Ich muss immer an dich denken.«

»Ich weiß«, sagte sie sanft. Die Schüler, die an ihnen vorbeiliefen, musterten Kenny von der Seite. Plötzlich verstand sie, warum sie zugelassen hatte, dass er sie im Restaurant küsste, warum sie ihn überhaupt begehrte.

Sie wollte die Kontrolle über ihn.

Er verkörperte all die arroganten Liebhaber, die ihre Mutter schlecht behandelt hatten. Alle Jungen, denen sie zu freakig gewesen war, die sie ausgelacht hatten oder einfach wollten, dass sie die Klappe hielt und rumknutschte. Kenny war tausendmal weniger wirklich für sie als Roiben.

Sie grinste breit. Sie hatte gar keine Lust mehr, ihm irgendwas vorzumachen, keinen Bedarf mehr, ihren Wert an Kennys Blick abzulesen, kein Verlangen danach, herauszubekommen, ob der Kuss eines beliebten Jungen anders schmeckte.

»Bitte, Kaye«, sagte er, griff nach ihrem Handgelenk und zog sie an sich.

Dies Mal machte sie sich sofort frei und ließ ihn gar nicht so nahe an sich herankommen, dass er sich einen Kuss hätte rauben können. Stattdessen befreite sie ihr Handgelenk und hüpfte auf den Zementabsatz der Freitreppe.

»Willst du was?«, zog sie ihn auf. Mehrere Schüler waren inzwischen stehen geblieben und schauten ihnen zu.

»Dich«, sagte Kenny und wollte sie wieder fangen. Aber sie war viel zu schnell für ihn. Sie tanzte aus seiner Reichweite und lachte.

»Wenn du mich nicht fängst, kriegst du mich schon mal gar nicht«, spornte sie ihn an und neigte den Kopf. Heiße Wut ließ das Blut in ihren Adern tanzen. Wie konnte er es wagen, sie so zu behandeln, dass sie sich unbehaglich fühlte? Wie konnte er es wagen, sie dazu zu bringen, ihre Worte abzuwägen?

Er schnappte nach ihrer Hand, aber sie zog sie noch einmal locker aus seinem Griff und wirbelte anmutig auf der Zementmauer umher.

»Kaye!«

Sie ging breitbeinig in die Hocke und reckte ihm das Kinn entgegen. »Betest du mich an, Kenny?«

»Ja!«, sagte er verzweifelt.

»Bist du verrückt nach mir? Würdest du sterben, um mich zu bekommen?«
»Ja!« Kennys Augen funkelten dunkel vor Verlangen und Wut. Hinter ihm lachten seine Mitschüler und flüsterten miteinander.
Kaye lachte auch. Es war ihr völlig egal.
»Sag mir noch mal, was du alles für mich tun würdest.«
»Alles«, schrie er ohne den Hauch eines Zögerns. »Gib mir eine Chance. Was soll ich tun?«
Das Lachen erstarb ihr in der Kehle. Sie zog den Zauberbann ab, indem sie die einzelnen Fäden mit einer ausholenden Handbewegung einsammelte, so wie man Spinnweben wegwischt.
»Vergiss es«, sagte sie ärgerlich, ohne genau zu wissen, warum.
Kenny sah sich um, die Schule kehrte in sein Bewusstsein zurück. Kaye beobachtete, wie er von seinem tätowierten Hals aufwärts langsam rot wurde. Entsetzt sah er sie an.
»Verdammt, was hast du mit mir gemacht?«
»Richte Janet aus, sie möge mich anrufen«, sagte sie, obwohl diese Antwort keinen Sinn ergab. Nichts war mehr wichtig, außer dass sie verschwinden musste. Hier hatte sie nichts mehr zu suchen.
Ohne Kenny noch einmal anzusehen, ging sie über den Schülerparkplatz, heimwärts.

Jimmy wartete im Büro der Tankstelle auf sie. Er gab ihr einen blauen Overall mit dem Amoco-Emblem auf der Brust. Kaye hatte Corny noch nie in dieser Uniform gesehen, aber sie zog sie pflichtbewusst an, während Jimmy ihr erklärte, was zu tun war.

Inzwischen waren mehrere Autos vorbeigekommen und sie hatte behutsam den Zapfhahn betätigt, auf der Hut vor dem Metall.

Ihr war schwindelig von den giftigen Benzindämpfen und der schrecklichen Erinnerung an das, was sie getan hatte. Es hatte sich so gut angefühlt, so unerschütterlich richtig, Kenny aufzuziehen. Und jetzt, seit sie wusste, wozu sie fähig war, war es da möglich, es wieder zu vergessen? Oder war es nur eine Frage der Zeit, wann sie es wieder tat?

Sie hörte ein raschelndes Geräusch in der Nähe und schaute misstrauisch zum Wäldchen hinüber. Heute war die Narrennacht vor Halloween und Jimmy hatte sie bereits davor gewarnt, dass Kinder die Tankstelle in Toilettenpapier einwickeln könnten.

Aber die Gestalt, die aus dem Dunkel kam, hatte Haare schwarz wie Öl und der Mantel, der locker über ihren Schultern hing, flog zurück und enthüllte Dornen, angeordnet wie ein Nagelbrett. Alles an dem Mann war schwarz, außer seiner weißen Haut und einem weißen Stein, der an einer langen Kette hing.

»Ihr?«, fragte sie. »Ihr seid der Selige Ritter, von dem Spike mir erzählt hat?« Auf dem Ball hatte sie den Eindruck gehabt, als wäre dieser Ritter in Wahrheit der Unseligen Königin loyal. Gehörte das zu dem Plan?

»Jetzt bist du in guten Händen«, sagte Nephamael.

»Ihr habt Corny die Arme zerkratzt.«

»Oh ja. Er ist bezaubernd.«

Von nahem betrachtet, waren seine Augen gelb. Als sie ihm in die Augen sah, fiel ihr plötzlich ein, warum er ihr so bekannt vorkam. Diese gelben Augen hatte sie in jener Nacht gesehen, als Lloyd durchgeknallt und auf ihre Mutter losgegangen war.

»Ihr«, sagte Kaye. »Ihr habt irgendwas mit Lloyd gemacht, stimmt's?«

»Wir wollten, dass du nach Hause kommst, Kaye.«

Der Ritter berührte das Amulett an seinem Hals und Kaye spürte, wie die Magie auf sie zurauschte und sich auf sie legte wie eine schwere Last. Einen Moment lang war sie dem Ersticken nahe, während die Gerüche aus ihrem Bewusstsein schwanden und ihr Blick sich trübte.

»Denk dran, wir müssen so tun, als wäre alles echt«, sagte er, als sie würgte.

»Was habt Ihr mit mir vor?«, brachte Kaye gerade noch heraus. Alles fühlte sich taub und seltsam an.

»Dein jetziger Schild kann niemanden täuschen. Ich werde den alten Schild, den du eigentlich tragen solltest, wieder herstellen.«

»Aber Halloween ist doch erst morgen«, protestierte Kaye. Sie spürte so ein merkwürdiges Stechen an ihren Armen. Diesmal schien es nicht aus ihr selbst herauszukommen. Irgendwas passierte hier mit ihr. Ihr Herz schlug schneller und sie spürte . . . etwas, eine Fremdheit. Und dann raste aus den Wolken eine dunkle Gestalt auf sie zu.

Über ihnen brüllte etwas.

Kaye warf die Arme hoch und verbarg ihr Gesicht darin.

Sie wollte schreien, aber als sie den Mund öffnete, war er voller Wind.
Hände packten sie am Overall, an Beinen und Haaren und übergaben sie nach oben in eine Menge unbekannter Wesen. Sie trat und biss, zog ihnen an den langen seidigen Haaren und zerriss ihre pulvrigen Flügel. Spitze Katzengesichter zischten, Kaye wurde gekniffen, aber sie flog weiter inmitten eines langen Schwarms. Sie wurde einfach mitgenommen.

9

»Ihr, die ich nicht retten konnte,
Hört mir zu.«

CZESLAW MILOSZ,
»DEDICATION«

Kaye schrie sich die Kehle wund. Scharfe Klauen krallten sich in ihre Handgelenke, während um sie herum die Schwingen und Flügel von Fledermäusen, Vögeln und Insekten schwangen – stiller noch als Laken auf der Leine. Unsichtbar flogen sie durch die Straßen. Sie schrie, aber scheinbar bewegten sie sich zwischen dieser und der nächsten Welt, denn niemand schaute nach oben, niemand sprach. Aber vielleicht zuckte der eine oder andere Mensch da unten ja doch zusammen oder erschrak, wenn der Monsterschwarm durch den Himmel über ihn hinwegraste. Kaye biss und kratzte, zog und wand sich – aber nicht für eine Sekunde lockerten ihre Entführer ihren Griff. Sie bildeten ein geschmeidiges Etwas, von dem Kaye nur ein winziger widerspenstiger Teil war. Sie konnte nichts dagegen machen, konnte nur schreien.

Dann gingen sie im Sturzflug nieder, fielen geradezu vom Himmel, dass es ihr den Atem verschlug. Cemetery Hill wölbte sich ihr entgegen. Die Luft stopfte Kaye ihre Schreie in die Kehle zurück und sie schluckte sie.

Sie verdrehte sich das Bein, als sie auf Händen und Füßen landete. Einen Augenblick lang konnte sie nicht atmen. Die Flugwesen fielen locker neben ihr nieder, sie schlitterten und hüpften um sie herum. Jeder Schnitt, jede Wunde tat plötzlich weh und pochte heftig. Ihre Knochen hingen nur locker in den Gelenken.

Etwa zwölf Wesen starrten sie mit schwarzen glänzenden Augen an – Augen wie ihre eigenen. Irgendwer packte Kayes Haare und zog ihren Kopf zurück, bis sie in goldgesprenkelte Eulenaugen schaute.

»Leckeres Mäuschen.« Die dicken dunklen Lippen bewegten sich langsam. Die Stimme klang wie welkes Laub, das in einem Mörser zerstoßen wurde.

Kaye schloss den Mund. Es kamen noch mehr, zu nahe ihre Gesichter. Von ihrer hungrigen Hitze wurde ihr schwindelig. Sie schlug wild um sich, um sie zu vertreiben. Kleine geflügelte Wesen umkreisten sie flatternd und zeigten ihr die Zähne.

»Grapsch-patsch viel Freud«, sagte die Frau mit den Eulenaugen und riss so fest an Kayes Haaren, dass sie ihren Körper gleich mitzog. »Was für eine feine, feine Leckerei.«

Das Wesen ließ sie los und Kaye fiel auf ihre wunden Knie.

»Lasst sie in Ruhe«, sagte Nephamael und zog sie mit einem Ruck hoch.

Es sah aus, als hätte jemand den Hügel unten abgesägt und auf dicke Pfeiler gestellt. Leichenblasse, faustgroße Pilze sprossen aus dem Boden. Unter diesem irdenen Deckengewölbe schwelgten Fabelwesen wie in einem Zelt.

Nephamael packte ihre Schultern so fest, als wollte er ihr

wehtun. Die Dornen an der Spitze seiner Handschuhfinger kratzten bei jedem ihrer unsicheren Schritte über ihre Haut.

Er brachte sie zu einem erhabenen Podium aus Erde und sie musste mehrmals tief Luft holen, um das Entsetzen niederzukämpfen, das sie zu überwältigen drohte. Die Königin saß auf dem Thron; links und rechts knieten Zwillingsjungen mit Ziegenfüßen, der eine spielte geistesabwesend Flöte. Roiben stand zu ihrer Linken, in dunkelsilbernes Tuch gekleidet, wie aus Stoff und Metall gewirkt. Gezackte Süßwasserperlen säumten seinen Kragen und seine Manschetten wie Zähne. Er sah großartig aus, er strahlte wie der Mond.

Und wie der Mond war auch Roiben unerreichbar – ausdruckslos und Furcht erregend.

Zur Rechten der Königin standen zwei weitere Ritter. Der eine war rot gekleidet, ein solch dunkles Rot, dass es beinahe Braun war. Der andere trug ein rauchblaues Gewand. Weiter hinten auf dem Podium hielt ein Wesen mit Fuchsgesicht und Scheitelkäppchen, das fast zur Gänze hinter dem Thron verschwand, einen Pinsel über ein entrolltes Blatt aus weißer Birkenrinde.

Kaye wurde grob auf die Knie gestoßen. Hinter sich spürte sie, wie Nephamael hinkniete.

Die Königin des Unseligen Hofes schaute mit einem launischen Lächeln auf sie hinunter. Sie hatte ihr blutrotes Haar in dicke, mit Juwelen besetzte Zöpfe geflochten und zurückgebunden und ihre Haut stach blendend blass und sahnig vom Dunkelgrau ihres Kleides ab. Sie war un-

menschlich schön, aber in ihrem Lächeln lag keine Wärme. Kaye musste erschrocken feststellen, dass sie dennoch diese grausamen blauen Augen anlächelte und sich sehnlichst wünschte, sie würden sie freundlich anstrahlen.
Ein süßlicher Duft lag schwer in der Luft; Kaye war schwindelig, sie konnte sich gar nicht konzentrieren. Sie konnte kaum atmen. Die Augen der Königin waren zu klar, zu blau. Vielleicht waren sie nicht echt. Dann schlug der Schwindel voll zu.
»Kaye Fierch, der Unselige Hof hat die Absicht, dich mit einer großen Ehre auszuzeichnen.« Kayes Verstand nahm die Worte der Königin auf, jedes mit einem einzelnen Echo, aber im Zusammenhang ergaben sie keinen Sinn. »Wirst du dich dieser Ehre unterwerfen?«
Kaye wusste, dass man ihr eine Frage gestellt hatte und dass es sehr wichtig war, sie zu beantworten. Sie versuchte ihre zerstreuten Gedanken zu sammeln. Blaue Augen versenkten sich in ihre. Am liebsten hätte sie ihre Lider geschlossen. Sie wollte dem Kältehauch ausweichen, der sich von der Brust her in ihr ausbreitete. Aber sie brachte nur ein langsames Blinzeln zu Stande.
»Vielleicht können wir ihr Schweigen als Zustimmung werten.« Kaye hörte Roibens Stimme wie aus weiter Ferne. Einige der Anwesenden lachten über seine Bemerkung.
»Komm näher, kleiner Mensch.« Die Königin beugte sich vor, streckte eine lilienweiße Hand aus, und ehe Kaye sich's versah, kroch sie bereits darauf zu, um sie zu berühren. Die Königin fuhr ihr mit den Fingern durchs Haar, zupfte daran und glättete es wieder.

»Du willst uns doch zu Gefallen sein, oder, Kleines?«
»Ja.« Das stimmte. Es gab nichts, das sie jemals mehr gewollt hatte.
Nicnevin lächelte, ein Lächeln mit hochgezogenen Mundwinkeln.
»Genau genommen gibt es nichts, was du mehr willst als uns zu Gefallen sein, stimmt's?«
»Ja.« Ein Freudenschauer überlief sie, als die Königin ihre Wange streichelte.
»Du bist uns zu Gefallen, Kind, wenn du gehorsam und fröhlich bist und keine Fragen stellst, wenn dir etwas seltsam vorkommt. Hast du verstanden?«
»Ja.«
»Wir verlangen, dass du uns die Ehre gibst, deinen Anteil am Zehnten zu leisten. Wirst du die Bürde dieser Ehre annehmen?«
Die Fragestellung kam Kaye irgendwie merkwürdig vor, aber die Antwort kannte sie schon: »Ja.«
Das Lächeln der Königin war überwältigend. Aus dem Augenwinkel bemerkte Kaye, dass Roiben ein mürrisches Gesicht zog. Sie fragte sich, warum. Passte es ihm etwa nicht, dass sie seiner Herrin gefiel?
»Mein Ritter wird dafür sorgen, dass du zurechtgemacht und angemessen gekleidet wirst. Du kannst es dir sparen, ihm gefallen zu wollen. Das wäre ein hoffnungsloses Unterfangen.« Die Königin nickte kaum wahrnehmbar.
Dann war Roiben an Kayes Seite und zog sie hoch. Er roch nach brennenden Nelken.

Rath Roiben Rye stand zur Linken seiner Herrin auf dem Ehrenplatz und ballte die Fäuste so fest, dass er die halbmondförmigen Einschnitte seiner Fingernägel in den Handflächen spürte. Die Antworten, die das Mädchen mit dieser Stimme weich wie Asche gab, waren verheerend. Sie hatte keinerlei Anstalten gemacht, seinen Namen zu sagen, und jetzt war es längst zu spät.

Er zwang sich die Hände zu lockern. Die Königin durfte sein zunehmend gefährliches Spiel nicht durchschauen. Er konnte nichts dafür, dass das Mädchen ihn nach seinem Namen gefragt und dadurch unbeschränkte Macht über ihn bekommen hatte. Dennoch war es nicht das erste Mal, dass er sich dumm angestellt hatte. Erst hatte er sich eingeredet, dass er sich nur auf die Probe stellte, aber seine Beweggründe waren offensichtlich vielschichtiger. Er verstand sich selbst immer weniger – war er nur ein Bündel von Handlungen, durch nichts zusammengehalten, ohne einen Ablauf, den er hätte verstehen können?

Er ließ den Blick über die Menge schweifen. Er kannte den Unseligen Hof, kannte auch die Grüppchen und ihre Pläne, ihre Streitigkeiten, ihre Wünsche und Gewohnheiten. Er kannte sie aus der Sicht des Außenstehenden und seine Herrin wusste dies wohl zu schätzen. Dieser Wert wurde dadurch ausgeglichen, dass sie Spaß daran hatte, ihn zu quälen.

Alles ist im Gleichgewicht. Alles ist Ritual. Alles ist Qual.

Die freien Geister hatten sich misstrauisch an den Seiten des Elfenpalastes versammelt. Er wusste, dass viele von ihnen sich nicht an den Unseligen Hof binden wollten, und einen Augenblick lang überlegte er, ob sie das Opfer irgendwie zurückweisen könnten. Von seinem Aussichtspunkt konnte er jedoch beobachten, wie sie von dem traditionellen Wein tranken, der aus Nesseln gekeltert wurde. Sie waren gekommen, um ihre Knechtschaft anzutreten. Nicht zuletzt bot ihnen diese Knechtschaft eine Art Schutz, den sie in der Unabhängigkeit entbehren müssten.

Ein leises Geräusch lenkte seine Aufmerksamkeit zu Kaye zurück. Er bemerkte ihre blauen Flecken und die leicht geschwollenen Stellen, die wie Kratzer aussahen. Ihm wurde schon vom Zuschauen schlecht, so wie sie die Königin anbetete. Hatte er die Selige Königin auch so angesehen, als er ihr den Schwur geleistet hatte? Ihm fiel wieder ein, wie auch nur ein kurzer Blick seiner Hellen Herrin jeden ihrer Ritter hatte glauben lassen, die Sonne schiene allein für ihn. Sein eigener Schwur war ihm leicht gefallen, all diese Versprechungen, die er ihr hatte geben wollen, gehüllt in formelle Wendungen. Und tat er nicht immer noch, was sie ihn hieß? Beim Anblick von Kayes Gesicht, die glücklich darauf wartete, dass er sie in die sonnenfernen Höhlen des Unseligen Palastes führte und für ihre Opferung schön machte, fragte er sich erneut, wofür er das alles auf sich nahm.

»Komm«, sagte er.

Roiben ging vom Elfenpalast aus durch Flure, die vor Glimmer glänzten, an deren Decken verschlungene Wurzeln hingen. Sie waren trübe und wechselhaft beleuchtet, Wachs troff aus den Nischen, in denen die Kerzen standen. Hinter sich hörte er das dumpfe Stapfen ihrer Stiefel. Er

hätte sich gerne umgedreht und ihr ein tröstendes Lächeln zugeworfen, während sie versuchte in diesen gewundenen Gängen mit ihm Schritt zu halten. Aber ein Lächeln käme einer Lüge gleich und was würde ihr das nützen?
Sie kamen an einer Wiese mit Obstbäumen vorbei, deren knochenweiße Äste sich unter dunkelroten Früchten bogen. Sie liefen durch Höhlen aus Quarz und Opal. Durch eine Flucht von Türen, von denen jede einzelne mit einem anderen eingravierten Gesicht verziert war. Und über allem leuchtete die Decke weit und hell.
»Du kannst mir Fragen stellen, wenn du willst. Die Auflagen der Königin sind nicht die meinen.« Roiben hoffte, dass der Zauber, den die Königin ihr auferlegt hatte, nicht undurchdringlich war.
»Es tut mir Leid, weißt du?«, sagte sie leise. Ihre Pupillen verrieten die Droge des Zaubers, ihre Lider waren halb geschlossen. Mit einer Hand streifte sie an der funkelnden Glimmerwand entlang, strich darüber, als wäre es der Bauch eines großen Tieres.
»Leid?«, fragte er wie ein dümmliches Echo.
»Die Szene im Restaurant«, sagte sie, schwankte ein wenig und stützte sich mit der Hand an der Wand ab. »Mir war nicht klar, was ich da forderte.«
Das ließ ihn zurückzucken. Die Macht, die sie über ihn hatte, war stärker als jeder Eid – er war ihren Befehlen buchstäblich ausgeliefert –, und nun entschuldigte sie sich dafür, dass sie so schlau gewesen war. Vielleicht war das aber auch eine Folge des Zaubers, der ihren Verstand davon abhielt, sich ums Überleben zu kümmern.

Ihre Hand lag ruhig an der Wand und ihre Augen suchten den Boden.
Er holte tief Luft. »Das war schon ein guter Trick. Vielleicht fällt dir ja noch ein, wie du dir dein Wissen zu Nutze machen kannst.« Das war nicht gerade ein weiser Rat. Er fragte sich wirklich, warum er ihr die Mühe zugemutet hatte, ihm den Pfeil aus der Brust zu ziehen, wenn er es so offensichtlich darauf anlegte, sich einem weiteren Angriff auszuliefern.
Sie lachte plötzlich auf. »Besorgen wir mir jetzt wirklich ein neues Kleid?«
Er nickte. »Wir haben eine Näherin hier, die beim Weben Seidenspinner aus Seide zurückgewinnt. Sie wird dafür sorgen, dass du ein Kleid bekommst . . .« Er ließ den Satz unvollendet, weil er nicht wusste, wie er ihn beenden sollte. Es ging schließlich nicht um ein Ballkleid, sondern um ein – Leichentuch. »Ein schönes Kleid«, schloss er wenig überzeugend, aber besser bekam er es eben nicht mehr hin.
Kaye grinste vor Freude, drehte sich vorsichtig auf einem Fuß in einem improvisierten Tanz und folgte ihm dann in den nächsten glänzenden Gang, wobei sie seine Worte wiederholte: »Seidenspinner aus Seide . . .«

Skillywiddens Gefilde lagen verborgen in den höhlenartigen Tiefen des Palastes, in die es Roiben nur selten verschlug. Auf dem Boden des dämmrigen Raums lagen sommerwarme, leuchtend goldene Satinballen in einem Durcheinander aus feinen Seidenfasern und schweren Brokatstoffen, reich mit sich seltsam bewegenden Tieren verziert. Auf einem langen Holztisch standen silberne Schüsseln aller Größen mit Nadeln, Garnspulen und Bordüren aus Mäusefell, glänzenden Tautropfen, immergrünen Blättern und anderen weniger freundlichen Dingen. Die unglaublichsten Gegenstände in dieser Schneiderei waren jedoch jene, denen man es nicht ansah. Der Webstuhl, mit dem man lebendige Wesen in Wandteppiche einweben und dort halten konnte, bis diese oder jene Bedingung erfüllt war, sah aus, als wäre er gar nichts Besonderes. Mit der Spindel verhielt es sich ähnlich. Das unansehnliche Ding war aus grobem Holz, aber Roiben wusste, dass der lange schwarze Faden von einer Spule mit Menschenhaar stammte.

Die Näherin selbst war ein kleines, unbeholfenes Wesen mit langen, spindeldürren Beinen. Sie war in ein hauchdünnes schwarzes Tuch gehüllt, das ihr Gesicht zur Hälfte verbarg, und ging so gebückt, dass ihre langen Arme beinahe den Boden berührten. Roiben verbeugte sich knapp, als sie ihn mit funkelnden schwarzen Augen ansah.

Skillywidden zischte zur Begrüßung und schlurfte zu Kaye hinüber, nahm einen ihrer Arme und maß seinen Umfang, indem sie ihn zwischen Daumen und Zeigefinger kniff. Als sich ihre Blicke trafen, erkannte Roiben einen Schimmer von Furcht in Kayes Augen, aber ihr Körper blieb locker.

»Wohlschmeckend«, krächzte Skillywidden grüblerisch, »glatte Haut. Was wollt Ihr für sie haben? Ich kann Euch eine Tunika mit Apfelblütenduft schneidern. Das würde Euch doch an Eure Heimat erinnern, oder?«

Ein Schauder überlief Kaye.
»Ich bin wegen eines Kleides gekommen, nicht um zu handeln«, sagte Roiben und musste selbst einen Schauder unterdrücken. »Die Königin wünscht, dass sie für die Feierlichkeiten besser gekleidet ist, da sie«, und wieder hatte er Schwierigkeiten, den passenden Ausdruck zu finden, ohne das Mädchen zu erschrecken, »als Ehrengast geladen ist.«
Skillywidden zwitscherte und schnatterte und wühlte in ihren Stoffballen. In ihrem benebelten Zustand schien Kaye vergessen zu haben, dass sie Angst vor der Näherin hatte. Sie strich über ein Material, das bei jeder Berührung die Farbe wechselte.
»Streck die Arme aus«, krächzte die Näherin, »weit wie ein Vogel. So.«
Kaye breitete die Arme aus, während Skillywidden Stoffe um sie drapierte und unzusammenhängendes Zeug brabbelte. Plötzlich packte die kleine Schreckschraube Kayes Kinn und stieß es mit einem Ruck nach unten, schlurfte dann zu ihren Schüsseln hinüber und kramte darin herum. Roiben blieb nichts anderes übrig, als zu warten.
Apfelblüten erinnerten Roiben nicht mehr an seine Heimat, obwohl der Selige Hof danach geduftet hatte. Nein, inzwischen erinnerte ihn der Duft von Apfelblüten an eine Baumfrau, deren braunes Gesicht so ruhig wie Erde gewesen war, egal, wie weit sie sich von ihrem Baum entfernt hatte. Sie war Prophetin gewesen, wollte jedoch nicht für den Unseligen Hof weissagen. Er sollte sie überreden.
Am schlimmsten war jedoch die Erinnerung an die letzten

Worte dieser Baumfrau, nachdem sie mit moosigen Fingern seine Wange zerkratzt hatte und dickflüssiger Sirup aus den vielen Schnitten in ihrem Körper geronnen war. »Du bist es, der stirbt«, hatte sie gesagt.

Man kann ein Ding zerbrechen, aber man kann es hinterher nicht immer so hinbiegen, wie man es gerne hätte.

»Ritter?«, fragte Skillywidden und hielt etwas Geflochtenes aus dünner weißer Seide hoch. »Ist das geziemend?«

»Lass das Kleid in mein Zimmer bringen«, sagte Roiben und riss sich von seinen Gedanken los. »Die Königin erwartet sie heute Abend wohlbekleidet zurück im Elfenpalast.«

Skillywidden schaute von den Dingen auf, die sie zusammenstellte, blinzelte wie eine Eule und grunzte. Das genügte ihm als Antwort. Er hatte nicht das Bedürfnis, die Näherin zu großer Eile anzutreiben. Kaye würde von Verspätungen eher profitieren.

»Komm«, sagte Roiben und Kaye folgte ihm fügsam. Sie wirkte betrunken von all der Magie.

Auf dem Rückweg durch den Termitenpalast führte er sie schließlich zu einer Holztür, in die ein Einhorn geschnitzt war. Er schloss die Tür mit einem silbernen Schlüssel auf und ließ sie vor ihm eintreten. Dann sah er zu, wie sie stehen blieb, um sich die Bücher auf einem niedrigen Tisch anzusehen, wie sie mit den Fingern über die dünnen Taschenbuchausgaben von Yeats und Milton fuhr und über einem Buch aus Leder mit silbernen Verschlüssen verweilte. Es war ein Buch über alte Lieder, aber auf dem verstaubten Buchdeckel war kein Titel zu lesen und sie öffnete es nicht. An der Wand hing der alte Wandteppich, derselbe, den er eines Abends vor langer Zeit in Streifen geschnitten hatte. Er fragte sich, ob sein Zimmer in ihren Augen wie eine Zelle wirkte. So etwas hatte sie nach all diesen großartigen Dingen, die sie bisher gesehen hatte, sicher nicht erwartet.

Kaye sah sich den Wandteppich an und untersuchte das, was davon übrig geblieben war. »Sie ist hübsch. Wer ist das?«

»Meine Königin«, sagte er. Er wollte sich berichtigen, aber es ging nicht.

»Doch nicht die Unselige Königin? Die andere, oder?«

Kaye setzte sich auf die graubraune Tagesdecke auf seinem Bett, neigte den Kopf und sah sich weiter die Frau auf dem Teppich an. Er brauchte gar nicht hinzusehen – das Bild kannte er auswendig. Dunkle Haare fielen der Königin wie ein Umhang über den Rücken ihres smaragdgrünen Kleides – schon schön, aber eben nur geknüpft und bestickt. Ein Sterblicher hatte diesen Teppich gewebt, ein Mann, der einen Blick auf die Selige Königin erhascht und den Rest seines kurzen Lebens damit zugebracht hatte, Bilder von ihr zu weben. Er war verhungert, mit wunden roten Fingern, deren Blut den letzten Wandteppich befleckte. Es war schon lange her, seit Roiben ihn um eine solch vollkommene Verehrung beneidet hatte.

»Die andere«, gab er zu.

»Das habe ich auch gelesen . . .« Kaye zeigte auf *Das Verlorene Paradies*. »Na ja, zumindest teilweise.«

»Graun und Zweifel foltern seinen verstörten Sinn, und

ihm im Innern wüthet die ganze Hölle, denn er bringt die Hölle ja in und um sich mit, da er so wenig ihr einen Schritt entfliehen kann als sich selbst durch Tausch des Orts«, zitierte er.

»Es stand in einer dieser dicken Anthologien, aber in der Klasse kam es nicht direkt dran. Ich habe das Buch behalten, nachdem ich abgegangen war. – Weißt du, was eine Highschool ist?« Ihre Stimme klang träge, aber die Unterhaltung war ziemlich normal. Die Verzauberung wirkte zwar noch, schien sie jedoch nicht mehr ganz so zu beherrschen. Er fand, das war ein gutes Zeichen.

»Wir kennen eure Welt, jedenfalls oberflächlich. Die freien Geister kennen euch besser. Schließlich sind sie es, die sich um eure Fenster drängen und durch eure Vorhänge fernsehen. Neulich habe ich erlebt, dass bei den Dryaden ein Lippenstift für eine unglaubliche Summe verkauft wurde.«

»Wirklich schade, dass ich mein Schminktäschchen nicht mitnehmen durfte. Sonst hätte ich vielleicht durch Bestechung hier rauskommen können.« Kaye kicherte und hievte ihren Körper ganz auf sein Bett.

Sie lehnte sich an das Kopfteil. Ihre Jeans waren unten ausgefranst, wo sie auf die abgewetzten Stiefel stießen. Nur ein Mädchen. Ein Mädchen, das es nicht verdient hatte, so tapfer sein zu müssen. Um ihr Handgelenk spannte sich ein Gummiband mit einem verblichenen Muster aus blauer Tinte. Keine Ringe. Nägel bis aufs Fleisch abgebissen. Einzelheiten. Dinge, die er schon eher hätte bemerken müssen.

Sie sah müde aus, fand er. Er wusste nur wenig davon, wie ihr Leben verlaufen war, bevor er es durcheinander gebracht hatte. Als ihm die zerrissene Bluse wieder einfiel, die sie weiter zerrissen hatte, um seine Wunde zu verbinden, zog er eine Grimasse. »Zumindest wissen wir Einiges über eure Welt. Über dich jedoch weiß ich nicht halb so viel, wie ich sollte.«

»Ich weiß nicht viel von der Welt«, sagte Kaye. »Ich kenne nur die beschissene Stadt, in der ich groß geworden bin, und die noch beschissenere Stadt, in die wir danach gezogen sind. Ich war noch nie im Ausland. Meine Mutter möchte so gerne eine berühmte Sängerin sein, meistens endet es aber so, dass sie betrunken herumschreit, wie scheiße die anderen Sängerinnen sind. Gott, das hört sich echt deprimierend an!«

Roiben stellte sich vor, was passieren würde, wenn die Opferung nicht stattfinden würde, wenn Kaye durch List und Tücke, per Zufall oder aus irgendeinem anderen Grund fliehen könnte. Die freien Geister wären sieben Jahre lang frei. Er dachte an das Chaos, das daraus entstehen würde. Es gefiel ihm beinahe.

»Ich fürchte, ich war auch nicht gerade der Fröhlichste, holde Kaye.«

Sie seufzte lächelnd und ließ den Kopf zurückfallen. Ihre blonden Haare fielen wie ein Heiligenschein über seine Kissen. Geistesabwesend dachte er, dass er diese Haare gerne flechten würde, so wie er früher die Haare seiner Schwester geflochten hatte.

»Eine Zeit lang bin ich zur Schule gegangen«, fuhr sie zerstreut fort, »und dann habe ich es mir abgewöhnt. Normalerweise finden mich die Leute ziemlich verrückt, was im Augenblick etwas komisch klingen mag. Komisch ist vielleicht nicht das richtige Wort.«

Er saß am Fußende und hörte einfach zu.

»Ich fand Verrücktsein immer gut. Nicht als Rechtfertigung, nein, anders. Ich fand, man sollte es kultivieren. Ich habe viel Zeit damit verbracht, in Kneipen rumzuhängen, habe Bands geholfen Instrumente aufzubauen und wieder abzubauen, Autos zu beladen, den Kopf meiner Mutter aus dem Klo zu fischen – alles Dinge, die andere Kinder nicht tun. Und dann passierte manchmal eben etwas, etwas Magisches, das ich nicht kontrollieren konnte. Und dennoch, all dies – du –, ich kann manchmal nicht glauben, dass du wirklich echt bist.« Das Letzte sagte sie mit einer scheuen Ehrfurcht in der Stimme, die er nicht im Mindesten verdient hatte.

Dabei klang sie so normal. Gesprächig. Sie sah sogar normal aus, wenn auch ein wenig zu entspannt auf dem Bett eines Fremden. »Willst du mir immer noch eine Freude machen?«

Sie lächelte erstaunt, fast verblüfft. »Natürlich will ich das.«

»Es wäre aber besser für dich, wenn das nicht so wäre«, sagte er zögerlich in dem Versuch, sie aus ihrer Verzauberung herauszureden. Wenn sie so blieb wie jetzt, würde er nichts für sie tun können, sobald die Zeremonie erst mal begonnen hatte. »Es wäre besser, wenn du dich deinen eigenen Wünschen entsprechend verhalten würdest.«

Sie setzte sich auf und sah ihn eindringlich an. »Tust du das denn? Würdest du nicht lieber nach Hause gehen?«

»An den Seligen Hof?« Er gestand sich zu es auszusprechen. Er dachte lange über ihre Frage nach, dann schüttelte er den Kopf. »Es gab eine Zeit, da wollte ich das unbedingt. Inzwischen glaube ich, dass ich bei ihnen nicht mehr willkommen wäre, und selbst wenn, würden wir wahrscheinlich nicht mehr zusammenpassen.«

»Du bist überhaupt nicht so, wie andere dich beschreiben«, sagte Kaye und sah ihn so wild an, dass er ihr nicht mehr in die Augen sehen konnte. »Ich weiß, dass du nicht so bist.«

»Du kennst mich nicht«, sagte er. Er wollte sie für das Vertrauen strafen, das er in ihrem Blick las, wollte es ausradieren, damit er später nicht mit ansehen musste, wie dieses Vertrauen enttäuscht wurde.

Er wollte ihr sagen, dass er sie unglaublich verführerisch fand, so halb verzaubert, mit blauen Flecken und Kratzern und in völliger Unkenntnis der Tatsache, dass sie den Morgen nicht erleben würde. Er fragte sich, was sie dazu sagen würde.

Stattdessen lachte er gezwungen. »Ich will es dir noch mal erklären. Am Unseligen Hof interessieren sich die meisten für Blut und Tod, jedenfalls, wenn es darum geht, sich zu amüsieren. Aber der Unselige Hof ist mehr als eine Geißel. Nicnevin beherrscht uralte Geheimnisse, die in den Eingeweiden der unterirdischen Labyrinthe, der Moore und Sümpfe begraben sind. Die Abenddämmerung hält ebenso viele Wahrheiten bereit wie die Morgendämmerung, vielleicht sogar mehr, weil sie weniger leicht wahrzunehmen sind. Nein, bei genauer Betrachtung glaube ich nicht, dass ich daheim willkommen wäre.«

»Aber sie..«, begann Kaye. Mit einer Handbewegung nahm er ihre Entgegnung vorweg.

»Kleinere Sekten – wozu mit Sicherheit auch unsere Elfengemeinschaften gehören – brauchen Feinde, damit sie eine Aufgabe und einen Sinn haben. Denk an Miltons Engel. War es nicht weise von seinem Gott, ihnen einen Teufel zu geben, den sie bekämpfen können?«

Kaye überlegte einen Augenblick. »Okay, du willst damit sagen, dass der Selige Hof den Hass auf den Unseligen Hof braucht. Soll das heißen, du findest, sie sind eigentlich nicht so schlimm?«

»Kein Schimpfwort kann der Unseligen Königin gerecht werden, aber ich habe an ihrem Hof auch Freundlichkeit gefunden. Mehr Freundlichkeit und Weisheit, als ich jemals erwarten durfte.«

»Wer sind denn nun die Gegner des Unseligen Hofes?«

»Wieder gibt es erstaunliche Parallelen zu euren Teufeln. Die Unseligen haben mit ihrer eigenen Langeweile zu kämpfen. Das führt oft dazu, dass nach immer grausameren Zerstreuungen verlangt wird.«

Kaye erschauerte. »Und du?«

Roiben zuckte mit den Achseln. Er hatte fast vergessen, wie es war, einfach dazusitzen und sich mit jemandem zu unterhalten. »Mit mir ist es etwas anderes, ich gehöre keinem Hof an, bin aber auch kein freier Geist. Zu viele haben Besitz von meiner Seele ergriffen.«

Sie kniete nieder und griff nach seinen Händen. »Nur damit du es weißt: Ich vertraue dir.«

»Solltest du aber nicht«, sagte er automatisch. Immerhin war sein Wunsch verflogen, sie für ihren Glauben an ihn zu bestrafen. Im Gegenteil: Jetzt wollte er sich dessen wert erweisen. Er wollte wieder der Ritter sein, der er mal gewesen war. Nur für einen Augenblick.

Als er sie ansah, holte sie tief Luft, wie um sich für die nächste Wendung in ihrer Unterhaltung zu wappnen. Er konnte es nicht länger ertragen. Bevor er es sich anders überlegen konnte, beugte Roiben sich vor und drückte einen Kuss auf ihre spröden Lippen. Ihr Mund öffnete sich mit einem warmen Hauch und ihre Arme strichen über seine Schultern, um sich dann beinahe zögernd über seinem Nacken zu schließen.

Seine Zunge glitt sanft über ihren Mund; er versuchte der eisigen Kälte in seinem Inneren zu entfliehen. Es fühlte sich so gut an, dass ihm alles weh tat.

Da er so wenig ihr einen Schritt entfliehen kann als sich selbst.

Verzaubert. Er küsste ein verzaubertes Mädchen. Er riss sich von ihr los. Sie sah ein wenig benommen aus und ließ die Zunge über ihre Unterlippe gleiten, sagte aber nichts. Er fragte sich, was genau sie davon halten würde, wenn ihr Verstand besser in der Lage wäre, all diese Dinge zu bedenken. Aber was soll's, flüsterte ihm eine innere Stimme zu, sie würde den morgigen Tag nicht erleben, oder? Es gab nur das Hier und Jetzt, und wenn er sie küssen wollte, nun, um mehr als Küssen ging es doch nicht.

Kaye wich zurück und zog die Knie an die Brust. »Wäre sie

sauer darüber?« Wieder war es überflüssig, sie zu fragen, wen sie meinte.
»Nein«, antwortete er und rieb sich das Gesicht. Er lachte kurz auf. »Wohl kaum. Sie würde sich zweifellos amüsieren.«
»Und die andere – deine andere Herrin?«
Wie im Reflex schloss er die Augen, als hätte sie etwas nach ihm geworfen. Wieso hatte er sich in ein Mädchen verliebt, das ihn mit einem dahingeworfenen Satz sezieren konnte, das ihn mit einer einzigen ernst gemeinten Frage aus dem Gleichgewicht brachte?
»Du kannst mich ruhig küssen, wenn du möchtest«, sagte sie leise und wild, bevor er eine Antwort auf seine innere Frage gefunden hatte. Ihr Blick war plötzlich klar und funkelnd. Er wusste nicht genau, ob sie noch im Bann der Königin stand oder ob der Zauber schon nachgelassen hatte. »Ich sollte einfach aufhören so dumme Fragen zu stellen.«
Er beugte sich vor, aber da klopfte es an die Tür, leise und beharrlich. Einen Augenblick lang bewegte er sich nicht. Er wollte etwas über ihre Augen sagen oder ihr eine Frage nach ihrer Verzauberung stellen, irgendeine, die eine bessere Antwort hervorbrachte. Ihr sagen, dass sie von ihm fordern konnte, was immer sie wollte. Außerdem wollte er sie küssen, wollte es so sehr, dass es ihm kaum gelang, aufzustehen, zur Tür zu gehen und sie zu öffnen.
Skillywidden hatte es irgendwie geschafft, eine Rotkappe für die Lieferung einzuspannen. Nach geronnenem Blut und Fäulnis stinkend, stand sie auf der Schwelle. Sie zeigte

ihre spitzen Zähne, als sie lächelnd an ihm vorbei das Mädchen auf seinem Bett ansah.

Roiben riss ihr den weißen Stoff aus der Hand. »Wehe, wenn das nicht sauber ist!«

»Herrin will wissen, ob Ihr mit ihr durch seid.« Ihr begehrlicher Gesichtsausdruck machte unmissverständlich klar, wie die Rotkappe diese Worte interpretierte.

Roiben wurde so wütend, dass es ihm den Atem verschlug. Er holte zweimal tief Luft und vertraute darauf, dass der Bote es nicht merken würde. Rotkappen hielten sich selten mit Einzelheiten auf.

»Du kannst ihr sagen, dass ich noch nicht fertig bin«, sagte er und zwang sich zu einem Lächeln. Dann verbeugte er sich knapp und ergänzte, während er bereits die Tür schloss: »Ich gehe aber davon aus, dass es nicht mehr lange dauert.«

Als er sich Kaye wieder zuwandte, war ihr Gesicht ausdruckslos.

Er schluckte seine Gefühle hinunter, ohne sich auch nur die Mühe zu machen, sie zu identifizieren.

»Zieh das an«, sagte er grob. Er versuchte nicht einmal seinen Zorn zu verbergen und ließ sie in dem Glauben, er richte sich gegen sie. Roiben warf Kaye das Kleid zu und beobachtete, wie sie zurückzuckte, als die glatte Seide über die Bettkante glitt, wie sie sich stumm danach bückte.

Endlich traute sie ihm nicht mehr. Gut.

»Es ist so weit«, sagte er.

10

»Gesagtes Wort
Stirbt sofort,
Sagt man.
Ich sag, an jenem Tag
Fängt erst
Sein Leben an.«

EMILY DICKINSON,
»VI. GESAGTES WORT«

Corny ließ sich tiefer ins Badewasser sinken, als Nephamael hereinrauschte. Die Elfenfrauen, die ihm die Haare geschnitten und ihn eingeölt hatten, sahen ihre Aufgabe als beendet an und verließen ohne weitere Aufforderung den Raum.

»Sie haben dich ganz hübsch hingekriegt«, sagte Nephamael. In seinen gelben Augen spiegelte sich das flackernde Kerzenlicht.

Verlegen drehte Corny sich auf die Seite. Eingeölt fühlte sich seine Haut so seltsam an, auch unter Wasser. Im Nacken juckten letzte ölverklebte Strähnen. »Aus mir eine Schönheit zu machen ist schätzungsweise so schwierig wie Gold aus Blei herzustellen«, murmelte er in dem vergeblichen Versuch witzig zu sein.

»Hast du Hunger?«, fragte Nephamael butterweich. Corny wollte sich nach Kaye erkundigen, aber als der Ritter mit langen gleichmäßigen Schritten auf ihn zukam, schaffte er es nicht.

Corny nickte. Er traute seiner Stimme nicht. Noch immer konnte er es kaum glauben, dass Nephamael ihn aus seinem verlotterten, lächerlichen Leben hier hingebracht hatte.

»In diesem Land gibt es Früchte, die besser schmecken als alles Fleisch in eurem Land.« Der breite Mund verzog sich zu einem Grinsen.

»Und darf ich davon essen?«

»Kann gut sein, kann gut sein.« Nephamael zeigte auf einen Kleiderhaufen. »Zieh dich an, dann zeige ich's dir.«

Corny war gleichermaßen dankbar und enttäuscht, als Nephamael ging und er sich allein anziehen musste. Rasch zog er die zurechtgelegte blaue Samttunika und die enge Hose über, obwohl er sich gar nicht richtig abgetrocknet hatte.

Nephamael wartete draußen im Flur. Er zerzauste Cornys Haar und glättete es wieder. »Ein Kompliment wäre zu viel für dich, habe ich Recht?«

Wenn er diese Hände auf sich spürte, war Corny zu keiner Antwort fähig.

»Komm«, sagte Nephamael und Corny lief hinter ihm her. Von den Wänden tropfte Kerzenwachs, als wollte es die Stalaktiten über ihnen nachahmen. Aus der Ferne erklangen Musik und Gelächter. Sie gingen durch offene Türen aus silbernem Efeu in einen Garten, in dem silberne Äpfel so schwer an den Bäumen hingen, dass die Äste beinahe den Boden berührten. Ein weißer Steinpfad wand sich um die Bäume durch den Garten. Über dem Obstgarten leuchtete das Deckengewölbe, als wäre es heller Tag, als wären sie nicht mehr unter dem Hügel. Corny roch umgepflügte Erde, geschnittenes Gras und faulendes Obst.

»Na, los«, sagte Nephamael und nickte in Richtung der Bäume. »Bedien dich, iss, so viel du magst.«

Corny war sich gar nicht mehr so sicher, was seinen Hunger anging. Dennoch ging er aus Höflichkeit und um den Ritter nicht zu verärgern zu einem Baum und pflückte einen Apfel. Er fiel locker in seine Hand. Die silberne Schale war warm auf der Haut, als ströme unter der Oberfläche Blut.

Corny sah zu Nephamael hoch, der angelegentlich einen Vogel im Baum beobachtete. Corny biss vorsichtig in die Frucht.

Sie schmeckte nach Fülle und Verlangen, nach Wunsch und Bedürfnis, sodass der eine Bissen seinen Hunger nicht stillte. Nephamael lächelte, als Corny den angebissenen Apfel ableckte, das Fruchtfleisch verschlang, auf die Knie sank und noch den blassen Stiel aussaugte.

Es gab eine kleine Versammlung, die beobachtete, wie er sich voll fraß, schöne Gesichter mit hochgezogenen Zügen und tränenförmigen Augen, die sich ihm wie Blumen zuwandten. Sie spotteten über ihn. Corny musste immer weiteressen. Er bekam gar nicht mit, dass Nephamael mittlerweile laut lachte. Eine Frau mit dünnen krummen Hörnern warf ihm eine gequetschte Pflaume zu. Sie platzte im

Dreck und er beeilte sich das Fruchtfleisch aufzulecken, mit Erde und allem. Er leckte sogar noch den Boden ab, nachdem er die Frucht längst verspeist hatte, gierig selbst nach dem letzten dunklen Tropfen.

Nach einer gewissen Zeit kam Nephamael auf Corny zu und drückte ihm einen Keks an die Lippen, den er, ohne nachzudenken, in den Mund nahm. Er schmeckte nach Sägemehl, aber er schluckte ihn trotzdem.

Der Keks fühlte sich fest an im Magen und der überwältigende Hunger ließ nach. Corny fand sich in der Hocke unter einem der Bäume wieder. Er schaute sich seine schmutzigen Hände an, die fleckige Kleidung, die lachenden Elfen und musste schlucken, damit er nicht aus lauter Hilflosigkeit losheulte wie ein Kind.

»Na, na«, sagte Nephamael und tätschelte ihm die Schulter.

Corny stand mit geballten Fäusten auf.

»Armer Corny. Du siehst so zart aus, ich fürchte, es wird dir das Herz brechen.« Die Belustigung in der Stimme des Ritters war nicht zu überhören.

Corny spürte, wie er auf diese weiche, glatte Stimme reagierte, wie Scham und Verlegenheit wichen, bis sie ihm nebensächlich erschienen.

»Komm her, mein Kuscheltier. Wie siehst du denn aus – ganz dreckig.« Nephamael hob die Hand und winkte ihn heran.

Ein Blick in diese gelben Augen und er zerbrach wie ein dünnes Ästchen. Corny trat in den Kreis, den Nephamaels Arme beschrieben, und aalte sich im Gefühl der Dornen.

Heute waren die Feiernden ruhiger. Kein Duell unter Geigern, keine wüsten Gänseblümchenketten-Tänze. Es gab auch keine Berge von Obst oder Honigkuchen. Stattdessen flüsterten die Elfen, lachten hinter vorgehaltener Hand. Nur die Kohlenbecken im Elfenpalast und die kleinen Elfen, die über die Versammlung hinwegflatterten, schenkten ein wenig Licht.

Kaye fiel das Denken sehr schwer. Sie hatte kalte Füße, seit sie über den Erdboden lief. Der Schleier der Verzauberung hob sich langsam, aber je weniger der Zauber wirkte, desto verängstigter war sie.

Sie würde sterben. Es spielte keine Rolle, ob sie kalte Füße hatte.

Roiben führte sie durch die Menge. Sein zinnfarbenes Haar fiel wie Quecksilber über die Jacke.

Sie würde nicht sterben, ermahnte sie sich, es war doch nur ein Spiel. Ein Spiel.

Unbewusst legte sie einen Finger auf die Lippen. Ihr Mund fühlte sich seltsam weich und geschwollen an. Nur zu gut erinnerte sie sich an den Druck seiner Lippen, daran, wie weich sie waren. Sie erinnerte sich aber auch an seinen Gesichtsausdruck, als er sich von ihr losgerissen hatte: War es Entsetzen gewesen oder Ekel? Sie schüttelte den Kopf, um klarer zu sehen, aber es nützte nichts.

Einige Augenpaare, an denen sie vorbeikam, funkelten vor Gier und sie überlegte, wie die freien Geister ihre Überreste wohl aufteilen würden.

Roibens Griff an ihrem Oberarm wurde fester, als er sie an Wesen vorbeischleuste, die schön und grotesk zugleich waren. Der Schmutz unter ihren Füßen war feucht, darauf konzentrierte sie sich jetzt, um sich zu beruhigen.

Die Königin stand in der Mitte einer großen silbernen Tanzfläche, die aus mehreren Bodenplatten bestand. In jede dieser großen Platten waren Darstellungen eines gefesselten Menschen oder Geistes eingraviert. Als Ganzes ergaben sie ein Puzzle. In der Mitte bemerkte Kaye reich verzierte Handschellen, die an kurze, schwere Ketten angeschlossen waren. Im Gegensatz zum Boden waren die Handschellen und Ketten eindeutig aus Eisen. Das roch sie.

Die verschiedenen Schleier an Nicnevins durchsichtigem schwarzem Gewand wehten im Wind. Die Schleppe wurde an drei Stellen von ihren Koboldzofen gehalten. Wie eine durchscheinende schwarze Flosse ragte der steife Kragen hinter ihrem Nacken empor. Kaye sah sich diesen Kragen genau an, auch die in Schleifen gelegten roten Flechten auf dem Hinterkopf der Königin. Ihr Blick schweifte überall hin, nur nicht in diese tödlich blauen Augen.

Roiben fiel auf ein Knie nieder. Diesmal brauchte sie keine Aufforderung, es ihm nachzutun.

»Erhebt euch«, sagte die Königin. Kaye und Roiben standen auf.

Mit einem ungeduldigen Wink entließ die Königin Roiben. Einen Augenblick zögerte er, dann näherte er sich der Königin und ließ sich ein weiteres Mal auf ein Knie nieder.

»Für ihre Freilassung würde ich alles tun, was Ihr verlangt«, sagte Roiben so leise, dass sicherlich nur diejenigen direkt in seiner Nähe überhaupt etwas verstanden hatten.

Er sah nach unten, auf den Erdboden oder auf die Schuhe der Königin.
Der Ernst in seiner Stimme erschreckte Kaye. Er war ernsthaft von der Opferung überzeugt. Glaubte er, er müsste sich für sie einsetzen, um ihr eine Schuld zurückzuzahlen? Oder weil er sie geküsst hatte?
Sanft legte Nicnevin Roiben eine Hand auf den Scheitel. Sie sprach genauso leise wie er, aber ihre Augen glänzten vor wilder Freude. Sie sah über ihn hinweg in die Dunkelheit jenseits des Elfenpalastes. »Seid Ihr nicht bereits mein Diener in allen Belangen? Habt Ihr irgendetwas zurückgehalten, das ich noch nicht besitze?«
Da hob er den Kopf und schaute hoch in die blauen Augen der Unseligen Königin und Kaye wollte ihm eine Warnung zurufen, egal, was, aber der Augenblick ging vorüber und sie konnte sich nicht bewegen.
»Vielleicht könnte ich Euch meine Begeisterung anbieten«, sagte er. »Ihr habt Euch oft beklagt, weil es mir daran mangelte.«
Die Lippen der Königin zitterten an den Mundwinkeln, es war beinahe ein Lächeln, aber sie schien wenig erfreut. »Ich glaube nicht. Starrsinnig seid Ihr mir lieber.«
»Es gibt bestimmt etwas«, beharrte Roiben.
Nicnevin tippte mit dem Zeigefinger einige Male an ihre dunkelroten Lippen. Als sie sprach, war ihre Stimme so laut, dass sie überall in dem Amphitheater des hohlen Hügels zu vernehmen war.
»Tragödien sind so überwältigend. Mir ist danach, Euch ein Spielchen anzubieten. Würde Euch das gefallen?«

»Ich wäre Euch überaus verbunden, Herrin«, sagte Roiben.
Die Königin wandte sich an Kaye. »Ja, mein Kind, wie es scheint, hat mein Ritter doch Gefallen an dir gefunden. Löse ein Rätsel und der Unselige Hof wird dich ihm als Geschenk anbieten.«
Ein Murmeln ging durch die Menge.
Kaye nickte vorsichtig. Sie wusste ja nicht, welche Sitten und Gebräuche an einem Elfenhof angebracht waren.
Die Stimme der Königin ließ durchblicken, dass sie sich köstlich amüsierte. »Schneide mich, dann weine ich Tränen, rot wie mein Fleisch, doch mein Herz ist aus Stein. Wer bin ich, Menschenmädchen, sag es mir.«
Du bist du selbst. Kaye biss sich auf die Lippe, um nicht hysterisch herauszuplatzen. Also los: rote Haut, steinernes Herz, worauf passte das? Sie erinnerte sich schwach an eine alte Geschichte von einem, dessen Herz zu Stein und durch Tränen wieder zurückverwandelt wurde, aber sie wusste nicht, wo diese Erinnerung herkam. Nein, Rätsel konnte man grundsätzlich mit einem einzigen einfachen, vernünftigen Wort beantworten. Die Antwort war immer sonnenklar, sobald man die Lösung kannte.
Fleisch. Vielleicht eine Frucht? Könnte der Stein auch ein Kern sein? Oh – eine Kirsche! Sollte das ein Witz sein?
Kaye zögerte. Wenn sie das Rätsel richtig löste, würde sie diesen Ort verlassen dürfen. Das wollte sie unbedingt. Sie ließ den Blick links und rechts der Königin schweifen. Sie suchte Spike und Lutie, aber wenn sie da waren, gelang es ihren verstohlenen Blicken nicht, sie aufzuspüren. Diesen

Ort zu verlassen entsprach nicht dem Plan der freien Geister. Im Moment war ihr das allerdings ziemlich egal.
Sie biss sich fester auf die Lippe, als ihr klar wurde, wie weit Roiben bereits für sie gegangen war. Hatten Spike und Lutie es überhaupt in Betracht gezogen, dass sie als Gefangene des Unseligen Hofes vielleicht Schutz brauchen würde? Spike hielt Roiben für ein Schwein. Warum also hatte er sie dazu überredet, an einer Sache teilzunehmen, in deren Folge sie Roiben für einen Großteil der Nacht ausgeliefert sein würde?
Nein, sie würde dieses Rätsel jetzt beantworten, bevor die Dinge außer Kontrolle gerieten. Sie würde die Frage beantworten, Roiben alles erzählen – vor allem, wie Leid ihr das alles tat – und auf sein Verständnis hoffen. Dann würde sie Spike suchen und versuchen die Wahrheit aus ihm herauszubekommen.
»Eine Kirsche«, sagte Kaye mit möglichst fester Stimme.
Roiben stieß zischend den Atem aus, rührte sich aber nicht aus seiner knienden Stellung. Wie lange hatte er den Atem angehalten?
»Herrin, Ihr könnt doch nicht…«, hob der Schreiber mit dem Fuchsgesicht an, aber die Unselige Königin brachte ihn mit einer Geste zum Schweigen.
»Steht auf, mein Ritter. Ihr habt gut gewählt. Sie gehört Euch.«
Roiben stand auf und drehte sich zu Kaye um. Grenzenlose Erleichterung lag in seinem Blick. Kaye streckte die Hand aus. Sie würde ihm alles erklären, sobald sie gehen durften. Sie würde dafür sorgen, dass er sie verstand.

»Und jetzt befehle ich Euch Euer Geschenk als Zehntopfer darzubringen«, sagte die Königin.

Gelächter erscholl aus der Menge der Zuschauer.

Kaye musste zusehen, wie sich Wut und Scham zu etwas Fürchterlichem verbanden. Musste zusehen, wie Roiben die Hand sinken ließ und langsam zum Schwert griff.

Dann schien er die Kontrolle zurückzugewinnen und verneigte sich lächelnd vor der Königin. Er näherte sich Kaye, drückte seinen Mund an ihren Nacken, eine Hand an ihre Hüfte und sprach so leise, dass nur sie ihn hören konnte.

»Was gehört dir, das aber andere häufiger nutzen als du?«

Das Gefühl seiner Lippen auf ihrer Haut ließ Kaye erzittern. Sie öffnete bereits den Mund zu einer Antwort, aber er schüttelte den Kopf, hob die Hand und strich ihr mit dem Daumen übers Kinn.

»Denk darüber nach.«

Er ließ sie los und ging steif zu den anderen Rittern, die sich auf einer Seite versammelt hatten.

Drei weiß gekleidete Wesen schnallten Kaye fest. Sie trugen dicke Handschuhe und waren sehr vorsichtig im Umgang mit den Eisen. Erst fesselten sie Kaye an den Knöcheln, dann an den Handgelenken. Ihre Haut brannte von den eisernen Handschellen.

Vier Ritter des Unseligen Hofes stellten sich jeweils im Norden, Süden, Osten und Westen von Kaye auf. Roiben schritt zu dem südlichen Punkt zu ihren Füßen. Er mied ihren Blick.

Was gehört dir, das aber andere häufiger nutzen als du?

Vier gedrungene Männer brachten Kohlenbecken mit zuckendem grünem Feuer zu den vier Punkten des Kreises, an denen die Ritter standen. Die kleinen Männer gingen in die Knie und balancierten die Kohlenbecken wie lebendige Hocker auf dem Rücken.

Der fuchsgesichtige Schreiber der Königin hob beide Hände und der gesamte Elfenpalast verstummte. Kaye suchte in der Menge nach einem bekannten Gesicht. Einen Augenblick lang glaubte sie Spike zu sehen, aber dann war sie sich nicht mehr sicher. Es waren einfach zu viele Kreaturen.

Auch an den Seiten des Elfenpalastes schlugen jetzt grüne Flammen hoch und warfen unheimliche Schatten. Irgendwo außerhalb des Kreises begann eine einsame Trommel zu schlagen.

Die Unselige Königin hob zu sprechen an, ihre Stimme warf ein Echo in die beinahe vollkommene Stille.

»Wir haben uns in dieser Nacht hier versammelt, um unsere heilige Pflicht zu erfüllen. In dieser Nacht müssen wir Herrschenden knien.«

Wie ein einziges Wesen kniete der Unselige Hof nieder. Nur die freien Geister blieben stehen. Sogar die Königin ging auf die Knie, ihr Gewand ein dunkler See.

»Wir vom Unseligen Hof, die wir die Geheimnisse der Erde bewahren, die wir über Blut und Knochen herrschen, bringen ein fügsames Opfer als Gegenleistung für den bereitwilligen Gehorsam jener, die in unseren Ländern weilen.«

Es störte offensichtlich niemanden, dass ihr fügsames Opfer in Ketten lag, dachte Kaye. Der langsame Rhythmus der Trommel machte sie verrückt. Ein langsamer Gegen-

part zum Schlag ihres Herzens, das sich im Käfig ihrer Rippen zu Tode hetzte.
Die Unselige Königin fuhr fort.
»Welches ist das Opfer, das wir darbringen?«
Der Hof sprach wie aus einem Munde. »Menschenblut. Menschengeist. Menschenliebe.«
Auf einer Seite hinter der Königin entdeckte Kaye plötzlich Corny, der mit ausdruckslosem Gesicht neben Nephamael stand. Man hatte ihm die hellbraunen Haare viel kürzer geschnitten und ins Gesicht gekämmt. So sah er mager und verletzlich aus, noch dazu ohne Brille. Er war von oben bis unten in schweren blauen Samt gekleidet, herausgeputzt, als ob er an einem Theaterstück aus der Zeit Jakobs I. teilnehmen sollte.
Nephamael beobachtete sie mit seinen erbarmungslosen gelben Augen. Hoffentlich unternahm er bald etwas. Sehr bald, bitte.
Zaghaft versuchte sie mit ihrer eigenen Magie an dem Schild zu ziehen, der ihr eigentliches Wesen verbarg. Aber er lag schwer wie ein nasses Blatt auf ihr und rührte sich nicht vom Fleck. Sie spürte nicht einmal ihre Flügel.
»Was verlangen wir als Gegenleistung?«
Die Unselige Königin ließ ihre schöne, schreckliche Stimme weithin erschallen.
Und wieder antwortete der Hofstaat. »Gehorsam. Zurückhaltung. Unterwerfung.«
Kaye schaute sich um. Roiben sah sie an. Er kniete am Boden und sprach die Worte des Rituals, aber seine Augen blitzten in dem Versuch, ihr etwas zu sagen.

Was gehört dir, das aber andere häufiger nutzen als du?
Ein weiteres Rätsel, klar. Was gehört dir? In der Welt der Rätsel bedeutete das immer etwas Grundlegendes – Körper, Hirn, Geist. Sie war sich ziemlich sicher, dass sie all dies selbst mehr nutzte, als sie anderen Macht darüber zugestand.
»Wir fragen: Versteht ihr den Vertrag, den wir euch anbieten?«
Diesmal waren die freien Geister an der Reihe, zu antworten. Sie sprachen nicht alle genau zur gleichen Zeit, sodass ihre Stimmen sich wie ein Echo zogen. »Wir verstehen.«
Sie entschloss sich rückwärts an die Sache heranzugehen. Er wollte, dass sie etwas Bestimmtes tat. Das Rätsel bezog sich auf etwas, das sie bereits wusste.
Sie schaute in sein angespanntes Gesicht und verstand auf einmal so vollkommen, dass ihr der Atem stockte.
Was gehört dir, das aber andere häufiger nutzen als du?
Dein Name.
Die Stimme der Unseligen Königin schreckte sie aus ihrer Konzentration. Sie schien im Takt mit der fernen Trommel zu reden.
»Nehmt ihr diese Sterbliche als Opfergabe an?«
»Wir nehmen sie an.«
Kaye schaute sich um; Panik überkam sie. *Wozu* zum Teufel sollte sie seinen Namen benutzen? Der Elfenpalast war riesig und er war zum Platzen voll. Glaubte Roiben wirklich, er könnte sie irgendwie hier rausbringen?
»Und so verbindet ihr euch mit uns?«
Die freien Geister echoten: »Wir verbinden uns mit euch.«

Kaye konnte nicht anders: Wie wahnsinnig rüttelte sie an ihren Ketten. Panik durchströmte sie wie eine Flüssigkeit.
»Wie lange dauert euer Dienst?«
Der Morgen dämmerte. Hinter den grünen Flammen sah Kaye die Morgenröte.
»Sieben Jahre soll unsere Verbindung tragen.«
Die Königin hob den Dolch. »Nun lasst uns den Vertrag mit Blut besiegeln.«
Niemand kam ihr zu Hilfe. Kaye riss an den Ketten und stemmte sich mit ihrem gesamten Körpergewicht dagegen, aber sie hielten stand. Es war unmöglich, mit den Handballen hindurchzuschlüpfen. Durch die Bewegung brannten sie nur noch mehr. Die Unselige Königin sah erstaunt aus. Es dämmerte Kaye, dass Nicnevin geglaubt hatte, ihre Verzauberung wirke noch. Kaye hatte ja die ganze Zeit nichts gesagt und stillgehalten.
Trotz der Panik dachte sie angestrengt nach.
Sie musste seinen Namen benutzen. Aber was sollte sie ihm nur befehlen?
Es musste ein präziser Befehl sein . . . rette mich . . . sorge dafür, dass das hier aufhört . . . hol mich hier raus?
Roiben starrte sie wütend an.
Wieso verlangte er das von ihr? Es war so verdammt sinnlos, aber zum Denken war keine Zeit mehr.
»Rath Roiben Rye.« Sie sprach leise und nuschelte vor lauter Angst. Als ihr richtig bewusst wurde, was sie gleich tun würde, schnürte es ihr die Kehle zu.
»Löse meine Fesseln.«
Als Roiben sein schlankes Schwert zog, schäumte der Un-

selige Hof über vor Lärm. Er zögerte einen Augenblick, dann lächelte er. Ein dunkles, fürchterliches Lächeln. Eindeutig der schrecklichste Gesichtsausdruck, den Kaye jemals gesehen hatte.

Bevor er auch nur ins Innere des Kreises treten konnte, wurde er bereits von drei Rittern angegriffen. Das mächtige Schwert des grünen Ritters schlug klirrend gegen Roibens. Im selben Augenblick holte ein Ritter in roter Rüstung zum Streich auf Roibens Rücken aus. Schneller als der Wind drehte sich Roiben um und zog dem roten Ritter die Klinge durchs Gesicht. Der Elf schlug wankend die Hände vor die Augen, sein Schwert fiel scheppernd in den Kreis.

Roiben wollte den Hieb eines dritten Ritters abwehren, einer Frau, die eine Axt gegen ihn schwang, aber es war schon zu spät. Sie rammte die Schneide so fest in seine Schulter, dass sie bestimmt bis auf den Knochen ging.

Roiben taumelte zurück und ließ die Schwerthand sinken. Die Spitze der Waffe zog eine Spur entlang des Metallkreises. Er hob den Arm gerade noch rechtzeitig, um dem grünen Ritter, der erneut zum Angriff stürmte, das Schwert in die Brust zu stoßen. Der Ritter fiel auf die Seite und rührte sich nicht mehr.

Roiben und die Rittersfrau tänzelten im Kreis umeinander herum und griffen einander vorsichtig an. Ihre Waffen waren für einen solchen Kampf nicht geeignet, sein Schwert war zu leicht, ihre Axt zu langsam. Dennoch waren die Gegner einander in ihrer Gefährlichkeit ebenbürtig genug, um dieses Manko auszugleichen. Sie machte einen Satz nach vorn und schwang die Axt in Richtung seines Arms statt seiner Brust. Sie hoffte wohl so seine Abwehr durchbrechen zu können. Er ging einen Schritt zur Seite und wich ihrem Schlag aus, traf selbst aber auch nicht mit seinem weit ausholenden Schwerthieb.

Ständig stürzten weitere Truppen des Unseligen Hofes nach vorn – zu viele unterschiedliche Kreaturen, als dass Kaye sie hätte zählen können. Trolle und Butzemänner und Rotkappen. Die Königin schwieg mit zusammengekniffenen Lippen.

Kaye riss an ihren Ketten und krümmte sich verzweifelt gegen die Fesseln. Sie gaben nicht nach.

Auf Roibens Gewand hatte sich an der Schulter ein beunruhigend großer Blutfleck ausgebreitet. Es gelang ihm zwar, seiner Gegnerin einen so mächtigen Hieb in die Seite zu versetzen, dass sie in die Knie ging, aber zehn neue Kämpfer hatten ihn bereits umzingelt. Wie ein Wirbelwind griff er an, parierte, drehte sich um sich selbst.

Es kamen immer mehr.

Kaye drehte den Kopf, so weit es ging, und spuckte in ihre Hände. Vielleicht wurden sie so schlüpfrig genug, um sie aus den Handschellen zu ziehen. Sie murmelte vor sich hin: »Nein, nein, nein.«

Jetzt schrie die Königin etwas, aber wegen der klirrenden Schwerter und der Rufe der Zuschauer konnte Kaye kein Wort verstehen.

Eine kleine Gestalt glitt neben Kaye über das Metall. Spike kratzte mit einem kleinen Messer an ihren Handschellen herum.

»Das ist ganz schlimm, alles«, sagte der kleine Mann. »Oh, Kaye, alles ist schief gegangen.«

»Er wird sterben!«, schrie sie. Dann fiel ihr etwas ein. So laut sie konnte, rief sie: »Rath Roiben Rye – lauf davon!« Sofort wirbelte die Unselige Königin herum und stürmte wie wild auf Kaye zu. Ihre Lippen zuckten, aber Kaye konnte noch immer nichts verstehen.

Mit dem Rücken zu Kaye erstach Roiben einen weiteren Gegner. Sie wusste nicht, ob er ihren Befehl überhaupt gehört hatte. Vielleicht war er ja nicht weitergekommen.

»Beeil dich, Spike«, sagte Kaye und versuchte sich so weit zu beherrschen, dass ihr Körper nicht mehr wie ein wildes Tier in der Falle um sich schlug. Nur wenn sie stillhielt, hatte Spike eine Chance, das Schloss aufzubrechen.

In seiner wütenden Konzentration runzelte der kleine Mann die Stirn. Seine Finger brannten, wenn er das Eisen berührte. Plötzlich wurde er weggestoßen, wie von unsichtbaren Händen.

»Du hattest einen gewissen Unterhaltungswert, aber langsam finde ich das Spielchen doch recht ermüdend.« Die Königin des Unseligen Hofes stieß sie zurück und stellte einen Schuh auf Kayes Kehle. Kaye röchelte, der Druck nahm ihr die Luft und drohte ihr den Hals zu brechen.

Dann ließ der Druck nach und die Dame fiel. Blutstropfen spritzten auf Kayes Wange und plötzlich stürzte der ganze Körper auf sie zu. Als die Wange der Königin das Eisen berührte, zischte es. Sie war tot.

Roiben schaute auf sie herunter, aber sein Blick war verschwommen und wild. Sein Mund war blutverschmiert, aber Kaye glaubte nicht, dass es sein eigenes Blut war. Er hob das Schwert. Als sie aufschrie, zerhieb er mit der Klinge die Ketten an ihren Knöcheln. Der Schlag war so fest, dass das Metall klirrte.

Spike kroch wieder heran und machte sich an der stillen Leiche der Königin zu schaffen. Dabei sprach er leise mit sich selbst. Der Hofstaat war plötzlich verstummt.

Auf einmal spürte Kaye eine kräuselnde Woge in der Luft. Magie wirbelte um sie herum. Die übrig gebliebenen Schellen an ihren Hand- und Fußgelenken brannten unerträglich. Plötzlich wurde es ihr zu eng in ihrer Haut, zu heiß, und die Haut schälte sich wie damals auf dem Rasen, aber diesmal war es kein bisschen sanft. Just in dem Moment, als Roiben von neuem auf die Fessel an ihrer rechten Hand einschlug, befreiten sich ihre Flügel selbsttätig von der dünnen Schicht, die über ihnen lag.

Roiben riss die Augen auf und wich vor ihr zurück. Er war so verblüfft, dass er es versäumte, den Angriff einer Rotkappe zu parieren. Im letzten Moment drehte er sich um und das kleine Krummschwert der Rotkappe fuhr ihm in den Oberschenkel.

Ohne den Schutz ihres seltsam starken Schildes, brannten Kayes Hand- und Fußgelenke entsetzlich. Sie schrie vor Schmerzen und kämpfte darum, die Dinger loszuwerden, wand sich unter dem schweren Leichnam der Königin hervor.

Spike hatte sich so weit erholt, dass er sich wieder an den Handschellen zu schaffen machte, und diesmal gelang es ihm, das Schloss der einzigen Fessel zu öffnen, die noch immer mit der Kette verbunden war. Dort, wo Kaye das Eisen berührt hatte, war ihre Haut mit Brandblasen übersät.

»Wir müssen hier raus! Los!« Spike zog an ihrer Hand, die Angst war ihm am Gesicht abzulesen.

Am Hof war das Chaos ausgebrochen. Kaye konnte gar nicht mehr erkennen, wer von all den kämpfenden, davonlaufenden oder Schutz suchenden Kreaturen wer war. Sie nahm nur noch Spike wahr, der wie wild an ihr zerrte, und Roiben, der in hohem Bogen sein Schwert gegen einen Speer schwang. Sein Gegner war jetzt ein sommersprossiges Wesen mit leuchtend goldenen Augen.

Über Roibens rechte Hand lief Blut; Blut durchtränkte sein linkes Hosenbein. Er wurde langsam und unbeholfen, so viel war offensichtlich.

Kaye versuchte die Schmerzen zu verdrängen. Sie wollte aufstehen. »Wir können ihn nicht einfach zurücklassen.«

Eine Salve Tannenzapfen rauschte über sie hinweg und verglühte am Boden.

»Und ob wir das können«, sagte Spike und wollte sie mit frischer Kraft wegziehen. »Wehe, wenn er dich zu fassen bekommt, nach dem, was du mit seinem Namen angestellt hast.«

»Nein, das verstehst du nicht«, sagte sie, dabei wusste sie genau, dass sie es war, die nichts verstanden hatte. Sie war es gewesen, die ihm etwas vorgemacht hatte. Roiben hatte die ganze Zeit gewusst, dass er ihr sein Leben darbot.

Du Idiot, hätte sie am liebsten gebrüllt.

»Rath Roiben Rye, ich befehle dir verdammt noch mal mit

Spike und mir hier abzuhauen, und zwar jetzt sofort!« Das brüllte sie so laut wie möglich. Diesmal konnte sie sichergehen, dass er sie hörte.

Roiben drehte sich um. Seine Augen blitzten vor Wut. Er schien den Zorn durch sein Schwert auszuleben, denn mit dem nächsten Hieb schnitt er dem goldäugigen Elf die Kehle durch.

Kaye kam schwankend hoch, sie versuchte sich auf den Knien zu halten und nicht in Ohnmacht zu fallen. Alles schmeckte und roch nach Eisen.

Dann zog Roiben sie an seiner blutverschmierten Hand durch die Menge. Rennend schleppte er sie hinter sich her und Spike kam mit. Auch er rannte, so schnell er konnte.

Als sie aus dem Elfenpalast heraustraten, vertrat ihnen jemand den Weg, wurde aber niedergemäht, bevor sie mehr erkennen konnte als eine merkwürdig lange Figur in Hellgrau.

Dann waren sie wieder auf dem Friedhof, rannten den verfallenen Quarzweg hinunter, vorbei an Plastikblumen, die als Grabschmuck dienten, über platt getretene Sodadosen und Zigarettenkippen. In ihrem Wahn hielt Kaye die Kippen für Talismane, die vielleicht die Ungeheuer von den Gräbern abhalten sollten.

Bis ihr klar wurde, dass sie selbst so ein Ungeheuer war.

11

»Doch kamst du nicht als Feind zu mir?
Das muss ich fragen.«
»Oh nein, mein Schatz, der Maske Zier
Lass uns – wenn nur die Flammen schlagen
Aus dir – aus mir!«

YEATS,
»DIE MASKE«

Schweren Schrittes trat Kaye auf die Auffahrt. Der Pinto ihrer Mutter war ihr vertraut und fremd zugleich, als stände er in einem Bild, das plötzlich umfallen und sich als Pappkulisse erweisen könnte. Die Hintertür des schäbigen Hauses erschien ihr wie ein Tor zwischen zwei Welten und obwohl sie sicherlich dazugehörte, wusste sie nicht genau, ob sie durch dieses Tor in die dahinter liegende Küche gehen durfte.

Sie war müde, ja, aber noch schlimmer war dies Gefühl der Betäubung.

Roiben lehnte mit geschlossenen Augen an einer Ulme. Das blanke Schwert baumelte in seiner Hand. Er zitterte leicht und das Blut auf seinem Arm und seinem Oberschenkel sah schrecklich aus. Spike stand neben ihm.

In diesem Augenblick schoss Lutie aus einem der Bäume

auf Kaye herab, flatterte zweimal um sie herum, ließ sich auf ihrer Schulter nieder und wühlte sich an ihren Hals, um sie dort auf die feuchte Haut zu küssen. Damit hatte Kaye nicht gerechnet und sie schreckte vor der unerwarteten Berührung zurück.

»Angst, solche Angst, Angst, Angst, Angst«, sang Lutie an ihrem Hals.

»Ich auch«, sagte Kaye und legte die Hand auf das kleine summende Wesen.

»Noch vor Sonnenuntergang wird es jede Menge neue Lieder über dich geben«, versprach Spike und seine Augen glänzten vor Stolz.

»Es wären doppelt so viele, wenn ich planmäßig gestorben wäre, meinst du nicht auch?«

Spike riss die Augen auf. »Wir haben nie . . .«

Kaye biss sich auf die Unterlippe und unterdrückte mühsam die Hysterie, die sich schon wieder in ihr ausbreiten wollte. »Wenn Nephamael mir wirklich den Schild hätte abnehmen wollen, hätte er ihn wohl meiner Leiche abgenommen.«

»Lass mich gehen, Pixie«, sagte Roiben. Seine Augen lagen so tief in ihren Höhlen, dass sich ihr Magen verkrampfte. »Ich war leichtsinnig. Ich werde es dir oder euch nicht weiter vorwerfen, aber dieser Unsinn hat jetzt ein Ende.«

»Ich hatte das gar nicht vor – mit deinem Namen. Es war nie meine Absicht, ihn für irgendwas zu benutzen.« Kaye trat auf ihn zu und streckte die Hand aus, um ihm über den Ärmel zu streichen.

Er reagierte im selben Augenblick. Roiben packte ihr Handgelenk und drückte fest zu. Lutie quietschte und hüpfte von Kayes Schulter in die Luft.

Seine Stimme verriet weder Wut noch Sarkasmus noch Erregung. Sie war so seltsam leer wie seine Augen.

»Wenn du von mir verlangst, dass ich deine Berührung weiter ertragen soll, musst du es mir befehlen.«

Dann ließ er ihre Hand so schnell fallen, als wäre sie aus Eisen. Kaye zitterte, zu verängstigt, um zu schreien, zu elend, um zu sprechen.

Spike sah sie mit weit aufgerissenen Augen an, als rede er zu einer Irren. »Na los, Kaye, sag ihm, dass er gehen kann. Er macht dir keinen Vorwurf – das ist ein großzügiges Angebot.«

»Nein«, sagte sie lauter, als sie wollte. Alle sahen sie überrascht an. Roibens Miene verfinsterte sich.

Sie wollte es ihm erklären. Sie wandte sich ihm zu und achtete darauf, ihn nicht zu berühren.

»Komm mit rein. Drinnen kannst du deine Wunden reinigen. Ich möchte es dir nur erklären. Du kannst heute Nacht noch gehen.«

Sein Blick war nicht länger stumpf. Jetzt funkelten seine Augen vor Wut. Einen Moment lang fürchtete sie, er würde sie umbringen, bevor sie seinen Namen stammeln könnte. Oder würde er einfach gehen und abwarten, ob sie ihn aufhielt? Er tat keins von beidem.

»Wie Ihr befehlt, Herrin.« Die Worte rollten über seine gekräuselten Lippen und verletzten sie tiefer, als sie es Worten jemals zugetraut hätte. »Ich wünschte, niemand würde jemals wieder meinen Namen erfahren.«

Spike blinzelte zu dem Unseligen Ritter hoch und konnte einen Schauder nicht unterdrücken. Lutie beobachtete sie aus der Krone der Ulme.
»Die Distelhexe will bestimmt wissen, was heute Nacht geschehen ist«, sagte Spike zögernd.
»Dann mal los«, sagte Kaye. »Wir können ja später weiterreden.« Sie ging die Auffahrt hoch, holte den Ersatzschlüssel unter einer verstaubten Spülmittelflasche hervor und schloss so leise wie möglich die Tür auf. Es war still im Haus.
Roiben ging hinter Kaye her in die Küche. Als sie sah, wie er behutsam die Hintertür zuzog und sich ein Glas Leitungswasser holte, fand sie diesen Anblick so widersinnig, dass sie einfach stehen blieb und ihm zuschaute. Er trank und warf dabei den Kopf in den Nacken, sodass sie seine Kehle im Profil sah. Er merkte wohl, wie sie ihn anglotzte; als er ausgetrunken hatte, schaute er zu ihr hinüber.
»Entschuldigung.«
»Nein, mach nur. Ich koche mal eben Kaffee. Oh, das Badezimmer ist da drüben.« Sie zeigte nach links.
»Habt ihr Salz im Haus?«, fragte er.
»Salz?«
»Für mein Bein. Was ich mit dem Arm machen soll, weiß ich auch noch nicht.«
»Oh.« Sie kramte in den Gewürzen ihrer Großmutter und fand eine Dose mit Salz. »Wäre es nicht besser, du nähmst Jod oder so was?«
Er schüttelte nur grimmig den Kopf und ging Richtung Badezimmer.

Als er kurz darauf zurückkam, hatte er seinen menschlicheren Schild angelegt. Wie damals im Restaurant war sein Haar jetzt eher weiß als silbern, die Knochen im Gesicht weniger betont, und seine Ohren stachen nicht so hervor. Er hatte sein Hemd ausgezogen und verstört betrachtete sie das Narbenmuster auf seiner Brust. Offensichtlich hatte er Verbandszeug gefunden, denn der verletzte Oberschenkel sah unter der Hose wie gepolstert aus.

Als sie den Kaffee in zwei Becher goss, stellte sie bestürzt fest, dass ihre Hände zitterten. Sie löffelte Zucker in ihren Becher und sah Roiben fragend an. Er nickte und nickte noch mal, als sie ihm Milch anbot.

»Als wir uns kennen gelernt haben, wusste ich noch nicht, dass ich eine Elfe bin«, sagte sie.

Er zog eine Augenbraue hoch. »Ich kann aber davon ausgehen, dass du dich nicht mehr für einen Menschen gehalten hast, als du dir den Kuss erpresst hast, oder?«

Kaye spürte, wie ihr das Blut heiß zu Kopfe stieg. Sie nickte nur.

»Die Frage ist natürlich, ob du mir im Wald geholfen hast, um dir als Belohnung meinen Namen zu erschleichen.«

Sie stotterte und das Gefühl der Übelkeit verschlimmerte sich. Kein Wunder, dass er so wütend war, wenn er so von ihr dachte.

»Woher sollte ich denn wissen, was du mir geben würdest? Im Restaurant wollte ich dich nur ärgern . . . und . . . ich wusste, dass Elfen nicht gerne ihre wahren Namen preisgeben.«

»Eines Tages wird dir noch jemand deine spitze Zunge rausschneiden.«
Sie biss sich auf die Unterlippe und kaute nervös darauf herum. Was hatte sie denn erwartet? Etwa eine Liebeserklärung auf Grund eines halbherzigen Kusses?
Kaye starrte auf den dampfenden Becher, der vor ihr auf dem Tisch stand. Ein Schluck und sie würde kotzen.
Sie brauchte eine Zigarette. Ellens Jacke hing über dem Stuhl und sie kramte darin nach Zigaretten und Feuerzeug. Obwohl Roiben sie erstaunt ansah, zündete sie sich eine an und inhalierte tief.
Der Rauch brannte wie Feuer in ihrer Lunge. Hustend ging Kaye in die Knie und ließ die Zigarette fallen. Sie brannte ein Loch in den Linoleumboden.
Roiben trat die Zigarette mit dem Stiefel aus und beugte sich vor. »Was hattest du vor?«, fragte er.
»Ich wollte rauchen«, sagte sie und setzte sich auf den Boden. Jetzt, da ihre Augen schon vom Husten voll Tränen waren, fing sie an zu weinen. Es war blöd, dass dies der Auslöser sein sollte, aber sie schluchzte hemmungslos.
»Zigaretten sind giftig«, sagte Roiben ungläubig. »Davon sterben auch Eisenweltler.«
»Ich weiß.« Kaye legte ihr Gesicht auf die Knie und wischte die tränennassen Wangen an ihrem Elfengewand ab. Sie wünschte, sie hätte ihn gehen lassen, als er darum gebeten hatte.
»Du bist müde«, sagte er mit einem langen Seufzer, den Kaye als Ausdruck seiner Verärgerung deutete. »Wo schläfst du? Du solltest vielleicht auch einen Schild anle-

gen.« Seine ausdruckslosen Gesichtszüge verrieten keinerlei Gefühl.

Sie verschmierte die Tränen auf den Wangen und nickte.

»Bist du müde?«

»Erschöpft.« Er lächelte nicht direkt, aber seine Züge entspannten sich ein wenig.

Leise gingen sie die Treppe hinauf. Kaye war verwirrt von ihren neuen Wahrnehmungen. Sie konnte das pfeifende Schnarchen ihrer Mutter hören und den leiseren gedämpften Atem ihrer Großmutter. Am Treppenabsatz roch sie die Raufaser, die chemischen Seifen und Sprays im Badezimmer, ja sie konnte sogar die dicke Schicht schmierigen Staubs riechen, der die meisten Flächen im Haus bedeckte. Irgendwie war jeder Geruch lebendiger und eindeutiger, als sie ihn im Gedächtnis hatte.

Einfach ignorieren, sagte sie zu sich selbst. So war es ja auch beim letzten Mal gewesen, als sie den schweren Schild abgelegt hatte. Kleiner Ausgleich dafür, dass sie die Hälfte aller Gegenstände im Haus, die aus Metall waren, nicht anfassen konnte, und dafür, dass sie beinahe in Ohnmacht fiel, wenn sie einmal an einer Kippe zog.

Sie gingen in ihr Zimmer und sie schloss mit dem altmodischen Schlüssel ab. Unvorstellbar, wie sie Roiben ihrer Großmutter erklären sollte, mit oder ohne Schild.

»Nun, du hast mir dein Zimmer gezeigt«, sagte sie. »Jetzt kannst du dir meins ansehen.«

Roiben bahnte sich einen Weg durch ihre Unordnung und setzte sich auf die Matratze. Kaye wühlte in den Müllsäcken und förderte für sich selbst eine moosgrüne Tagesdecke voller Brandlöcher zu Tage. Die rosa Decke, unter der sie normalerweise schlief, lag noch auf der Matratze und sie hoffte inständig, dass sie nicht zu sehr nach Schweiß stank.

Roiben zog die Stiefel aus und sah sich um. Sie beobachtete, wie sein Blick von den Ratten über die Haufen von Kleidern, Büchern und Zeitschriften wanderte.

»Ziemlicher Müllhaufen, leider.« Sie setzte sich auf das Untergestell des ehemals weißen Bettes.

Sie beobachtete ihn, als er sich auf ihrer Matratze ausstreckte, und war fasziniert von dem Spiel der Muskeln unter seiner Haut. Selbst müde, mit verbundenen Gliedmaßen und in ihre rosa Decke gehüllt, sah er immer noch gefährlich aus.

»Was hast du mit ihr gemacht?«, fragte er. Durch silberne Wimpern und schwere Lider schaute er zu ihr hoch.

»Bitte?«

»Mit dem Mädchen, das in diesem Zimmer gewohnt hat – was hast du mit ihr gemacht?«

»Scheißkerl«, sagte sie so wütend, dass sie einen Augenblick lang vergaß, dass sie ihn ja eigentlich davon überzeugen wollte, wie Leid ihr das alles tat.

»Hast du etwa gedacht, ich würde den Tränen einer Pixie glauben?«, fragte er und wandte das Gesicht ab.

Jede Menge Beschimpfungen lagen ihr wie Disteln auf der Zunge und taten ihr in der Kehle weh, als sie sie hinunterschluckte. Sie waren beide müde. Dabei hatte sie noch Glück – immerhin redete er noch mit ihr.

Obwohl sie so müde war, konnte sie nicht einschlafen.

Stattdessen sah sie zu, wie er sich drehte und wendete und in den Decken verhedderte. Sah zu, wie sein erschöpftes Gesicht sich entspannte und er mit einer Hand einen Zipfel des Kopfkissens festhielt.
So wirklich wie in diesem Augenblick hatte er noch nie ausgesehen. Seine gelösten Haare waren verwuschelt, ein Fuß hing über der Matratze und blieb schließlich auf einem Buch aus der Leihbücherei liegen, das sie längst hatte zurückgeben wollen.
Dabei wollte sie gar nicht an ihn denken, wie er in Wirklichkeit sein könnte. Sie wollte überhaupt nicht an ihn denken.

Aber dann wurde sie wach gerüttelt. Sie musste blinzeln, weil es wegen der heruntergezogenen Rollos so ungewohnt dunkel war. Roiben saß neben ihr auf dem harten Untergestell und hatte sie so fest an den Schultern gepackt, dass sie bestimmt blaue Flecken bekommen würde.
»Sag mir, dass du es mir erzählen wolltest, Kaye«, sagte er. Seine Augen glänzten.
Sie bemühte sich wach zu werden. Ihr war überhaupt nicht klar, worum es ging, und auch nicht, warum er sie so gequält ansah.
»Du wolltest mir sagen, dass du eine Elfe bist, stimmt's?«, beharrte er. »Du bist nur nicht dazu gekommen.«
Sie nickte, noch immer schlaftrunken. Er sah riesig aus, er füllte das Zimmer, sodass sie nirgendwo sonst hinsehen konnte außer in seine Augen.
»Sag's mir.« Er ließ ihre Schultern los und strich ihr mit einer rauen Zärtlichkeit die Haare aus dem Gesicht.

»Ich hatte nicht vor . . . ich wollte es tun«, stammelte sie schläfrig. Sie brachte die Worte kaum zusammen.
Seine Hände hielten inne. Diesmal sprach er ganz leise. »Das musst du mir beweisen.«
»Das kann ich nicht«, sagte sie. Sie musste sich konzentrieren und die Antwort finden, die alles wieder gutmachte. »Du weißt, dass ich das nicht kann.«
»Schlaf weiter, Kaye«, sagte er sanft, nahm die Hände von ihr und ballte sie auf seinen Knien zu Fäusten.
Sie richtete sich auf ihren Ellbogen auf, weil ihr dämmerte, dass sie ihn aufhalten musste, bevor er aufstand und ging.
»Komm, ich zeige es dir«, sagte sie, beugte sich vor und drückte ihren Mund auf seinen. Er wehrte sich nicht, öffnete sofort die Lippen und ließ zu, dass sie ihn küsste, als könnte er die Wahrheit auf ihrer Zunge schmecken.
Nur einen Augenblick später schob er sie sanft von sich. »Das war nicht ganz das, was ich gemeint habe«, sagte er mit einem leisen Lächeln.
Sie plumpste ins Bett zurück, die Röte kroch ihr in die Wangen. Jetzt war sie richtig wach und von sich selbst entsetzt.
Roiben glitt von dem Bettgestell zurück auf die Matratze. Er schaute von ihr weg zu dem Lichtstreifen unter dem schmutzigen Plastikrollo.
Sie rollte sich auf die Seite und sah hinunter auf sein Gesicht, das sie im Dunkeln kaum erkennen konnte. Sie knibbelte nervös an einem Wachstropfen auf ihrer Decke. »Ich habe das Rätsel gelöst. Ich dachte, sie lässt mich sowieso gehen, und trotzdem habe ich es beantwortet.«

Ruckartig hob er den Kopf und sah sie verwundert an. »Das hast du getan. Warum?«

Kaye wollte ihm so gut wie möglich alles erklären. Roiben hörte ihr zu, jetzt jedenfalls. Sie vergewisserte sich, dass ihre Stimme völlig gelassen klang, vollkommen ehrlich. »Weil es anders laufen sollte. Ich habe nie im Leben auch nur darüber nachgedacht, dich so zu benutzen . . . du solltest nie. . .«

»Sei froh, dass ich es getan habe«, sagte er, aber er sagte es freundlich. Er hob den Arm und streichelte ihr mit drei Fingern über das Kinn. »Es ist seltsam, dich so zu sehen.«

»Wie, so?«

»Grün«, sagte er und in seinem Blick lag Nebel, lag Rauch, lagen all diese unwirklichen Dinge.

Sie verlor die Nerven, wenn sie in diese Augen schaute. Er war einfach zu schön. Er war nur ein Zauber, den sie mit einer Unachtsamkeit vertreiben würde.

Seine Stimme war kaum zu hören, als er wieder sprach: »Ich habe genug vom Töten, Kaye.«

War dies ein Ausdruck dafür, dass er Vergangenes bereute, oder war es eine flehentliche Bitte für die Zukunft?

Als er sich diesmal auf der Matratze ausstreckte und die Decke um sich schlang, beobachtete sie die Spinnweben, die unter jedem Hauch, der durch die alten Fenster drang, erzitterten. Am Rand ihrer Gedanken hörte sie das Echo von Worten, Sätzen, die sie gehört und doch nicht gehört hatte. Gesehen hatte sie die Narben überall auf seiner Brust, Male dutzendweise, blasse weiße Hautstreifen mit rosa Rändern.

Sie stellte sich den Unseligen Hof vor, wie er in der Nacht gewesen war, als sie sich mit Corny dort eingeschlichen hatte. Nur sahen sich die Elfen in ihrer Vorstellung gerade ihr neues Spielzeug an, einen Seligen Ritter mit silbernem Haar und solch hübschen Augen.

»Roiben?«, flüsterte sie in die Stille des Zimmers hinein. »Bist du noch wach?«

Wenn er wach war, antwortete er jedenfalls nicht.

Das nächste Mal wurde sie wach, weil jemand an die Tür hämmerte.

»Aufstehen, Kaye!« Ihre Mutter klang gestresst.

Kaye stöhnte. Steif und unbeholfen löste sie sich aus ihrer unbequemen Haltung in dem kleinen Bett. Sie hatte das Gefühl, jede einzelne Sprungfeder zu spüren.

Das Hämmern hörte nicht auf. »Deine Großmutter bringt mich um, wenn du wieder nicht zur Schule gehst. Mach die Tür auf!«

Kaye kroch aus dem Bett, stolperte über Roiben und drehte den Schlüssel im Schloss.

Roiben setzte sich hin, noch völlig verschlafen schaute er sie aus seinen Schlitzaugen an.

»Schild«, sagte er mit eingerosteter Stimme.

»Scheiße.« Beinahe hätte sie die Tür aufgemacht – und das mit großen Flügeln auf dem Rücken und grün von oben bis unten!

Kaye konzentrierte sich, zog die Energie durch ihre Hände und fühlte sie in den Fingern klimpern. Sie konzentrierte sich auf ihr Äußeres, auf ihre Augen, ihre Haut, die Haare und die Flügel. Ihre Hand- und Fußgelenke waren immer noch wund und sie vergewisserte sich, dass der Schild die Verfärbung der Haut dort verdeckte, wo das Eisen sie verbrannt hatte.

Dann öffnete sie die Tür.

Ellen schaute sie an und bemerkte hinter ihr Roiben. »Kaye . . .«

»Es ist Halloween, Mom«, sagte Kaye und verlieh ihrer Stimme einen weinerlichen Ton.

»Wer ist das?«

»Robin. Wir waren zu fertig, um noch woanders hinzufahren. Sieh mich nicht so an – wir haben noch nicht mal im selben Bett geschlafen.«

»Freut mich, Ihre Bekanntschaft zu machen«, säuselte Roiben verschwommen. In dieser Situation wirkte seine formelle Art, als wäre er betrunken, und Kaye überkam das unwiderstehliche Bedürfnis, zu kichern.

Ellen zog die Augenbrauen hoch. »Gut, schlaft euch aus. Aber lass das nicht zur Gewohnheit werden«, sagte sie schließlich. »Und wenn einer von euch kotzt, wischt er den Dreck selber weg.«

»Okay«, gähnte Kaye und schloss die Tür. Wenn sie bedachte, welche Unmengen von Kotze sie in den letzten sechzehn Jahren aufgewischt hatte – und zwar meistens von ihrer Mutter –, fand sie diese Bemerkung ausgesprochen lieblos, aber sie war zu müde, um nachzuhaken.

Wenig später rollte Kaye sich erneut auf dem Untergestell zusammen und schlief problemlos wieder ein.

Als sie zum dritten Mal aufwachte, war es draußen schon wieder dunkel. Verschlafen reckte und streckte sie sich. Dann verkrampfte sich ihr Magen. Sie streckte den Arm nach der Nachttischlampe aus und knipste sie an. Das Zimmer erstrahlte in gelbem Dämmerlicht.
Roiben war weg.
Die rosa Decke lag zusammengeknüllt am Fußende der Matratze neben den beiden Kissen. Das Bettlaken war an einer Ecke herausgezogen, ein Zeichen, dass er schlecht geschlafen hatte. Kein Hinweis darauf, wo er hingegangen sein könnte, kein Abschiedsgruß.
Sie hatte ihn nur gebeten einen Tag hier zu bleiben. Nach der Abenddämmerung hatte er die Freiheit, zu gehen.
Hektisch zog sie sich das Elfenkleid über den Kopf, warf es zu den anderen schmutzigen Sachen auf den Fußboden und schlüpfte in die erstbesten Anziehsachen – ein schlichtes weißes T-Shirt und eine karierte Hose mit langen Reißverschlüssen an den Seiten. Sie löste den Zopf und kämmte sich achtlos mit den Händen. Sie musste ihn finden ... sie würde ihn finden ...
Kaye hielt inne, während sie noch mit der Hand ihre zerzausten Haare glättete. Er wollte nicht, dass sie ihm folgte. Hätte er noch irgendwas mit ihr zu tun haben wollen, wäre er nicht ohne Abschied verschwunden. Sie hatte sich gerechtfertigt und er hatte ihr zugehört. Er hatte ihr sogar vergeben, auf eine Art. Das war's. Sie hatte keinen Grund, ihm zu folgen, es sei denn die eine oder andere Berührung oder die sanfte Art, wie er ihren Kuss angenommen hatte. Doch was hatte das schon zu bedeuten? Weniger als nichts.

Als sie aber die Treppe hinunterging, war Roiben da. Er war da und saß auf dem geblümten Sofa ihrer Großmutter. Und wer saß neben ihm? Ellen in einem roten Kostüm mit zwei paillettenbestickten Teufelshörnern im Haar.
Kaye blieb auf der Treppe stehen, völlig verblüfft von dieser unmöglichen Szene, die doch so normal wirkte. Der Fernseher lief und das flackernde blaue Licht betonte Roibens Gesichtszüge dermaßen, dass sie nicht hätte sagen können, ob er noch seinen Schild trug.
Er tröpfelte Honig aus einem Glas auf schlichte Weißbrotscheiben – klebrige bernsteinfarbene Pfützen, die er sich eher in den Mund goss, als dass er sie aß.
»Vielen Dank«, sagte er. »Das schmeckt sehr gut.«
So viel Höflichkeit entlockte Kayes Mutter nur ein Schnauben. »Ich weiß wirklich nicht, wie Sie das essen können. Bah!« Ellen verzog das Gesicht. »Viel zu süß.«
»Genau richtig.« Roiben grinste und leckte sich die Finger. Sein Lächeln war so ehrlich, dass es auf seinem Gesicht regelrecht fehl am Platz aussah. Hatte er früher so ausgesehen? Bevor er an den Unseligen Hof gekommen war?
»Sie sind vielleicht ein komischer junger Mann«, sagte Ellen, was nur dazu führte, dass er noch breiter grinste. Lächelte er wegen der Stichelei oder weil Ellen gar nicht wusste, wie Recht sie hatte?
Kaye ging weiter die Treppe hinunter und Ellen schaute hoch. Auch Roiben drehte sich zu ihr um, aber in seinen aschgrauen Augen war nichts zu lesen.
»Guten Morgen«, sagte Roiben und seine Stimme floss so warm wie der Honig, den er gerade verspeiste.

»Du siehst immer noch beschissen aus, Liebes«, sagte ihre Mutter. »Trink einen Schluck Wasser und nimm ein Aspirin. Alkohol entzieht dem Körper Flüssigkeit.«
Kaye schnaubte und ging auf sie zu.
Im Fernsehen jagte in einem Zeichentrickfilm Batman den Joker durch ein gespenstisches, altes Lagerhaus. Das erinnerte sie an das alte Karussellgebäude.
»Guckt ihr das Kinderpogramm?«
»In zehn Minuten gibt es Nachrichten. Ich will den Wetterbericht sehen. Ich fahre nach New York, zur Parade. Oh, Liebes, als ich Liz neulich getroffen habe, hat sie nach dir gefragt und ich habe erzählt, wie es dir geht und was du so machst. Sie sagte, sie hat da was für dich.«
»Du hast dich mit Liz getroffen? Ich dachte, du wärst sauer auf sie.«
»Ach. Schnee von gestern.« Ellen ging es immer besser, wenn sie gerade eine Band hatte.
»Hat sie dir eine Platte für mich mitgegeben?«
»Nein, einen Sack mit alten Sachen. Sie wollte sie wegwerfen, weil sie in nichts mehr reinpasst. Das Zeug ist da drüben, ein grauer Sack.«
Kaye öffnete die große Plastiktüte. Sie war bis oben voll mit glitzernden Stoffen, Leder und glänzendem Lack. Und genau da war es, rot schimmernd, wie sie es in Erinnerung hatte: das Catsuit. Ehrfürchtig zog sie es heraus.
»Warum hast du mir nicht verraten, warum du nicht nach New York ziehen willst?« Ellen blinzelte viel sagend in Roibens Richtung.
Roiben verzog vorsorglich keine Miene.

Kaye hatte Schwierigkeiten, ihre Gedanken so zu sortieren, dass sie die Frage hätte beantworten können.

»Hey, wollt ihr einen Kaffee oder so was?«

Ihre Mutter hob die Schultern. »In der Küche ist noch welcher. Wahrscheinlich von heute Morgen – ich kann auch neuen kochen.«

»Nein, ich hol ihn«, sagte Kaye.

Sie ging in die Küche und goss das schwarze Zeug in eine Tasse. Die Milch, die sie dazugab, verwandelte es in eine trübe elend graue Brühe. Sie tat noch einige Löffel Zucker hinein und trank das Gebräu, als könne sie auf diese Weise Buße tun.

Roiben hatte kein bisschen böse ausgesehen. Im Gegenteil: Es sah so aus, als fände er es sehr bequem, sich auf ihrem Sofa zu lümmeln. Das hätte ihre Stimmung heben sollen, stattdessen bekam sie wieder Magenschmerzen.

Es war schon Abend, er würde bald gehen. Sie begehrte ihn und wollte, dass er sie begehrte, wollte es so sehr, obwohl sie keinerlei Recht dazu hatte. Und dieses Wissen schmeckte bitter wie kalter Kaffee.

»Kaye?« Das war Roiben, der mit dem fast leeren Honigglas in der Hand am Türrahmen lehnte.

»Oh, hi«, sagte sie dümmlich und hielt die Tasse hoch. »Der hier schmeckt wirklich scheußlich. Ich koche frischen.«

»Ich wollte . . . ich möchte dir danken.«

»Wofür?«

»Dafür, dass du mir alles erklärt hast. Dafür, dass ich letzte Nacht hier bleiben durfte.«

Sie nahm den alten Kaffee und schüttete ihn ins Spülbecken. Dabei wandte sie sich ab, damit er ihr verlegenes Lächeln nicht sah. Sie goss heißes Wasser in die Kanne und wirbelte es einige Male hin und her, bevor sie es ebenfalls wegkippte.

Seine Stimme war sehr ruhig, als er weitersprach. »Dafür, dass du keine Angst vor mir hast.«

Kaye prustete. »Du machst wohl Witze. Ich fürchte mich zu Tode vor dir.«

Er lächelte Kaye an. Es war dieses lebhafte, überwältigende, knappe Lächeln, das sie schon so gut kannte. »Dann eben danke dafür, dass du so getan hast. Ziemlich überzeugend.«

Sie grinste zurück. »Bitte schön. Ich meine, wenn ich gewusst hätte, dass du es so schön findest und überhaupt . . .«

Er rollte mit den Augen und es tat so gut, einfach dazustehen und schüchtern zu lächeln. All die albernen Dinge, die sie ihm schon die ganze Zeit sagen wollte, stauten sich in ihrer Kehle und wollten unbedingt heraus.

»Ich bin froh, dass es vorbei ist«, sagte sie und brach den Bann. Sie tat löffelweise Kaffeepulver in einen Filter.

Ungläubig sah er sie an. »Vorbei?«

Sie hielt mitten in der Bewegung inne. »Yeah, vorbei. Wir sind hier in Sicherheit und es ist vorbei.«

»Ich will dich nicht beunruhigen«, sagte er, »aber ich habe doch erhebliche Zweifel . . .«

»Kaye!«, rief Ellen aus dem Wohnzimmer. »Sieh dir das an. Ein Bär ist ausgerissen.«

»Gleich, Mom«, rief Kaye zurück. Sie wandte sich wieder Roiben zu. »Was meinst du damit, dass es nicht vorbei ist?«

»Kaye, das Elfenland wird mit Hilfe von strengen und verbindlichen Sitten und Gebräuchen regiert. Dein Verhalten hat Folgen.«

»Alles hat Folgen«, sagte sie, »und die Folge hiervon ist, dass die freien Geister wieder frei sind, dass du frei bist und dass die böse Königin tot ist. Das hört sich für mich entschieden so an, als wäre es vorbei.«

»Kaye, bis du hier bist, ist der Bericht zu Ende«, rief Ellen.

Kaye holte tief Luft und ging ins Wohnzimmer zurück.

Ellen zeigte auf den Bildschirm: »Nun sieh dir das an!«

Auf dem Bildschirm stand ein Reporter mitten im Allaire State Park und verkündete, dass ein Mann ermordet und angefressen aufgefunden worden war. Er berichtete weiter, dass die Behörden auf Grund der Krallenspuren davon ausgingen, dass es sich um die Tat eines Bären handelte.

»Jetzt habe ich aber Hunger«, sagte Kaye.

Der Fernsehreporter, der seine Salz-und-Pfeffer-Haare mit so viel Gel aus der Stirn gekämmt hatte, dass sich kein Haar mehr krümmte, fuhr fort. Er legte eine ordentliche Portion Drama in seine Stimme. »Der Hund des Mannes war durch die Leine an die Leiche gefesselt und ist offenbar unverletzt. Der Tierschutzverein von West Long Branch hat die Pflege des Hundes übernommen und wartet darauf, dass die Familie des Mannes ihn abholt.«

»Was war das wohl für ein Hund?«, fragte Kaye, als Roiben ins Wohnzimmer zurückkam.

Ellen schnitt eine Grimasse. »Ich muss mich noch fertig schminken. Könnt ihr so lange dranbleiben, damit ich weiß, ob es regnen wird? Der Wetterbericht müsste gleich kommen.«

»Klar.« Kaye räkelte sich auf dem Sofa.

Im Fernsehen erschien erneut der Reporter, der noch einmal vor dem Tier warnte und berichtete, dass es mehrere unbestätigte Meldungen über vermisste Kinder und Babys gäbe. In einigen dieser wenig glaubwürdigen Meldungen hieß es, dass Kinder aus ihren Betten gestohlen wurden oder aus Buggies oder von den Schaukeln auf dem Spielplatz. Niemand hatte etwas gesehen, schon gar keinen Bären.

Auf einer Pressekonferenz sprach ein Vertreter des Popcorn Park Zoo. Der weißhaarige Mann putzte systematisch seine Brille und brach beinahe in Tränen aus, als er berichten musste, dass noch unklar wäre, welche Tiere ausgerissen seien, weil an diesem Morgen ständig Tiere in verkehrten Käfigen aufgefunden worden wären. Die Tiger hatten bereits einige Lamas gefressen, bevor die Tiere getrennt werden konnten. Ein Hirsch war in einen kleinen Vogelkäfig gesperrt worden und in dem viel zu engen Raum in Panik geraten. Der Mann verdächtigte militante Tierschützer. Er hatte sonst keinen Anhaltspunkt, wie so etwas in seinem gepflegten, kleinen Zoo hatte passieren können.

»Eine weitere Meldung: Heute Morgen wurde ein junges Mädchen auf dem Heimweg von der Monmouth University von einem Unbekannten entführt. Heute Nacht wurde sie freigelassen, nachdem sie unter Androhung von Folter den ganzen Tag Rätsel beantworten musste. Sie wurde ins

Monmouth Medical Center eingeliefert. Ihr Zustand ist zurzeit stabil.«

Kaye setzte sich ruckartig auf. »Rätsel?!«

»Das ist dein Machwerk«, sagte Roiben und sah Kaye vom anderen Ende des matt beleuchteten Wohnzimmers aus an. »Was hältst du von diesem ersten Tag der nächsten sieben Jahre?«

Kaye schüttelte den Kopf. Sie verstand nicht, was er meinte. Auf dem Bildschirm waren Männer und Frauen zu sehen, die auf Tragen aus dem Thompson Park gebracht wurden. Sie waren aufgegriffen worden, weil sie nackt im Kreis getanzt und sich heftig gewehrt hatten, als die Polizei sie daran hindern wollte. Ihre Kleidung wurde in der Nähe gefunden und die vorhandenen Ausweise ließen keinerlei Rückschluss auf irgendeine Verbindung unter den Leuten zu. Die Patienten waren wegen Verkühlung und Blasen an den Füßen in Behandlung.

Hinter den Kameras, das sah Kaye ganz deutlich, wuchsen fette Giftpilze in einem dichten Kreis.

Kaye rieb sich das Gesicht. »Aber warum denn? Ich verstehe das nicht.«

Roiben lief im Wohnzimmer auf und ab und erklärte es ihr: »Wie immer ist alles einfacher, wenn man die Welt in Schwarz und Weiß unterteilt, oder? Deine Freunde sind schließlich gut und klug, also gehst du davon aus, dass alle freien Geister gut und klug sind. Deine Freunde bringen den Menschen Furcht und einen gewissen Respekt entgegen und wissen auch ein wenig über sie Bescheid, also müssen alle freien Geister diesem Beispiel folgen.«

Das Telefon schreckte Kaye auf. »Hallo?«

Janet war dran. Sie klang ziemlich gedämpft. »Hi, Kaye.«

»Ähm, hi.« Janet war die Letzte, von der sie einen Anruf erwartet hätte.

»Hast du vielleicht Lust, mit rauszugehen?«

»Was?«

»Echt. Wir gehen heute Abend alle auf einen Rave. Kommst du mit?«

»Hast du die Nachrichten gesehen?«

»Nein, wieso?«

Kaye suchte nach einer passenden Erklärung. »Da läuft wohl ein Bär frei rum.«

»Wir gehen zum Hafen. Red nicht solchen Unsinn. Also, kommst du nun mit?«

»Niemand sollte heute rausgehen. Janet, das ist wirklich zu gefährlich.«

»Dann bleib eben da«, sagte Janet. »Apropos, hast du meinen Bruder gesehen?«

Kaye drehte sich der Magen um. »Corny?«

»Yeah«, antwortete Janet. »Er ist seit gestern verschwunden.«

Kaye zuckte zusammen. Corny war unter diesem verdammten Hügel. Sie wusste es. Verzweifelt sah sie zu Roiben hinüber, aber der schaute sie nur verständnislos an. Er konnte Janet nicht hören und Corny kannte er nicht einmal.

»Bis bald, ja?«, sagte Kaye.

»Klar. Mal sehen. Tschüss.«

Sie legte auf.

»Wer war das?«, fragte Roiben.

»Janets Bruder ist noch unter dem Hügel ... mit Nephamael.«

Als sie Nephamaels Namen nannte, erstarrte Roiben. »Noch mehr Geheimnisse?«

Kaye stöhnte. »Corny. Ich war in jener Nacht mit ihm zusammen ... als ich eine Pixie war.«

»Du *bist* eine Pixie.«

»Jedenfalls war er in jener Nacht auch da – als du nicht wusstest, wer ich war –, und als ich gehen musste, hat er ... Nephamael ... getroffen.«

Roibens Augenbrauen schossen empor.

»Corny war total übergeschnappt. Nephamael hat ihm wehgetan und Corny ... hat das gefallen. Er wollte wieder zurück.«

»Du hast einen Freund – einen Sterblichen – unter dem Hügel zurückgelassen – allein?« Roiben konnte es nicht fassen. »Hast du kein Herz? Du wusstest doch, was ihn erwarten würde.«

»Du hast mich rausgeworfen! Ich bin nicht wieder reingekommen. Ich habe es versucht.«

»Ich dachte, wir würden ehrlich miteinander umgehen. Was für eine Art von Ehrlichkeit soll das sein?«

Kaye war hundeelend.

»Weißt du, wer Nephamael ist?«

Sie schüttelte den Kopf. Die Furcht kroch ihr in die Glieder, lastete auf ihr – am liebsten wäre sie zu Boden gesunken. »Er ... er war es, der mir den Zauberbann auferlegt und wieder abgenommen hat.«

»Früher einmal war er der beste Ritter am Unseligen Hof – will heißen, bevor er als Zugeständnis an den Waffenstillstand an den Seligen Hof geschickt wurde. Er wurde dort hingesandt und ich zu Nicnevin.«

Kaye war so erstaunt, dass sie sich nicht mehr rühren konnte. Sie dachte über die Unterhaltung zwischen Nicnevin und Nephamael nach, die sie zufällig belauscht hatte. Warum hatte sie nicht die richtigen Schlüsse daraus gezogen? Was hätte es sonst bedeuten sollen? »Nephamael dient also weiterhin Nicnevin?«

»Vielleicht. Ich glaube, noch wahrscheinlicher ist es, dass er nur sich selbst dient. Kaye, weißt du, wer diesen Plan geschmiedet hat, das Zehntopfer zu sabotieren?«

»Glaubst du, es war Nephamael?«

»Keine Ahnung. Erzähl mir bitte, wie deine Freunde darauf gekommen sind, dass du eine Pixie bist, wenn nicht einmal die Königin des Unseligen Hofes deine wahre Identität durchschaut hat?«

»Die Distelhexe hat behauptet, sie könne sich daran erinnern, wie ich vertauscht worden bin.«

»Und woher kennen sie Nephamael?«

»Das weiß ich nicht.«

»Uns fehlen wichtige Informationen, Kaye.«

»Warum sollte Nephamael Nicnevin in Schwierigkeiten bringen wollen?«

»Vielleicht wollte er sich dafür rächen, dass sie ihn fortgeschickt hat. Ich kann mir nicht vorstellen, dass der Selige Hof nach seinem Geschmack war.«

Sie schüttelte den Kopf.

»Ich weiß nicht. Ich muss Corny finden.«
»Kaye, wenn das stimmt, was du gesagt hast, ist dir doch wohl klar, dass er vielleicht nicht mehr am Leben ist, oder?«
Sie sog scharf die Luft ein. »Dem geht es gut«, sagte sie.

12

»Und auch, weil noch die letzten
Masken gläubig träumten
Von Festen, die zur Nacht auf
reinem Meere schäumten!«

ARTHUR RIMBAUD,
»IST SIE ALMEA . . .?«

In ihrer Kindheit hatte sie einmal Janet zum Glassumpf mitgenommen. Das war in dem Sommer gewesen, als sie neun geworden war und Janet sie dauernd und ständig mit ihren Freunden aufgezogen hatte, die sie sich angeblich nur ausgedacht hatte. Daraufhin hatte Kaye beschlossen ihrer Freundin ein für alle Mal zu beweisen, dass es diese Wesen wirklich gab. Auf dem Weg zum Sumpf war Janet jedoch auf eine halbmondförmige Scherbe getreten, die sie durch ihren Turnschuh hindurch in den Fuß geschnitten hatte. Sie waren noch nicht einmal bis zur Böschung gekommen.

Bis jetzt war sie nie auf die Idee gekommen, dass Lutie oder Spike oder gar der arme tote Gristle etwas damit zu tun haben könnten.

Von der Straße aus waren die hin und her schwirrenden Lichter leicht zu erkennen und Rufe hallten durch die Stil-

le. Kaye konnte den Stimmen aber nicht anhören, ob sie gleich in eine Runde Bier trinkender Jugendlicher hineingeraten würden oder ob sonst jemand dort war.
Roiben war ganz in Schwarz. Er trug Jeans und T-Shirt und einen langen Mantel, Anziehsachen, die er komplett aus Mondstrahlen und Spinnweben heraufbeschworen haben musste, denn Kaye war ganz sicher, dass er nichts davon in den Schränken ihrer Großmutter gefunden haben konnte. Er hatte die weißen Haare zurückgekämmt, aber gerade weil er moderne Kleidung trug, sah er noch weniger menschlich aus denn je.
Sah sie auch nicht menschlich aus? Hatte sie etwas an sich, das die Menschen abschreckte, sie warnte? Kaye war immer davon ausgegangen, dass sie einfach etwas merkwürdig war. Sie hatte keine Erklärung dafür gesucht. Bei Roibens Anblick kam sie jedoch ins Grübeln.
Ohne den Kopf zu wenden, warf er ihr einen Blick zu und zog die Augenbrauen hoch zu einer stummen Frage.
»Ich sehe dich nur an«, sagte sie.
»Du siehst mich an?«
»Ich . . . ich habe überlegt, wie du das gemacht hast – mit den Anziehsachen.«
»Oh.« Er sah an sich hinunter, als dächte er gerade erst darüber nach, was er wohl anhatte. »Das ist der Schild.«
»Und was hast du dann wirklich an?« Die Frage war ihr herausgerutscht. Sie zuckte zusammen.
Roiben schien sich nichts daraus zu machen – jedenfalls schenkte er ihr wieder ein schnelles Lächeln. »Und wenn ich jetzt ›Nichts‹ sagen würde?«

»Dann würde ich dich sanft darauf hinweisen, dass man einen einfachen Schild auch aus dem Augenwinkel durchschauen kann«, konterte sie.
Überrascht brach er in Lachen aus. »Nun, was für eine Erleichterung für uns beide, dass ich in Wirklichkeit genau das trage, was du heute Mittag an mir gesehen hast. Wenngleich ich anmerken möchte, dass bei deiner Kleidung der Gedanke, dass du dich für meine Züchtigkeit interessieren könntest, nicht gerade nahe liegt.«
»Gefällt's dir nicht?« Sie sah an ihrem knallroten Lack-Catsuit hinunter. Nichts hatte sie davon abhalten können, es sofort anzuziehen. Schließlich war immer noch Halloween.
»Solche Fragen kenne ich langsam von dir. Auf die gibt es keine richtige Antwort.«
Kaye lächelte und sie wusste jetzt schon, dass sie dieses Lächeln noch lange im Gesicht tragen würde. Sie würden es schaffen. Sie würden es hinkriegen. Alles würde gut werden.
»Hier runter?«, fragte er und sie nickte.
»Ungeziemt«, sagte er nur noch, bevor er sich mit den Stiefeln in die matschige Böschung stemmte und vorsichtig nach unten kletterte.
Kaye folgte ihm mehr oder weniger in ihrem eigenen Tempo.
An den tieferen Stellen des Baches standen grüne Männer und Frauen bis zum Bauch im Wasser – androgyne Gestalten im schimmernden Licht.
Einige dieser Wesen sahen Roiben und flitzten ins Wasser oder am Ufer hoch. Alles flüsterte.

»Kaye«, krächzte eine Stimme. Sie wirbelte herum.
Es war die Distelhexe, die auf einem Baumstamm saß. Sie klopfte auf den Platz neben sich. »Das ist nicht gut gegangen unter dem Hügel.«
»Nein.« Kaye setzte sich. Sie hätte gern ärgerlicher geklungen, aber es gelang ihr nicht. »Ich wäre beinahe gestorben.«
»Nicnevins Ritter hat dich gerettet, stimmt's?«
Kaye nickte und schaute zu ihm auf. Er stand zur Hälfte im Schatten, hatte die Hände in die Manteltaschen gesteckt und einen beeindruckend finsteren Blick aufgesetzt.
»Warum hast du ihn hierher gebracht?«
»Ohne ihn wäre ich jetzt tot.«
Die Distelhexe sah zu Roiben hinüber und wieder zurück zu Kaye. »Weißt du, was er alles getan hat?«
»Verstehst du nicht? Sie hat ihn dazu gezwungen!«
»Mich verlangt es nicht nach Eurer Gastfreundschaft, alte Mutter«, sagte Roiben und ging in der weichen Erde auf ein Knie nieder. »Ich wollte mich nur vergewissern, ob Ihr Euch des Preises für Eure Freiheit bewusst seid. Draußen gibt es Trolle und schlimmere Wesen, die hocherfreut sind, dass sie keinem Herren mehr dienen müssen als ihren eigenen Gelüsten.«
»Und wenn das so wäre, was soll's?«, fragte Spike, der hinter ihnen aufgetaucht war. »Lasst die Sterblichen erleiden, was wir erlitten haben.«
Kaye war überrascht. Sie erinnerte sich an Luties Verachtung für sterbliche Mädchen. Sie waren nur ihre Freunde, weil sie eigentlich eine Pixie war, aus keinem anderen

Grund. Sie strich mit den Fingern über den roten Kunststoff, der ihr Bein bedeckte und drückte mit den Nägeln schmale Linien in den Lack. Sie hatte sich gewünscht, dass die freien Geister besser waren als die Menschen, aber das waren sie nicht und sie wusste nicht mehr, wie sie sie einschätzen sollte. In den letzten Tagen hatte sie zu viele Gefühle durchlebt – und sie machte sich Sorgen um Corny, hatte Angst um Janet.

»Soll das jetzt heißen: Wir gegen die – oder was? Ich spreche im Augenblick gar nicht vom Unseligen Hof. Seit wann sind die Sterblichen Feinde der freien Geister?«, fragte Kaye. Sie war so wütend, dass ihre Stimme rau klang. Sie schaute wieder Roiben an, dessen Anwesenheit sie beruhigte. Aber eben das war auch wieder so verwirrend: Wie konnte er sich innerhalb von Stunden aus einem Mann, den sie im Grunde nicht leiden konnte, in die einzige Person verwandeln, der sie vertraute, auf die sie sich verließ?

Roiben berührte sie leicht und wie zum Trost an der Schulter. Es war schon lustig, wie Spike daraufhin die Augen aufriss. Was glaubte er wohl, was zwischen ihnen gelaufen war?

»Du denkst wie ein sterbliches Wesen«, warf Spike ihr vor.

»Komisch, das liegt wohl daran, dass ich bis vor kurzem immer dachte, ich wäre eins.«

Spike kräuselte seine dichten Augenbrauen, legte den Kopf ein wenig schräg und sagte mit blitzenden Augen: »Du weißt überhaupt nichts über das Elfenreich. Du hast keine Ahnung, wem du verpflichtet sein solltest.«

»Wenn ich das alles nicht verstehe, dann deshalb, weil ihr mir nichts gesagt habt. Ihr habt mich im Dunkeln gelassen und ihr habt mich benutzt.«

»Du hast dich damit einverstanden erklärt, uns zu helfen. Du hast die Bedeutung dessen erkannt, was wir vorhatten.«

»Wir müssen den freien Geistern erklären, dass Nicnevin nicht daran schuld war, dass die Opferung schief gelaufen ist. Das hier muss aufhören, Spike.«

»Ich denke nicht daran, wieder wie ein Sklave zu leben. Für kein sterbliches Wesen der Welt. Um keinen Preis.«

»Aber die Unselige Königin ist tot.«

»Das ist doch egal. Es kommt immer eine neue, die noch schlimmer ist als die alte. Wage es ja nicht, alles rückgängig zu machen. Wagt es ja nicht, herumzulaufen und Geschichten zu erzählen!«

»Sonst?«, fragte Roiben leise.

»Sie gehört nicht hierhin«, protestierte Spike, aber er drehte nervös eine lange Strähne seiner Augenbraue in den Fingern. »Die Opferhandlung wurde nicht vollendet. Warum, spielt im Grunde keine Rolle. Das Ergebnis ist das gleiche. Sieben Jahre lang werden die freien Geister in Nicnevins Ländern frei sein.«

»Es sei denn, sie schließen einen neuen Vertrag.«

»Warum sollten sie das tun?«, fragte Spike. »Man sagt, dass die Selige Königin von Norden her zu uns kommt. In Begleitung ihres gesamten Hofstaats, heißt es.«

Als er das hörte, erstarrte Roiben. »Warum kommt sie hierher?«, fragte er atemlos.

Spike zuckte mit den Achseln. »Wahrscheinlich, um zu prüfen, was sie sich unter den Nagel reißen kann, bevor der Unselige Hof wieder auf die Beine kommt. Schlechte Zeiten für Verträge, mit wem auch immer.«

»Glaubst du, dass Nephamael Corny an den Seligen Hof bringen würde?«, fragte Kaye Roiben.

Er nickte kurz. »Muss er wohl, wenn er ihn behalten will.«

Die Möglichkeit, dass Nephamael Corny auch nicht behalten haben könnte, dass er bereits tot war, ließ er wohlweislich unausgesprochen.

»Weißt du, wo sie ihre Zelte aufschlagen werden?«, fragte Kaye Spike.

»In einem Obstgarten«, sagte Spike, »wo die Leute für einen geringen Preis ihre Äpfel selbst abpflücken. In der Morgendämmerung dürften sie ankommen.«

Kaye wusste, welchen Platz Spike meinte. Sie hatte mit der Schule und auch mit ihrer Großmutter Ausflüge dahin gemacht. *Köstlicher Obstgarten* hieß das Ding.

»Warte, ich möchte mitkommen«, sagte Lutie und flog auf Kayes Schulter. Sie zog heftig an Kayes Haaren.

»Entschuldigung«, sagte die kleine Elfe zerknirscht.

»Roiben, darf ich dir Lutie-loo vorstellen? Lutie-loo, das ist Roiben.«

Kaye liebte es, wenn er grinste. Absolut.

»Hocherfreut, Eure Bekanntschaft zu machen«, sagte Roiben und legte zwei Finger in die winzige Hand.

Kaye ging den Bohlenweg hinunter, wie sie es vor kaum einer Woche getan hatte. An diesem Abend sah der abnehmende Mond entstellt aus und vom Meer her legte sich das Salzwasser wie feiner Nebel auf Haut und Haare. Die silbernen Sprenkel in ihrem dehnbaren roten Lackanzug funkelten bei jeder Bewegung.

Sie fand keine Ruhe, so hilflos fühlte sie sich. Solange sie nicht wusste, wo Corny war, hätte sie ihn am liebsten überall gesucht, wohin Nephamael ihn hätte verschleppen können. Aber sie hatte keine Ahnung, wo das sein sollte. Schließlich hatte sie beschlossen doch auf den Rave zu gehen. Kaye hatte Angst um Corny, aber sie machte sich auch große Sorgen um Janet und musste etwas tun, egal, was.

Die Musik hämmerte so laut aus dem verlassenen Gebäude, dass die Bässe durch die Holzlatten auf den Bohlenweg hinausdröhnten. Der Club, der früher *Galaxia* geheißen hatte, lag zur Hälfte auf der Straße, zur anderen Hälfte auf den Überbleibseln des ehemaligen Piers. Vor einigen Jahren war der Pier teilweise abgebrannt und mit ihm Spielbuden, eine Wasserrutsche und ein verhextes Haus. Das schwarze Gerippe wurde nur noch einmal im Jahr für Feuerwerk benutzt. Das *Galaxia* war früher eine für Jersey typische Mischung aus Strandbar und Dance Club gewesen. Das Namensschild hing noch über dem Eingang – es war inzwischen grau geworden und der vom Wind herübergewehte Sand hatte die Ecken abgeschliffen.

Durch die Fenster konnte sie die Glowsticks und die leuchtende Kleidung der Gäste sehen, die im Discolicht aufzuckten und erloschen. Kaye wusste nicht genau, ob das Gebäude inzwischen verpachtet war oder ob die Veranstalter es einfach besetzt hatten. An der Tür hatte sich bereits eine Menschentraube gebildet. Einige trugen Halloween-Masken und Schminke, andere waren wie immer in Jeans und T-Shirt erschienen. Ein Mädchen, das sich zig helle Zöpfchen geflochten hatte, hüpfte aufgedreht auf der Stelle. Sie hatte ihren Teddy mit einer gelben Leuchtschnur an einer Gürtelschlaufe befestigt.

Als sie schon fast angekommen waren, bückte sich Roiben und holte zwei welke Blätter aus der Gosse. In seinen Händen verwandelten sie sich in druckfrische Geldscheine, die er rasch faltete und einsteckte. Lutie lugte hervor und zog den Kopf schnell wieder ein.

»Für so was sollte ich mal mehr Magie trainieren, was meinst du?«, fragte Kaye. Roiben lächelte nur.

Am Eingang wechselte er die Scheine bei einem Mädchen, das eine blaue hochtoupierte Perücke, blauen Lippenstift und als I-Tüpfelchen einen blauen Ring durch die Lippe trug.

»Klasse Kostüm«, schmeichelte sie Kaye. Neidisch zuckte ihr Blick über das Catsuit. Kaye lächelte erfreut zurück, dann waren sie drin.

Es war voll: Wie eine Welle schaukelten eng aneinander gepresste Körper durch den großen Saal. Zum Tanzen gab es gerade genügend Platz, um auf der Stelle zu hopsen. Auf der Theke tanzte ein Clown. Seine neonfarbene Schminke leuchtete im Schwarzlicht. Rechts und links von ihm tanzten zwei als Katzen verkleidete Mädchen in weißen Trikots mit angenähten Schwänzen. Die Musik war so laut, dass Kaye gar nicht erst versuchte mit Roiben zu reden. Sie schmiegte ihre Hand in seine und zog ihn mit durch die Menge. Er ließ sich von ihr nach hinten führen, wo die Flügeltüren sich auf den Bohlenweg öffneten, den die Leute spontan in eine weitere Tanzfläche verwandelt hatten. Sie standen wie die Sardinen, genau wie drinnen, zusammengeschobene Körper, die sich gegenseitig bedrängten.

»Siehst du was?«, schrie sie.

Er schüttelte den Kopf.

Die zwei Teile eines Pferdes stießen sie an, mit Wasserflaschen in den Hufen. War das Doughboy in der Menge, der Junge ohne Verkleidung? Kaye war sich nicht sicher.

»Kaye«, brüllte Roiben ihr ins Ohr. »Da. Siehst du's?«

Sie folgte seiner Hand mit den Augen, aber sie sah überhaupt nichts. Sie zuckte mit den Achseln. Das würde er eher verstehen, als wenn sie bei diesem Lärm etwas sagte.

»Such deine Freunde«, schrie er. Sie nickte und Roiben schlängelte sich zu einer großen Frau mit dicken Lippen und kastanienbraunem Haar durch. Die Frau hörte auf zu tanzen und schrie ihn an. Als er näher kam, ruderte sie wild mit den Armen. Dann drehte sie sich um, als wollte sie davonlaufen, aber Roiben packte sie am Arm.

Kaye überließ sie ihrem Streit und bahnte sich einen Weg durch die Menschenmenge. Wenn das die einzige Elfe war und Roiben sie bereits gefunden hatte, war es vielleicht gar nicht nötig, sich solche Sorgen zu machen. Sie konnte sich eigentlich nicht vorstellen, dass sich in diesem Gedränge hüpfender Tänzer gefährliche Wesen verbargen, die nicht von dieser Welt waren. Kaye entspannte sich.

Sie fand Kenny und die anderen auf dem Pier. Er tanzte mit Fatima und Janet. Fatima trug drei lange Röcke übereinander und hatte einen Schal um den Kopf gewunden. Mit ihren großen Ohrringen sah sie aus wie eine Zigeunerin oder ein Pirat. Janet war ganz in Schwarz und hatte sich mit Eyeliner Schnurrhaare ins Gesicht gemalt. Damit sah sie aber eher wie eine Maus aus als wie eine Katze.
Kaye wappnete sich. »Hey.«
Fatima zog die Augenbrauen hoch und Kenny starrte sie an, als trüge sie gar keinen Schild.
»Hi«, sagte Janet. Warum hatte sie Kaye eingeladen mitzukommen? Wollte sie Kenny eine Lektion erteilen? Danach zu urteilen, wie blass er geworden war, als sie auf die Clique zugekommen war, hatte das wohl geklappt.
Kaye sprang und hüpfte zur Musik. Sie hatte nur wenig Platz für ihre Arme – eigentlich nur über dem Kopf.
»Ich hole uns Wasser«, rief Kenny.
Er lief in Richtung Eingang.
»Bin gleich wieder da«, sagte Kaye zu Janet. Als Janet antworten wollte, war Kaye Kenny aber schon auf den Fersen.
Sie fand ihn in der Warteschlange vor der Herrentoilette.
»Es tut mir Leid.«
Er verengte die Augen zu Schlitzen, sagte aber nichts.
Kaye holte tief Luft. Sie war vor lauter Sorge schon ganz verdreht. Erst jetzt stellte sie fest, dass sie ihm nichts zu sagen hatte und auch nichts Bestimmtes von ihm hören wollte. Es reichte völlig aus, zu sehen, dass es ihm gut ging, dass sein Blick klar war, unversehrt von der Verzauberung.
»Wir sehen uns gleich draußen«, sagte Kaye. Sie kam sich

mal wieder albern vor, weil sie ihm wegen nichts durch den gesamten Club nachgelaufen war. Langsam tanzte sie sich zurück zu Fatima und Janet.

Dann lief andere Musik.

Es war noch immer eine Art sphärischer Trancemusik, aber im Hintergrund erklangen ungewohnte Instrumente, seltsam schnarrende Klänge und Geflüster. *Tanzt.* Kayes Körper gehorchte automatisch, wand sich instinktiv in die dicht gedrängte Menge.

Alle tanzten. Die Leute stießen einander an, hüpften, Arme in der Luft, und drehten und schüttelten den Kopf im Einklang mit der Musik. Keiner saß mehr an der Wand. Niemand stand für irgendetwas an oder rauchte eine Zigarette am Wasser. Alle tanzten – schweißtriefende Körper dicht an dicht, trunken von Tönen.

Am Anfang war es wie ein sanfter Zwang, den Kaye locker übernahm. Erst nach und nach bemerkte sie die Geister.

Ein sommersprossiger Elf mit flammend roten Locken, die er zu einer wilden Palme hochgebunden hatte, fiel ihr als Erster auf. Er tanzte nicht anders als die anderen, aber als sie ihn anschaute, blinzelte er ihr zu. Als sie sich rasch umsah, erkannte sie noch mehr: geflügelte Elementargeister mit winzigen Kreolen aus Silber in den Ohrenspitzen, Kobolde groß wie Hunde, die an der Bar aus Wasserflaschen tranken, einen grünen Pixiejungen, der mit einem blauen Glowstick den eigenen Mund ausleuchtete. Überall waren Geister, die wie Schatten in den Ecken des Clubs lauerten oder mit blitzendem Flügelschlag Tänzer in leere Toilettenräume oder nach draußen an den Pier lockten.

Neben Janet tanzte ein dunkelhäutiger Junge, der Kaye auf verstörende Weise bekannt vorkam. Sie drängte sich brutal durch die Menge und schubste die Leute mit den Ellbogen aus dem Weg – und kam gerade rechtzeitig, um zu sehen, wie Janet das Kelpie anlächelte und bereitwillig mit ihm vom Pier sprang.

»Janet!«, schrie Kaye und drängte sich durch zum Wasser.

Als sie endlich da war, sah sie nur noch, wie rote Locken unter die Wellen sanken. Einen Augenblick starrte sie ins Wasser. Dann übermannte sie die Verzweiflung und sie sprang. Eiskalte schwarze Wogen schlugen über ihrem Kopf zusammen.

Ihre Muskeln verkrampften sich unter dem Schock, als sie unterging und wieder hochkam. Ihre Zähne klapperten und sie spuckte Salzwasser. Mit ihren wie wahnsinnig suchenden Händen erwischte sie einige Haarsträhnen. Sie zog und zog, grausam und verzweifelt. Mit den Beinen trat sie automatisch um sich, irgendwie hielt sie sich über Wasser.

Nur ein paar Strähnen verhedderter roter Haare blieb in ihrer Hand zurück.

»Janet!«, schrie sie, aber eine Welle schlug über ihr zusammen und spülte sie an die Pfähle unter der Mole. Sie holte tief Luft und tauchte mit offenen Augen in der verrückten Hoffnung, doch noch Janets rotes Haar zu entdecken. Die Hände hatte sie wie Klauen vor sich ausgestreckt.

Atemlos schoss sie wieder aus dem Wasser. Sie musste husten. Unter Wasser war es viel zu dunkel gewesen, um

etwas zu erkennen und auch ihre suchenden Arme und Hände hatten nichts gefunden.
»Janet!«, brüllte Kaye. Sie schlug mit einer Hand auf das Wasser, sodass ein feiner Sprühregen auf sie niederging. Gleichzeitig bewegte sie heftig die Beine, um über Wasser zu bleiben. Unbändige Wut überwältigte sie – gegen Janet, gegen sich selbst, vor allem aber gegen dieses eiskalte, schwarze und gefühllose Meer, das Janet verschlungen hatte.
Plötzlich stieg das Kelpie selbst wie eine gewaltige Statue über den Wellen auf. Aus den geblähten Nüstern wehte der Atem wie heiße Dampfwolken.
»Wo ist Janet?«, schrie Kaye.
»Oh nein, dies ist mein Element. Du hast nichts zu fordern.«
»Dann eben ein Handel. Bitte! Lass sie laufen.« Es war schwer, mit klappernden Zähnen zu sprechen. Ihr Körper passte sich langsam den geringen Temperaturen an und wurde gefühllos.
Kaye schaute in die leuchtenden Augen, die sich weiß im schwarzen Wasser spiegelten wie ferne Monde. »Bitte!«
»Zu spät für Handel und Geschäft. Ich bin fertig. Den Rest kannst du haben, wenn du willst.«
Ein Körper tauchte mit dem Gesicht nach unten neben dem schwarzen Pferd auf. In den roten Haaren hing Seegras, die Arme trieben unter der Wasseroberfläche.
Kaye schwamm zu ihr hin, legte ihr den Kopf in den Nacken und strich die Haare aus ihrem Gesicht. Sie sah die blicklosen Augen, die blauen Lippen und den offenen

Mund, in dem das Wasser bis zu den Zähnen stand. Die aufgemalten Schnurrhaare auf ihren Wangen waren fast gar nicht verwischt.

»Sie hat sehr schön um sich geschlagen«, sagte das Kelpie.

»Nein, nein, nein, nein.« Kaye drückte die Leiche an sich und versuchte immer wieder verzweifelt Janets Kopf hochzuhalten.

»Warum so traurig? Sie hätte sowieso sterben müssen.«

»Nicht heute Nacht!«, kreischte Kaye. Sie schluckte einen Großteil der Welle, die sie unter Wasser drücken wollte. »Heute Nacht wäre sie bestimmt nicht gestorben.«

»Ein Tag ist genauso gut wie ein anderer.«

»Erzähl das Nicnevin. Eines Tages wirst du wissen, wie Janet sich gefühlt hat. Alles und jedes stirbt, Kelpie, auch du und ich, und wenn wir hundertmal Elfen sind.«

Das Kelpie sah plötzlich seltsam traurig aus. Es schnaufte warme Luft aus, tauchte unter und ließ sie allein im Meer zurück. Kaye trat Wasser und hielt Janets Leiche fest. Sie nahm eine von Janets Händen, die auch nicht eisiger war als ihre eigene, nur so unheimlich schlaff, und schwamm mit gegrätschten Beinen zum Strand. Je näher sie kam, umso höher und stärker wurden die Wellen, die über ihr zusammenschlugen. Janets Körper wurde ihr entrissen und an den Strand geworfen.

Kaye sah, wie Roiben an den Meeressaum lief. Er beugte sich zu Janet hinab, während Kaye im seichten Wasser aufzustehen versuchte. Der Sog der Wellen war auch hier noch stark genug, um ihr den Boden unter den Füßen wegzuziehen. Sie hustete und spuckte eine Mischung aus Wasser und Sand aus.

Roiben schrie sie an: »Suchst du das Abenteuer, ja? Man sollte denken, dass dir all die Jahre als Mensch deine Sterblichkeit bewusster gemacht hätten!«

Seine Vorwürfe klangen zu sehr wie ein Echo ihrer letzten Unterhaltung.

Roiben schlug seinen Mantel zurück und hüllte sie darin ein. Es war ihm egal, dass ihre nassen Sachen auch ihn durchnässten. Sirenen heulten durch die Nacht und Kaye sah zu, wie die Blaulichter näher kamen.

»Nein.« Er legte seine Hand an ihren Hinterkopf, bevor sie sich umdrehen konnte. »Sieh nicht hin. Wir müssen gehen.«

Kaye riss sich los. »Ich muss sie noch mal sehen. Um mich zu verabschieden.«

Zehn Schritte waren es auf dem nassen Sand, dann fiel sie neben Janet auf die Knie. Sie merkte gar nicht, dass die Wellen an dem Sand um sie herumleckten. Wie ein Stück Müll war Janet an den Strand gespült worden. Ihre Gliedmaßen lagen seltsam verrenkt auf dem Sand. Kaye ordnete sie so, dass sie mit seitwärts gestreckten Armen auf dem Rücken lag.

Sie strich ihr die roten Haare aus dem Gesicht und streichelte Janets kaltes Gesicht mit ihren eigenen kalten Fingern. Ihr war, als wäre die ganze Welt erkaltet und würde nie wieder warm werden.

13

»Ich schwor dich schön, hab mir dich licht gedacht,
doch du bist höllenschwarze finstre Nacht.«

WILLIAM SHAKESPEARE,
SONETT CXLVII

Kaye wurde wach. Sie lag auf der Matratze in ihrem Zimmer, die Decken waren verheddert und sie trug nur einen Slip und das T-Shirt, das Roiben ihr am Abend zuvor geliehen hatte. Ihr Kopf lag auf seiner nackten Brust und einen Augenblick lang war ihr entfallen, warum ihre Haare so verfilzt waren, warum ihre Wimpern vor Salz klebten. Als es ihr wieder einfiel, kroch sie stöhnend aus dem Bett.

Janet war tot, ertrunken. Lungen voll Wasser. *Tot*. Das Wort wiederholte sich in ihrem Kopf wie ein Echo, ohne Hinweis darauf, wie es wieder rückgängig gemacht werden könnte.

Verschwommene Erinnerungen an die letzte Nacht, an Roiben, der sie nach Hause gebracht und ihre Großmutter umschmeichelt hatte, damit sie aufhörte Kaye anzuschreien, während er sie die Treppe hinaufschleppte. Sie selbst hatte ihn deshalb auch noch angeschrien, hatte gebrüllt und geweint, bis sie schließlich eingeschlafen war.

Kaye wankte zum Spiegel. Sie sah schrecklich aus. Vor lau-

ter Weinen fühlte sich ihr Kopf schwer an, ihre Augen waren vom Schlaf verquollen. Sie hatte dunkle Ringe unter den Augen und ihre Lippen waren bleich und aufgesprungen. Sie leckte darüber und schmeckte Salz.
Janet war tot. Alles ihre, Kayes Schuld. Wäre sie nur nicht hinter Kenny hergelaufen. Hätte sie Janet nur nicht eifersüchtig gemacht – wahrscheinlich hätte sie das Kelpie dann abblitzen lassen. Hätte, hätte, wäre, wäre.
Und Corny war immer noch verschwunden.
Mit geschlossenen Augen zog sie ihren Schild ab und löste ihn in Luft auf. Jetzt bot sie einen noch schlimmeren Anblick. Ihre Haare standen noch immer vor Salz, ihre Lippen waren immer noch rau und die strengen Elfenzüge betonten noch ihr müdes Aussehen.
Das Spiegelbild des T-Shirts erinnerte sie verschwommen daran, wie sie sich in einiger Entfernung vom Strand ausgezogen hatte, weil ihre Zähne einfach nicht aufhören wollten zu klappern, so sehr sie sich auch in Roibens Mantel kuschelte. Das Catsuit war wohl doch nicht wie eine zweite Haut gewesen und hatte Wasser durchgelassen. Roiben hatte ihr aus dem Kostüm geholfen und sie dann in T-Shirt und Mantel gehüllt.
Sie rief die Magie in ihre Finger und versuchte die dunklen Stellen rund um ihre Augen zu lindern und ihre Haare in eine weich fallende Frisur zu legen. Das war leicht. Ein flüchtiges, erstauntes Lächeln zuckte um ihren Mund, als sie mit einer Berührung ihres Fingernagels Lidstrich auftrug. Ein Tupfer reichte aus, um ihre Lider blau zu färben. Eine weitere Berührung und sie waren lila.

Kaye schaute nach unten und zauberte sich ein Ballkleid an den Leib. Schon war sie in rubinfarbene Seide und bauschige Krinolinen gekleidet. Das Gewand war von oben bis unten mit Edelsteinen besetzt. Es kam ihr seltsam vertraut vor, bis ihr einfiel, wo das Bild herkam – es war eine Illustration des Froschkönigs in einem ihrer alten Märchenbücher. Mit einer schlichten Handbewegung änderte sie ihre Bekleidung in einen smaragdgrünen Gehrock im Renaissancestil zu grünen Netzstrümpfen – ähnlich dem Bild des Prinzen im gleichen Märchen.

Roiben räkelte sich auf der Matratze und blinzelte zu ihr hinauf. Er hatte keinerlei Magie angelegt; seine Haare glänzten wie eine Silbermünze, wo das Licht darauf fiel. Lutie lag auch auf seinem Kissen, sie hatte sich in eine silberne Locke gewickelt wie in eine Bettdecke.

»Ich kann nicht runtergehen«, sagte Kaye. Sie konnte ihrer Großmutter nach den Geschehnissen der letzten Nacht nicht gegenübertreten und sie zweifelte entschieden daran, dass ihre Mutter bereits nach Hause gekommen war. Kayes Erinnerung an die letzte Halloween-Parade in New York bestand aus einer Unmenge Federn, Glitter und Männern auf Stelzen. Damals hatte Ellen so viel billigen Schampus in sich reingekippt, dass sie völlig vergessen hatte, wo sie schlafen sollten. Sie hatten den Rest der Nacht in der U-Bahn verbracht.

»Wir können auch durchs Fenster fliegen«, schlug Roiben munter vor. Wollte er sie ärgern oder hatte er ihre seltsame Bemerkung akzeptiert? Sie konnte sich nur lückenhaft daran erinnern, was sie in der letzten Nacht von sich gegeben

hatte. Vielleicht war das ja so schrecklich und unvernünftig gewesen, dass ihn nichts mehr überraschen konnte.
»Wie sollen wir denn zu diesem Obstgarten kommen? Der liegt in Colt's Neck.«
Er kämmte sich mit den Fingern durch die Haare. Dann drehte er sich zu Lutie um. »Du hast mir Knoten in die Haare geknüpft.«
Lutie kicherte leicht hysterisch.
Seufzend wandte sich Roiben wieder an Kaye. »Es gibt verschiedene Wege«, sagte er, »aber die meisten würden dir nicht gefallen.«
Daran zweifelte sie nicht im Mindesten.
»Kommt, wir nehmen Cornys Wagen«, sagte sie.
Roiben zog beide Augenbrauen hoch.
»Ich weiß, wo er steht und wo die Schlüssel sind.«
Roiben stand von der Matratze auf und setzte sich auf das Bettgestell, als wäre es tatsächlich ein Sofa, wie sie es früher mal geplant hatte. »Autos sind rundherum aus Stahl. Ist dir das vielleicht entfallen?«
Nach einer kurzen Denkpause begann Kaye in den Haufen schwarzer Müllsäcke zu wühlen. Kurz darauf hielt sie triumphierend ein Paar orangefarbener Handschuhe in die Höhe. Roibens ungläubigem Blick schenkte sie keine Beachtung.
»In meinen Stiefeln ist auch Stahl«, sagte sie und schlüpfte hinein. »Aber das Leder verhindert die direkte Berührung. Ich spüre es kaum noch.«
»Hättest du vielleicht noch gern eine Zigarette dazu?«, fragte Roiben ironisch.

»Ich glaube, ich konnte dich besser leiden, als dein Sinn für Humor noch nicht erwacht war.«
Mit äußerster Zurückhaltung in der Stimme bemerkte er: »Und ich dachte, du könntest mich gar nicht leiden.«
Kaye schob sich die Haare, die jetzt seidig glänzten, aus dem Gesicht und rieb sich die Schläfen. Sie musste etwas sagen, etwas tun, aber sie wusste genau, dass es sie zerreißen würde, wenn sie jetzt aufhörte, das Durcheinander in ihrem Kopf zu ergründen. Hatten seine Worte etwas mit der vergangenen Nacht zu tun? Sie konnte sich kaum daran erinnern, was sie ihm alles an den Kopf geworfen hatte. Sie hatte eine verschwommene Mischung aus Trauer und Wut im Gedächtnis, aber heute Morgen war alles anders zwischen ihnen und sie wusste nicht, wie sie das wieder gutmachen konnte.
Kaye streckte die Hand aus und berührte ihn sanft dicht unter dem Schlüsselbein. Dann machte sie den Mund auf . . . und wieder zu. Sie schüttelte langsam den Kopf in der Hoffnung, dass er irgendwie verstehen würde, dass es ihr Leid tat, dass sie ihm dankbar war, dass sie ihn viel zu gut leiden konnte.
Dann schüttelte sie wieder den Kopf, wilder, und trat einen Schritt zurück.
Erst war Corny dran. Alles andere konnte warten.
Sie verließen das Zimmer wirklich durchs Fenster. Roiben kletterte geschickt den Baum hinunter, Lutie flog und Kaye versuchte sich in einer unbeholfenen Mischung aus Springen und Rutschen. Sie stolperte bei der Landung.
»Hingeflogen!«, rief Lutie.

Kaye warf ihr einen wütenden Blick zu und zog die Handschuhe an. Als sie an sich hinuntersah, stellte sie fest, dass sie noch immer den magischen Gehrock trug. Roiben war von Kopf bis Fuß in Schwarz gekleidet, vorwiegend auch noch in Leder. Luties Flügel schillerten in allen Regenbogenfarben über ihnen, während sie in der Luft Loopings drehte wie eine durchgeknallte Libelle.

»Hier lang.« Kaye führte sie zum Wohnwagenplatz. Die Tür von Cornys Wagen war abgeschlossen, aber Kaye zögerte nicht einen Moment und schlug mit ihrer behandschuhten Hand auf die Scheibe ein. Die zersplitterte zu einem Spinnennetzmuster und wieder und wieder schlug Kaye darauf ein, bis ihre Knöchel bluteten.

»Hör auf«, sagte Roiben und griff nach ihrer Hand, als sie zu einem neuen Schlag ausholte.

Sie hörte auf, schaute wie betäubt auf das Fenster.

Roiben holte ein Messer aus dem Stiefelschaft. Hatte es schon immer dort gesteckt oder hatte er es gerade dort hinbeschworen?

»Nimm den Griff«, sagte er mit unendlich müder Stimme. »oder einen Stein.«

Endlich gelang es ihr, die Fensterscheibe so weit einzuschlagen, dass sie hindurchgreifen und die Tür öffnen konnte. Sie sah sich auf dem Wohnwagenplatz um und konnte nicht umhin sich zu wundern, dass niemand sie daran hindern wollte, am helllichten Tag ein Auto zu knacken.

Beim Einsteigen zuckte Kaye zusammen, so verbraucht und metallisch stank die Luft im Wageninneren. Sie lehnte sich über den Sitz, kurbelte das Fenster auf der anderen Seite hinunter und öffnete die Tür. Dann holte sie den Schlüssel hinter der Sonnenblende hervor. Vorsichtig glitt Roiben auf den Beifahrersitz und Lutie flog hinter ihm ins Auto. Mit gerümpftem Näschen flatterte sie über die Rückbank nach vorne und setzte sich schließlich auf das staubige Armaturenbrett.

Kaye steckte den Schlüssel ins Zündschloss und drehte ihn rum. Das Eisen glühte durch die Handschuhe hindurch. Das war gar nicht so unangenehm, verursachte aber ein Summen in ihrem Kopf, von dem sie wusste, dass es schlimmer werden würde.

Kaye trat aufs Gaspedal. Keuchend sprang der Motor an, aber der Wagen bewegte sich nicht vom Fleck. Leise fluchend, löste Kaye die Handbremse, legte den Gang ein und gab Gas. Das Auto schoss vorwärts. Viel zu schnell: Sie musste direkt wieder auf die Bremse steigen. Lutie wurde in Kayes Schoß geschleudert. Roiben klebte am Armaturenbrett. Er sah sie an. »Wie oft bist du schon gefahren?«

»Noch nie«, knurrte Kaye.

»Noch nie?«

»Ich bin noch nicht alt genug.« Sie musste kichern, aber es klang schrill und hysterisch. Sie trat sanfter auf das Gaspedal und der Wagen reagierte angemessen. Sie drehte am Lenkrad und steuerte auf die Straße hinaus.

Lutie quiekte und krabbelte mit ihren Krallen an Kayes Gehrock hoch.

Der Eisengeruch war überwältigend.

Kaye nahm die Auffahrt zur Autobahn. Sie war erleichtert,

dass es von nun an keine Kurven mehr geben würde, keine Kreuzungen und keine Stoppschilder. Sie musste nur noch geradeaus fahren. Als ihr einfiel, dass sie dort ankommen mussten, bevor Corny noch mehr Leid zugefügt wurde, gab sie mehr Gas und hielt den dahinrasenden Wagen mit starren Händen in der Mitte der Spur.

Vor Kayes Augen verschwamm das Sichtfeld, weil ihr von dem Eisen schwindelig wurde. Der Luftzug, der durch die Fenster hineinströmte, reichte nicht aus. Sie versuchte das Schweregefühl, das sich wie ein Band um ihre Schläfen legte, loszuwerden, indem sie ständig den Kopf schüttelte.

»Kaye!«, kreischte Lutie. Gerade noch rechtzeitig riss Kaye den Wagen nach rechts an dem Auto vorbei, dem sie beinahe hinten draufgefahren wäre. Ein Rad streifte den Grünstreifen, aber sie bekam den Wagen wieder unter Kontrolle. Luties Aufschrei klang wie das Zirpen eines Spatzen. Roiben hatte keinen Mucks von sich gegeben und sie konnte den Blick nicht so lange von der Fahrbahn lösen, als dass sie seinen Gesichtsausdruck hätte prüfen können.

Endlich kam die richtige Ausfahrt und Kayes Wagen legte sich mit beängstigender Geschwindigkeit in die Kurve. Sie stoppte das Auto auf dem Seitenstreifen, weil es ihr nicht gelang, elegant auf die andere Straßenseite zu wechseln. Nach zwei Ampeln hatte sie es geschafft. Sie fuhr auf den Parkplatz des Obstgartens und hielt an, wobei sie weit über den gelben Streifen der Parkplatzbegrenzung hinaus parkte. Seufzend zog sie den Schlüssel ab.

Roiben sprang schon aus dem Wagen, bevor er richtig hielt. Lutie klammerte sich an Kayes Gehrock. Sie hörte nicht auf zu zittern.

»Zurück kann ja Corny fahren«, sagte Kaye kleinlaut.

»Das verleiht mir neue Begeisterung für unsere Suche.« Roibens Stimme zitterte leicht, aller vorgetäuschten Herzlosigkeit zum Trotz.

Hektar über Hektar mit Obstbäumen bildeten den Garten, zu dem auch ein Bauernladen gehörte, in dem Marmelade, Milch und Apfelwein mit Zimt verkauft wurden. An den Laden konnte sich Kaye von dem Schulausflug her noch erinnern. Heute waren Kürbisse aller Größen im Angebot. Sie waren sehr billig, aber einige hatten auch Druckstellen. Auf dem Parkplatz standen jede Menge Kleinbusse, aus denen Kinder quollen. Ihre Mütter jagten hinter ihnen her und trieben sie zusammen. Kaye folgte Roiben durch die Menschenmenge und um eine riesige Figur aus Heu und Kürbis herum. Eine Mutter zog ihr Kind ruckartig zur Seite, fort von ihnen. Sofort überprüfte Kaye ihr Aussehen, hob eine Hand ans Licht und vergewisserte sich, dass sie rosa war. Dann sah sie sich Roiben an und fand, dass sie verrückt genug aussahen, um die Reaktion dieser Mutter zu rechtfertigen.

Inmitten der Bäume wurde die Luft besser. Auch die Motorengeräusche und das Gelächter rauschten nur noch leise im Hintergrund. Kaye roch kein Eisen mehr; endlich konnte sie tief Luft holen und die Abgase ausatmen. Wie damals, als sie zum ersten Mal den Hügel betreten hatte, fühlte sie sich innerlich seltsam gespalten – eine Empfin-

dung, die sie inzwischen mit dem Eintritt ins Elfenreich verband.
Auf der Wiese grasten weiße Pferde. Jedes Mal, wenn sie den Kopf hoben, klingelten die feinen silbernen Glöckchen an ihren Hälsen. Die knorrigen Apfelbäume hingen voller Äpfel für die letzte spätherbstliche Obsternte. Es war warm und die Luft duftete viel versprechend nach Frühling und neuem Wachstum. Die Angehörigen des Seligen Hofes hatten sich auf dem Feld verstreut. Überall lagerten Elfen auf weißseidenen Decken. Als Kaye zwischen ihnen herging, stieg ihr der Duft von blühendem Lavendel und Heidekraut in die Nase.
Die Elfen waren so unterschiedlicher Natur wie am Unseligen Hof, nur kleideten sie sich in hellere Farben. Ein Mann mit einem Fuchsgesicht trug einen zerlumpten Mantel aus unterschiedlichstem Stoff, der Fäden zog. Eine Elfe war in ein goldenes Futteralkleid gehüllt, das so hell schien wie die Sonne. Sie flüsterte einem Jungen etwas ins Ohr, der ebenfalls ein Kleid anhatte, in einem Blau, das der Eierfarbe von Wanderdrosseln glich. Eine Gruppe von Elfen beugte sich über eine Art Spiel, bei dem man glänzende Steine in die Mitte eines ausgegrabenen Kreises werfen musste. Sie konnte nicht genug sehen, aber die Gruppe seufzte und jubelte abwechselnd, je nachdem vermutlich, wie die Steine fielen.
In der Nähe flüsterte am Rand der Versammlung eine Baumfrau einem stummen Apfelbaum etwas zu. Ihre Haut war aus Rinde, die Fingernägel aus Blättern. Ständig drehte sie sich um und warf sieben kleinen Männern einen

bösen Blick zu, die jeweils auf die Schulter eines anderen geklettert waren und auf diese Weise eine Elfenleiter bildeten. Diese Leiter schwankte bedenklich hin und her, während oben ein kleiner Mann verzweifelt versuchte einen dicken Apfel zu pflücken.

Ein Mädchen mit Flügeln rannte an ihnen vorbei; es hatte einen kleinen Jungen im Schlepptau, dessen Haar mit Blumen verziert war. Ein Menschenjunge. Kaye erschauerte.

Sie schaute sich erneut um und bemerkte noch mehr Kinder. Keines war älter als sechs Jahre. Sie wurden gekämmt und liebkost; ihre Augen waren halb geschlossen und verträumt. Eines hatte seinen Kopf in den Schoß einer blauhäutigen Elfe gelegt. Eine Gruppe von drei Kindern mit Gänseblümchenkränzchen auf dem Kopf tanzten tapsig mit drei kleinen Männern, die Pilzhüte trugen. Die Damen und Herren Elfen klatschten dazu.

Kaye lief schneller, weil sie Roiben einholen und ihn nach den Kindern fragen wollte. Aber dann sah sie, wohin er schaute, und vergaß all ihre Fragen. Neben einigen Bäumen, denen selbst im Herbst üppige Frühlingsknospen sprossen, hielt sich eine Elfe mit rotbraunen Haaren auf. Sie trug einen smaragdgrünen Mantel, der sich wie ein Kleid um sie bauschte. Kaye blieb wie angewurzelt stehen, als sie die Frau sah. Sie vergaß beinahe zu atmen, so schön war sie – das schönste Wesen, das Kaye jemals gesehen hatte. Ihre Haut war makellos, ihr Haar glänzte wie Kupfer in der Sonne, geschmückt mit einem geflochtenen Kranz aus Efeu- und Hartriegelblüten und ihre Augen strahlten wie die grünen Äpfel neben ihr im Baum. Kaye konnte den

Blick nicht abwenden, sie nahm nichts mehr wahr außer dieser Elfe. Alles andere erschien ihr stumpf und schal. Roiben brauchte ihr nicht zu sagen, dass diese Frau die Königin des Seligen Hofes war.

Ihre Damen trugen leichte Kleider in Farben wie Sturmgrau oder Morgenrose. Als sie näher kamen, sog eine Frau so scharf die Luft ein, dass es schon beinahe ein Schrei war, und hielt sich die Hand vor den Mund. Roiben drehte den Kopf, sah sie an und lächelte.

Kaye verkrampfte sich. Das Lächeln auf seinen Lippen sah völlig falsch aus, eher wie ein unwillkürliches Zucken seines Mundes als ein Ausdruck der Freude.

Plötzlich stellte sich ihnen ein Ritter in den Weg. Er trug einen grünen Gliederharnisch, über den seidig die Haare fielen, fein und blassgolden. Er hatte einen interessanten Speer in der Hand, der über und über verziert war, sodass Kaye sich unwillkürlich fragte, ob er damit überhaupt kämpfen konnte.

»Talathain«, grüßte Roiben und nickte dem Ritter kurz zu.

»Ihr seid hier nicht willkommen«, erwiderte der Ritter.

Quiekend kroch Lutie aus Kayes Jackentasche und betrachtete den neuen Ritter mit aufrichtiger Bewunderung.

»Kündigt mich der Königin an«, sagte Roiben. »Wenn sie mich nicht empfangen will, werde ich den Hain auf der Stelle verlassen.«

Kaye wollte widersprechen, aber Roiben legte ihr eine Hand auf den Arm.

»Meinen Begleitern steht es selbstverständlich frei, zu bleiben oder zu gehen, wie es ihnen beliebt«, fuhr er fort.

Talathain warf der Königin einen kurzen Blick zu und wandte sich dann wieder an Roiben. Seine Züge verrieten eine Art Eifersucht. Mit einer Bewegung seiner elegant behandschuhten Hand winkte er einigen anderen Rittern zu. Ein Page kam, lauschte Talathains Worten und rannte zu seiner Königin.

Nachdem die Königin sich grazil zu dem Pagen hinabgebeugt und seine Botschaft angehört hatte, entfernte sie sich von ihren Damen und kam über die Wiese auf sie zu. Sie würdigte Kaye keines Blickes. Ihr Blick ruhte ausschließlich auf Roiben.

Kaye musste mit ansehen, wie sich Roibens Gesicht beim Anblick seiner Herrin veränderte. Es strahlte eine solche Sehnsucht aus, dass Kaye schließlich bestürzt wegsehen musste. Sein Blick war der Blick eines Hundes, der verwildert war, aber noch immer auf eine freundliche Berührung seines Frauchens hoffte.

Sie dachte an den Wandteppich in seinem Zimmer und an all die Dinge, die er gesagt oder auch bewusst nicht gesagt hatte. Jetzt begriff sie, warum er sich von ihr und ihren Küssen losgerissen hatte. Er hatte diese Liebe die ganze Zeit gehegt und gepflegt, in der Hoffnung, seine Königin irgendwann einmal wieder zu sehen. Kaye war blind gewesen, zu erfüllt von ihrem eigenen Wunschdenken, um zu erkennen, was doch offensichtlich war.

Kaye war dankbar, dass Roiben jetzt niederkniete. Auch sie neigte ein Knie und den Kopf und konnte auf diese Weise den Schmerz auf ihrem Gesicht verbergen.

»So förmlich, mein Ritter«, sagte die Königin. Verstohlen

betrachtete Kaye die Augen der Königin. Sie waren sanft und feucht und grün wie Edelsteine. Sie lächelten. Kaye seufzte. Sie war plötzlich sehr müde und fühlte sich schrecklich unscheinbar. Sie wünschte, Roiben würde sich nur nach Corny erkundigen, damit sie endlich nach Hause gehen konnte.

»Nicht mehr der Eure«, sagte Roiben, als bedaure er seine Worte.

»Wenn nicht der meine, wem gehört Ihr dann?« Diese Unterhaltung enthielt zu viele Zwischentöne, als dass Kaye ihr wirklich hätte folgen können. Hatten sie sich vor Zeiten geliebt?

»Niemandem, Silarial«, antwortete er respektvoll und leise. Er sprach wie jemand, der befürchtete zu laut zu reden, als würde sonst etwas Zerbrechliches – etwas Kostbares, das man nicht bezahlen konnte – entzweigehen. »Vielleicht mir selbst.«

Weder schwand ihr Lächeln, noch veränderte es sich. Ein vollkommenes Lächeln – perfekt der Schwung der Lippen, perfekt die Mischung aus Freude und Zuneigung. Es war so vollkommen, dass Kaye sich gegen ihren Willen darin verlor. Deshalb war sie völlig überrascht, als die Königin weitersprach.

»Und warum kommt Ihr dann zu uns, wenn nicht, um heimzukehren?«

»Ich suche Nephamael. Er hat einen jungen Mann bei sich, den meine Begleiterin gerne zu den Eisenweltlern zurückführen würde.«

Silarial schüttelte den Kopf. »Er ist nicht mehr bei meinem

Volk. Als die Unselige Königin starb und die freien Geister befreit waren . . .« Sie hielt inne und schaute Roiben an. Irgendwie wirkte sie unsicher. »Er hat sich auf den Thron gesetzt und sich selbst zum König ernannt.«

Unwillkürlich legte Kaye den Kopf in den Nacken. Mit aufgerissenen Augen sprach sie, ohne nachzudenken: »Nephamael ist jetzt König am Unseligen Hof?« Sie biss sich auf die Lippe, aber die Königin betrachtete sie nachsichtig.

»Wen habt Ihr uns da mitgebracht?«

»Sie heißt Kaye. Sie ist ein Wechselbalg.« Roiben wirkte beunruhigt.

Die Königin zog ihre rotbraunen Augenbrauen hoch. »Ihr helft ihr bei der Rettung des sterblichen Jungen, den Nephamael weggezaubert hat?«

»So ist es«, sagte Roiben.

»Und welchen Preis verlangt Ihr für diesen Dienst, Roiben, der nur mehr sich selbst gehört?« Sie hob die Hand und spielte mit einem Amulett an ihrer Halskette.

Kaye konnte den Anblick ihres vollkommenen Gesichts nicht mehr ertragen. Stattdessen betrachtete sie die Halskette der Königin. Der Stein an der langen Kette leuchtete milchig weiß und kam ihr sehr vertraut vor.

Auf Roibens Wangen erschienen kleine rote Flecken. Wurde er wirklich rot? »Es wird kein Preis gezahlt.«

Kaye erinnerte sich an die Kette. Nephamael hatte genauso eine getragen. Sie hing in jener Nacht um seinen Hals, als er sie zum Opferritual geholt hatte.

Die Königin beugte sich vor. Ihre Haltung hatte etwas Verschwörerisches, als gäbe es Kaye gar nicht.

»Früher habt Ihr mal gesagt, Ihr würdet alles tun, um mir Eure Liebe zu beweisen. Gilt das noch?«

Seine Wangen färbten sich noch dunkler, aber als er antwortete, lag Stahl in seiner Stimme: »Das gilt nicht mehr.«

Was sollte das heißen? Kaye war sicher, dass es etwas bedeutete, das nichts mit Liebe, aber viel mit der toten Königin zu tun hatte. Darum ging es also in dieser Unterhaltung, jetzt begriff sie es auch. Seine Königin hatte ihn wie ein Spielzeug behandelt, dessen sie überdrüssig geworden war. Sie hatte ihn gegen einen anderen Ritter eingetauscht und es war ihr egal gewesen, wie seine neue Besitzerin ihn behandelte. Es wäre ihr wohl auch egal gewesen, wenn sie ihn kaputtgemacht hätte. Offenbar hegte sie jetzt gewisse Pläne, für die sie ihr Spielzeug wieder gebrauchen konnte.

»Und wenn ich Euch sage, dass Ihr mir Eure Liebe bereits zur Genüge bewiesen habt? Kommt, verweilt mit uns. Wie wär's mit Honigwein und frischen roten Äpfeln? Setzt Euch wieder neben mich.«

Kaye biss sich fest auf die Unterlippe. Der Schmerz half ihr damit fertig zu werden, dass er nicht zu ihr gehörte, nie zu ihr gehören würde. Es war zwar längst zu spät, um so zu tun, als täte es nicht weh, aber wenigstens konnte sie den Schmerz so tief verbergen, dass er es nie erfahren würde.

Sehnsucht und Verachtung mischten sich in Roibens Blick, als er nun Silarial anstarrte. »Ich bitte um Vergebung«, sagte er, »aber wenn ich Äpfel rieche, kommt's mir hoch.«

Die Königin war erst schockiert, dann ärgerlich. Roiben sah scheinbar teilnahmslos zu, wie sich diese Gefühle nacheinander in ihrem Gesicht spiegelten.

»Dann sputet Euch lieber«, sagte die Königin.
Roiben nickte und verneigte sich. Das hätte Kaye beinahe vergessen.
Sie waren erst wenige Schritte gegangen, als eine weißhaarige Frau Roiben am Arm packte. Sie drehte ihn lachend zu sich herum.
»Roiben!« Es war die gleiche Frau, die zuvor bei seinem Anblick nach Luft geschnappt hatte. Ihr Haar reichte bis zu den Knien. Auf dem Kopf waren einige dicke Strähnen zu Flechten hochgetürmt. Ihr Gewand wies sie als Zofe oder Dienerin der Königin aus.
»Ich habe mir solche Sorgen um dich gemacht«, sagte sie und wieder huschte ein unsicheres Lachen über ihr Gesicht. »Ich habe Dinge gehört ... «
». . .die zweifellos der Wahrheit entsprechen«, sagte Roiben leichthin. Er strich ihr mit den Fingern durch die Haare und Kaye erschauerte, denn sie wusste ja, wie sich diese langen Finger anfühlten. »Deine Haare sind so lang.«
»Ich habe sie wachsen lassen, seit du fortgegangen bist.« Die Frau wandte sich an Kaye. »Ich habe mit angehört, wie mein Bruder Euch der Königin vorgestellt hat. Er war sehr kurz angebunden. Ich frage mich: Versucht Roiben Euch vor uns zu schützen oder uns vor Euch?«
Kaye lachte überrascht auf.
»Ethine«, sagte Roiben und nickte erst dem einen, dann dem anderen Mädchen zu. »Kaye.«
Die Frau lachte und es klang wie splitterndes Glas. »Du hast die höfischen Manieren abgelegt.«
»So wurde mir gesagt«, erwiderte Roiben.

Ethine griff in die Zweige des Apfelbaums und pflückte eine einzelne Blüte.
»Das Einzige, das zählt, ist, dass du wieder zu Hause bist«, sagte sie und steckte ihm die Blume hinters Ohr. Er zuckte kaum merkbar vor Ehtines Berührung zurück. Kaye überlegte, ob diese Reaktion sie wohl verletzte?
»Dies ist nicht mehr mein Zuhause«, sagte Roiben.
»Natürlich ist es das. Wo willst du denn sonst hingehen?« Ihr Blick flatterte zu Kaye, erstmals mit einer unterschwelligen Sorge. »Sie hat dir wehgetan, ich weiß, aber mit der Zeit wirst du ihr vergeben. Du vergibst ihr doch immer.«
»Wünsche verändern sich«, sagte er.
»Was haben sie mit dir gemacht?« Ethine sah ihn entsetzt an.
»Was immer sie mit mir gemacht haben, was immer ich selbst getan habe . . . so sicher wie Blut an meinen Händen klebt, und das tut es, oh ja, so sicher befleckt es auch den Kleidersaum der Königin des Elfenreiches.«
»Sprich nicht so. Du hast sie geliebt.«
»Und liebe sie noch immer. Leider!«
Kaye wandte sich ab. Mehr wollte sie nicht hören. Das alles hatte nichts mit ihr zu tun.
Sie stolzierte in Richtung Wagen. Eins der Menschenkinder – es war ein Junge – stand auf den Zehenspitzen und reckte sich nach einem Apfel, an den es gerade eben nicht herankam. Das Kind trug eine grüne Tunika mit einer Seidenschnur um den Bauch.
»Hallo«, sagte Kaye.

»Hi.« Der Junge sah sie flehend an und sie pflückte ihm den Apfel. Mit einem Knacks löste er sich vom Zweig.
»Wo ist deine Mutter?«, fragte Kaye und rieb den Apfel an ihrer Jacke, bis er glänzte.
Wütend schaute der kleine Junge sie an; eine dunkelbraune Locke fiel ihm ins Gesicht. »Gib schon.«
»Wohnst du bei den Elfen?«
»Mhmm«, sagte er, ohne den Apfel aus den Augen zu lassen.
»Und wie lange schon?«
Er streckte eine pummelige Hand aus und sie gab ihm den Apfel. Der Junge biss sofort hinein. Sie wollte abwarten, bis er zu Ende gekaut hatte, aber kaum hatte er den ersten Bissen heruntergeschluckt, biss er schon wieder zu. Plötzlich schaute er schuldbewusst zu ihr auf, als wäre sie ihm gerade wieder eingefallen. Er zuckte mit den Achseln und murmelte mit vollem Mund: »Immer schon.«
»Danke«, sagte Kaye und zerzauste seine kastanienbraunen Haare. Es hatte keinen Zweck, ihn auszufragen. Er wusste auch nicht mehr als sie. Aber dann drehte sie sich doch noch mal zu ihm um: »Hey, kennst du ein kleines Mädchen, das Kaye heißt?«
In einer überzogenen Denkerpose runzelte er die Stirn und zeigte dann auf eine der Decken auf der Wiese. »Mhmm. Irgendwo dahinten.«
Ihr wurde heiß und schwindelig, als hinge sie kopfüber und all ihr Blut ströme in ihren Kopf.
Kaye überließ den Jungen seinem Apfel, lief zwischen den Decken hin und her und fragte jedes kleine Mädchen un-

abhängig von seinem Aussehen: »Süße, heißt du vielleicht Kaye?«

Aber als sie sich selbst entdeckte, wusste sie sofort Bescheid. Die Mandelaugen passten nicht so recht zu dem Blondschopf, sodass das Kind trotz seines pummeligen Körpers und der runden Ohren wie eine Elfe aussah. Blond und asiatisch.

Kaye war zu nichts mehr in der Lage, sie glotzte nur, bis das Mädchen (das viel zu jung war, um in der Welt der Vernunft wirklich Kaye sein zu können) ein Unkraut ausriss. Das Kind nahm den Stängel fest in die Hand und warf das Kraut mit der Blüte voran einer hübschen Elfendame zu, die laut auflachte.

Kaye erstickte fast an ihren Fragen. Sie drehte auf dem Absatz um und stürmte zu Roiben und Ethine zurück. Sie packte Roiben grob am Arm.

»Wir müssen *jetzt* gehen«, rief sie zitternd und voller Zorn. »Corny könnte schon *tot* sein.«

Ethine riss die Augen auf, als Roiben herunterschluckte, was er gerade hatte sagen wollen. Er nickte. Ohne ein weiteres Wort drehte Kaye sich um und lief zurück zum Auto. Roiben blieb nichts anderes übrig, als ihr zu folgen.

14

»In den Hügeln sinken
Eichenriesen in die Knie,
Nun kann man sie berühren,
Wo sonst nur Vögel spüren . . «

KAY RYAN,
»CROWN«

Sie schaffte es nicht bis zum Auto.

»Kaye, bleib stehen. Bleib stehen!« Roiben war direkt hinter ihr.

Sie blieb also stehen und schaute durch die Bäume zu den Kleinbussen hinüber bis zur Autobahn. Egal, wohin, nur nicht zurück zum Seligen Hof und den alterslosen Kindern. Schon gar nicht zu Roiben selbst.

»Du zitterst.«

»Vor Wut. Du trödelst herum, dabei haben wir so viel zu tun.« Seine Ruhe machte sie nur noch zorniger.

»Oh, das tut mir aber Leid.« Das klang nicht besonders einsichtig, eher sarkastisch.

Ihr Gesicht glühte. »Warum bist du hier?«

Er sagte erst mal nichts. Dann: »Weil du mich gerade auf nicht besonders höfliche Art und Weise aus einer Unterhaltung gerissen hast.«

»Das meine ich nicht. Warum bist du immer noch hier? Warum bist du überhaupt hier?«

Er sprach ruhig und leise. Sie konnte sein Gesicht nicht sehen, denn dafür müsste sie sich umdrehen, und genau das würde sie nicht tun. »Soll ich gehen?«

Ihre Augen brannten vor ungeweinten Tränen. Das war alles zu viel für sie.

»Alles, was ich tue . . .«, begann sie und ihre Stimme kippte. »Scheiße, dafür haben wir keine Zeit.«

»Kaye . . . «

»Nein.« Sie wollte weitergehen. »Wir müssen los. Jetzt gleich.«

»Wenn du nicht ruhiger an die Sache herangehst, wirst du Cornelius wenig von Nutzen sein.«

Kaye blieb wieder stehen und hob die Hände mit weit gespreizten Fingern. »Das kann ich nicht! Ich bin nicht wie du!«

Er brachte sie zum Schweigen, indem er ihr eine Hand auf die Schulter legte. Sie mied seinen Blick, aber er riss sie unvermittelt herum und zog sie an sich. Kaye versteifte sich, aber Roiben hielt sie wortlos fest. Einen Augenblick später löste sich ihre Anspannung in einem tiefen Seufzer. Mit seinen langen Fingern strich er ihr durchs Haar. Er roch nach Honig und Schweiß und dem Waschmittel ihrer Großmutter.

Kaye rieb ihre Wange an seiner Brust und schloss die Augen vor all den Gedanken, die in ihrem Kopf um die Wette schnatterten und flüsterten.

»Ich bin hier, weil du liebevoll und hübsch bist und schreck-

lich tapfer«, sagte er mit tiefer Stimme. »Und weil ich hier sein möchte.«
Durch ihre Wimpern sah sie zu ihm auf. Er lächelte, legte sein Kinn auf ihren Scheitel und streichelte sanft ihren Rücken.
»Weil du möchtest?«
Roiben lachte. »Fürwahr, so ist es. Zweifelst du daran?«
»Oh.« Sie konnte die unglaubliche Freude gar nicht fassen, die sie durchströmte. Eine so ungeheure Freude, dass sie zumindest im Augenblick Trauer und Sorge verdrängte. Denn es stimmte doch, er war hier bei ihr und nicht bei der Seligen Königin. »Oh.«
Er streichelte sie mit langen, regelmäßigen Handbewegungen von den Schulterblättern unterhalb ihrer Flügel bis zum Kreuz. »Und das gefällt dir?«
»Was?« Wieder hob sie den Kopf und sah ihn böse an. »Natürlich. Was denkst du denn?«
Er schob sie ein wenig von sich und sah sie forschend an. »Gut«, seufzte er und drückte ihren Kopf wieder an seine Brust. »Gut.«
So standen sie eine ganze Weile. Schließlich löste Roiben sich aus der Umarmung.
»Dankenswerterweise«, sagte er, »müssen wir nicht mit dem Auto zum Unseligen Hof fahren. Komm mit.«

Der riesige Baum war knorrig und sein knotiger, löchriger Stamm sah aus, als würde er gleich unter seinem eigenen Gewicht zusammenbrechen. Die Rinde war dünn und abgeblättert, sie schälte sich wie trockene Haut. Unten am

Fuß des Baumes klaffte ein großes Loch, dort, wo sich die Wurzeln teilten.
Lutie schwirrte aus dem Loch heraus. »Keine Wächter«, sagte sie und versteckte sich in Kayes Haaren.
»Wohin geht's denn hier?« Kaye gab sich Mühe, ihr Zittern in den Griff zu bekommen. Sie wollte nicht, dass die anderen merkten, wie viel Angst sie davor hatte, was auf sie zukommen würde.
»Der Durchgang führt bis in die Küche«, antwortete Roiben und schob sich mit den Füßen voran Zentimeter für Zentimeter durch das Baumloch. Schließlich verschwand sein Kopf in der Dunkelheit, nur einige silberne Strähnen lagen noch auf der rauen Rinde. Sie hörte, wie er polternd auf dem Boden landete.
Kaye drückte mit den Stiefeln gegen den Eingang und fand heraus, dass das weichere Holz nachgab, als sie mit den Füßen weiterrutschte und schob, bis sie bis zu den Knien eingedrungen war. Auf dem Rücken schlängelte sie sich weiter und schob schließlich auch den Oberkörper durch das Loch. Der Fall dauerte lange – bei der Landung hätte sie beinahe aufgeschrien.
Im Tunnel war es heiß. Dampfwolken versperrten die Sicht. Wie Perlen saßen die Tropfen auf Roibens Gesicht und seine Haare wirkten schwer und feucht, als er sie mit einer Hand nach hinten strich. Er wies mit einem Kopfnicken nach links und sie lief vor ihm durch die Dampfschwaden.
Die Küche war ein riesiger Raum mit einer Feuerstelle in der Mitte. Ein Lüftungssystem gab es offensichtlich nicht.

Elfen rannten durch den Rauch, in der Hand große Töpfe, gehäutete Ratten oder Körbe mit silbernen Äpfeln. Andere rollten Weinfässer durch die Küche. Der Blutgestank brachte Kaye an den Rand eines Schwächeanfalls. Die Wände und Böden waren voller Flecken und Blut tropfte von den Tellern mit rohem Fleisch. Roiben ging hinter Kaye, eine Hand auf ihrem Rücken, und schob, wenn sie vorwärts gehen sollte, oder zog an ihrer Jacke, damit sie anhielt.
Sie hielten sich an der Wand und schlichen durch die Küche. In ihrer Nähe saß ein verhutzelter alter Elf auf einem Stuhl und ließ die Beine baumeln. Vor lauter Konzentration hatte er die Zunge herausgestreckt, während er schwarzen Äpfeln einen glänzend roten Lackanstrich verpasste. Seine weißen Haare standen in wilden Büscheln empor; von Zeit zu Zeit richtete er seine Brille, die ihm ständig herunterrutschte.
Neben dem Apfelmaler schwang ein riesengroßer grüner Mann mit kleinen Hörnern auf dem Kahlkopf und Hauern, die über seine dicke Oberlippe ragten, ein Hackbeil über einer Schlachtplatte. Er hackte diverse tote Tiere für einen Eintopf in portionsgerechte Stücke. Seine fleischigen Arme waren von oben bis unten mit Tattoos von Rosen und Dornen verziert.
Kaye schlich so leise herum, als würde sie zum x-ten Mal zu spät nach Hause kommen oder mal wieder mit vollen Taschen einen Laden verlassen. Sie konzentrierte sich auf ihre Füße, senkte ein wenig den Kopf und ging langsam in aller Ruhe durch die Tür.
Bereits nach kurzer Zeit verlief der schmale Flur abwärts

und erweiterte sich in einen größeren Gang. Hier war der Boden aus gräulichem Marmor und überall standen hohe geschnitzte Säulen. Von der Decke tropfte es. Als Kaye vor sich Leute hörte, deren Schuhe auf dem Steinboden wie Käfergetrappel klangen, versteckte sich Roiben schnell mit ihr hinter einer Säule. Er zog das Schwert aus der Scheide und hielt es vor die Brust. Kaye fand den Dolch, den er ihr am Auto gegeben hatte, und hielt ihn krampfhaft fest.

Aber die Schritte nahmen eine andere Richtung. Kaye stieß seufzend die Luft aus.

So schlichen sie weiter, bis sie zu einer großen schwarzen Flügeltür kamen.

»Was ist denn da drin?«, fragte Kaye.

»Wein und Essenzen«, erwiderte er flüsternd.

In dem steinernen Gemäuer roch es nach Hefe. An der Wand waren Fässer aufgereiht, neben denen Glasflaschen mit verschiedenen pflanzlichen Aufgüssen standen. Darin schwammen Rosenblütenblätter, Veilchenblütenblätter und im Ganzen erhaltene Ringelblumenköpfe. In anderen schwebten Nesseln wie pflanzliche Raumschiffe und es gab viele Kräuter, die sie nicht einmal benennen konnte.

»Was sind denn das für welche?«, fragte sie leise.

»Wermut, Schafgarbe, Sumpfdotterblume, Landnelke, Odermennig, Fenchel ... «

»Du trinkst wohl viel Kräutertee, was?«

Er lächelte nicht, als er sie zu einer schmaleren Tür am anderen Ende des Gemäuers führte. Hatte er überhaupt gemerkt, dass sie einen Witz gemacht hatte?

»Die Wäscherei«, sagte er.

Aus dem nächsten Raum schlugen ihnen mindestens so viele Dampfwolken entgegen wie aus der Küche. Der Dampf driftete nach oben zu den schmalen Abzugsschächten in der Decke. Mehrere große Wannen standen voll Seifenwasser. Eine blasse Frau mit dunklen Augen wrang gerade ein weißes Tuch aus, während eine andere den Inhalt einer Wanne mit einem langen, krummen Stab umrührte. Ein buckliger Mann mit langen Armen brachte die seifige Mischung mit einigen Körnchen zum Zischen.

Der Raum war klein; Kaye warf Roiben einen fragenden Blick zu. Es war unmöglich, hier durchzugehen, ohne bemerkt zu werden.

»Maigret«, sagte Roiben und breitete grinsend die Arme aus.

Eine der Wäscherinnen schaute auf und lächelte zurück. Ihr fehlte ein Zahn. »Unser Ritter!« Sie humpelte auf ihn zu und umarmte ihn fest. Die langen Röcke verbargen ihre Füße, sodass Kaye nicht erkennen konnte, was ihr fehlte. Am anderen Ende der Wäscherei hatten auch der Mann und die Frau von ihrer Arbeit aufgeschaut; auch sie lächelten ihnen zu. »Ich war sicher, dass ich Euch nie wieder sehen würde.«

»Ich suche nach einem Jungen«, erklärte Roiben. »Menschlich. Er ist mit eurem neuen König zusammen.«

Die Frau grunzte angeekelt. »Der und König, also wirklich! Stimmt, hier läuft ein Junge herum, aber mehr kann ich dazu auch nicht sagen. Wenn einer gelernt hat dem Adel möglichst nicht in die Quere zu kommen, dann bin ich das.«

Roiben lächelte schief: »Oder ich.«
»Ihr werdet gesucht, das wisst Ihr, oder?«
Er nickte. »Ich habe meinen Dienst ja auch auf ziemlich Aufsehen erregende Weise beendet.«
Die alte Frau lachte gackernd und verabschiedete sich von ihnen. Durch eine weitere schmale Tür kamen sie in einen Gang, der vor Glimmer schimmerte.
»Wieso glaubst du, dass sie niemandem erzählen, dass sie uns gesehen haben?«
»Maigret fühlt sich in meiner Schuld.« Er zuckte mit den Achseln.
»Was ist mit ihren Füßen?«
»Ein Mitglied des Unseligen Adels war von ihr enttäuscht. Daraufhin ließ er Eisenschuhe glühend rot erhitzen und zwang sie darin zu tanzen.«
Kaye lief ein Schauder über den Rücken. »Und das hat etwas mit der Schuld zu tun, die sie dir zurückzahlen will?«
»Vielleicht.«
»Und was ist das da drüben?«
»Dort liegen die Bibliothek, das Musikzimmer, der Wintergarten und das Schachzimmer.«
»Das Schachzimmer?«
»Ja, die Königin spielte sehr gerne Schach. Schach ist hier so beliebt wie Kartenspiele bei den Sterblichen. Einmal hat sie beim Schach ihren Gemahl gewonnen, wenn ich mich recht entsinne.«
»Corny liebt Schach. Er war im Schachteam der Highschool.«
»Wir kommen nur durch die Bibliothek dort hin.« Roiben zögerte.

»Was ist los?«

»Wir haben keinen einzigen Wächter gesehen. Weder am Eingang noch hier.«

»Vielleicht bedeutet das nur, dass wir wirklich gut im Anschleichen sind?«

»Es hat auf jeden Fall etwas zu bedeuten, nur was?«

Die Tür zur Bibliothek war ein gigantisches, stilvolles Tor, das sich deutlich von den anderen Türen in den weniger wichtigen Räumen abhob. Dieses Tor war aus dunklem Holz mit eingelegten Kupferbändern und eingeschnitzten Wörtern in einer Sprache, die sie nicht verstand. Roiben drückte die Tür auf.

Das Labyrinth der Bücherregale, das sich ihnen öffnete, war so hoch und so groß, dass man nicht einmal bis zum anderen Ende sehen konnte. Die Regale waren kunstvoll mit geschnitzten Wasserspeiern und anderen seltsamen Tieren verziert. Es roch überwältigend nach umgegrabener Erde. Jedes Mal, wenn Kaye in eine bestimmte Richtung sah, bewegte sich etwas in ihrem Augenwinkel. Es gab Bücher in vielen verschiedenen Größen, wer sollte die bloß alle lesen? Sie versuchte im Gehen die Titel zu entziffern, aber sie waren sämtlich in fremden Sprachen geschrieben.

Als sie um eine Ecke bogen, entdeckte Kaye eine Gestalt, die zwischen die Schatten schlüpfte. Sie war schlank und sah halbwegs menschlich aus.

»Roiben«, flüsterte sie.

»Die Geheimnishüter«, sagte er, ohne sich umzusehen. »Die werden niemandem erzählen, dass wir hier waren.«

Kaye lief ein kalter Schauder über den Rücken. Was stand bloß in all diesen Werken, was so geheim gehalten werden musste? Waren diese Gestalten Gelehrte oder Wächter oder Schreiber?

Als sie auf ihrem Weg entlang der Bücherregale an eine weitere Kreuzung gelangten, sah sie noch eine dunkle Gestalt, diesmal mit langen bleichen Haaren und großen, dunkel funkelnden Augen. Sie verschwand ebenso sang- und klanglos im Schatten wie die erste.

Kaye war erleichtert, als sie eine niedrige, ovale Tür erreichten, die sich sofort öffnete, als Roiben sie aufdrückte.

Das Schachzimmer war mit schweren Wandteppichen behängt. Der gesamte Boden war mit schwarz-weißen Fliesen ausgelegt und in den Ecken standen ein Meter fünfzig hohe Schachfiguren. Corny schlief auf dem Boden ausgestreckt; sein Körper bedeckte zwei Schachfelder.

»Cornelius?« Roiben kniete neben ihm und rüttelte an seiner Schulter.

Corny hob den Kopf. Sein Blick war verschwommen und trübe, er selbst eine Ansammlung blauer Flecken, aber der Gipfel war das genüssliche Lächeln, das er ihnen schenkte. Irgendwie sah er älter aus, in seinen Haaren zeigten sich erste weiße Strähnen.

»Hallo«, nuschelte er, »du bist Kayes Robin.«

Kaye kniete ebenfalls neben ihm. »Jetzt wird alles gut«, sagte sie, mehr zu sich selbst als zu ihm. Vorsichtig strich sie ihm die feuchten Strähnen aus der Stirn. »Alles wird gut.«

»Kaye«, sagte Roiben tonlos.

Sie drehte sich um. Nephamael hatte das Zimmer betreten. Er kam hinter den Vorhängen am anderen Ende des Raumes hervor und strich mit seinen Händen über die marmorne Mähne des schwarzen Schachpferdchens.
»Seid gegrüßt«, sagte Nephamael. »Verzeiht mir den etwas abwegigen Humor, wenn ich sage, dass ihr mir buchstäblich ein Dorn im Auge wart.«
»Ich bin davon ausgegangen, dass du in meiner Schuld stehst«, sagte Roiben. »Schließlich habe ich dir die Krone verschafft.«
»Wenn man es so betrachtet, ist es wirklich eine Schande, dass das Leben oft so ungerecht ist, Rath Roiben Rye.«
»Nein!« Kaye bekam keine Luft mehr. Das konnte nicht sein. Roiben war so weit von allen anderen entfernt gewesen, als sie seinen Namen ausgesprochen hatte. Sie hatte sich ja selbst kaum gehört. Außerdem hatte Roiben alle Ritter getötet, die nahe genug hätten dran sein können, um etwas zu hören.
»Außer mir kennt den Namen niemand«, sagte Nephamael. Konnte er Gedanken lesen? »Den Kobold habe ich umgebracht, der sich bei mir einschmeicheln wollte, indem er mir den Namen verriet.«
»Spike«, flüsterte Kaye. Es war keine Frage.
»Rath Roiben Rye, bei der Kraft deines wahren Namens befehle ich dir mir niemals etwas anzutun und mir unverzüglich blind zu gehorchen.«
Roiben zog die Luft so scharf ein, dass es wirkte wie ein geräuschloser Schrei.
Nephamael warf den Kopf zurück und lachte. Noch im-

mer streichelte er die Schachfigur. »Weiter befehle ich dir, auch dir selbst nichts anzutun, es sei denn auf meinen ausdrücklichen Befehl. Und jetzt, mein neu ernannter Ritter, greif dir das Pixiemädchen.«

Roiben drehte sich zu Kaye um, als Lutie aus Kayes Tasche heraus zu kreischen begann. Kaye raste zur Tür, aber er war viel zu schnell. Roiben packte ihre Haare, riss ihren Kopf zurück, griff sie und ließ sie ebenso unvermittelt wieder los. Nach einer Schrecksekunde schoss Kaye zur Tür hinaus.

»Im Gehorchen magst du erfahren sein, aber das Befehlen wirst du wohl erst noch lernen müssen«, hörte sie Roiben noch spotten, bevor sie in das Labyrinth der Bücher eintauchte.

Zuvor war sie einfach hinter Roiben her durch die gewundenen Regalgänge gegangen, deshalb hatte sie jetzt keine Ahnung, wohin sie sich wenden sollte. Sie lief mal hier-, mal dorthin und war zumindest erleichtert, dass sie keinem der merkwürdigen Geheimnishüter begegnete. Letztendlich, als sie an einem kleinen Podest mit einem Stapel Bücher darauf entlangraste, landete sie in einer Sackgasse.

Lutie kroch aus ihrer Jackentasche und flatterte um sie herum. »Was sollen wir tun, Kaye? Was sollen wir bloß tun?«

»Psst. Hörst du was?«

Kaye hörte ihren eigenen Atem, hörte, wie irgendwo in dieser riesigen Bibliothek geblättert wurde, und vernahm ein Geräusch wie von Stoff, der über den Boden schleift. Keine Schritte. Keine Verfolger.

Sie versuchte Magie um sich herum aufzubauen und ihre

Haut der Wand hinter ihr anzugleichen. Es klappte, sie spürte, wie die Kräfte kribbelnd durch ihren Körper rauschten, und betrachtete ihre holzfarbene Hand.
Was sollten sie bloß tun? Kaye war kurz davor, sich von ihrem eigenen Elend unterkriegen zu lassen. Sie legte den Kopf auf die Knie und atmete einige Male tief ein.
Sie musste die beiden Männer befreien.
Dabei war das absurd. Sie war nur ein Pixiemädchen, das die eigene Magie kaum in den Griff bekam, das gerade erst gelernt hatte seine Flügel zu benutzen.
Schlau. Das Wort geisterte ihr im Kopf herum, als Inbegriff dessen, wie sie sein sollte, aber nicht war.
Denk nach, Kaye, denk nach!
Sie musste sich konzentrieren. Schließlich hatte sie die Rätsel gelöst. Sie hatte Roiben vom Hof fortgebracht. Sie hatte auch mehr oder weniger gelernt ihre Magie zu benutzen. Sie würde es schaffen.
»Komm weg hier. Bitte, lass uns gehen«, sagte Lutie. Sie ließ sich auf Kayes Knie nieder.
Kaye schüttelte den Kopf. »Lutie, es muss eine Lösung geben. Wenn sie mir bloß einfiele.«
Die anderen waren alle Elfen. Also musste sie denken wie ein Menschenmädchen. Sie musste die Dinge in Betracht ziehen, die sie beherrschte. Feuerzeugkunststücke. Kaufhausklau. Vor allem aber musste sie über die Dinge nachdenken, die Elfen nicht ausstehen konnten.
Eisen.
Kaye sah Lutie an: »Was passiert, wenn ich Eisen schlucke?«

Lutie zuckte mit den Achseln. »Du würdest dir den Mund verbrennen. Es könnte auch sein, dass du stirbst.«
»Und wenn ich jemanden mit Eisen *vergiften* würde?«
Lutie rutschte unbehaglich auf Kayes Knie hin und her. »Aber hier gibt es kein Eisen!«
Kaye seufzte. Ihr Verstand überschlug sich, sie musste sich beruhigen und langsamer denken, Schritt für Schritt. Es könnte doch sein, dass es am Unseligen Hof Eisen gab, höchstwahrscheinlich als Bestandteil der Waffen. Leider hatte sie keine Ahnung, wo die Waffen aufbewahrt wurden. Jedenfalls nicht hier, sondern irgendwo da draußen. Sie sah an sich hinunter. Welche Sachen stammten aus der Eisenwelt? Ihr T-Shirt, ihr Slip, die Stiefel . . . der grüne Gehrock war ja nur herbeizaubert.
In Windeseile zog Kaye die Schnürsenkel aus den Stiefeln. Sie enthielten mit Sicherheit Eisen, wenn auch verborgen. Sie zog sie aus und untersuchte sie gründlich. In den Stahlösen war Eisen, sie waren ganz warm unter dem aufgeklebten Plastik. In der Stiefelspitze waren ebenfalls Stahlkappen, aber die waren viel zu groß, es sei denn, sie fand eine Feile. Kaye nahm das Messer, das Roiben ihr gegeben hatte, aus der Tasche des Gehrocks und stocherte damit an den Stiefeln herum. Und siehe da, als sie die Sohlen abgerissen hatte, kamen Schuhnägel zum Vorschein, glänzende Stahlnägel, die so klein waren, dass man sie verschlucken konnte.
Kaye nahm das Messer in die eine Hand, einen Stiefel in die andere, und fing an zu arbeiten.

Corny wurde von seinen neuen Gefühlen geradezu überspült. Er saß auf dem schmutzigen Boden eines gigantischen Palastes unter der Erde. Höflinge spielten Musik auf und Nephamael fütterte ihn mit üppigen dunklen Trauben. Um ihn herum wimmelte es von seltsamen Kreaturen, kleinen und großen, die ihren Durst stillten, sich gegenseitig Rätsel aufgaben oder sich einem Spiel hingaben, bei dem irgendetwas um Steine herumgeschleudert werden musste.

Cornys Welt bestand nur noch aus diesen Trauben. Es war so köstlich, mit weichen Lippen diese Finger zu liebkosen, die sie ihm reichten. Es war so süß, wenn die schwarzen Juwelen im Mund platzten.

»Ich finde, du hast zu viel Würde. Ich befehle dir zu tanzen«, sagte Nephamael zu seinem neuen Gefangenen.

Unter dem Podium strömten die Elfen zusammen, um Roiben beim Tanzen zuzuschauen.

Der Körper des Ritters glich einer gelösten Bogensehne. Seine silbernen Haare wehten wie ein Wimpel in der Luft, aber seine Augen schienen nicht mehr mit dem Körper verbunden zu sein. Sie schnellten umher wie ein Tier in der Falle, das sich ein Bein ausreißen würde, um frei zu sein.

Er schwankte nicht, aber seine Bewegungen hatten etwas Abgehacktes, die Drehungen etwas Verzweifeltes.

Da Corny ihn nicht bemitleiden wollte, schaute er lieber weg. Der König ließ eine Traube fallen, aber Corny war jetzt abgelenkt.

Der Adel des Unseligen Hofes lachte und spottete, aber der Ritter tanzte immer weiter.

»Zu einfach. Das dauert ja ewig, bis er erschöpft ist. Er soll weitertanzen, aber peitscht ihn dabei aus.«

Drei Kobolde traten auf den Plan und führten Nephamaels Befehl aus. Auf Roibens Brust und Rücken platzte die Haut zu roten Striemen.

Corny war sehr froh, dass Kaye das nicht mit ansehen musste.

»Welche Aufgabe könnte ich ihm stellen, damit er an meinem Hof wieder Aufnahme findet? Ich will ihn behalten. Bis jetzt hat er mir nur Glück gebracht.«

»Er soll einen Vogel ohne Flügel finden, der trotzdem fliegen kann.«

»Er soll eine Ziege finden, deren Zitzen mit Wein gefüllt sind statt mit Milch.«

»Ja, bring uns so eine süße Ziege!«

»Langweilig, langweilig, langweilig«, klagte Nephamael und lehnte sich auf dem Thron zurück. Als er Corny zu seinen Füßen sah, lächelte er ein Lächeln, als ob er gleich die Zähne in einen Kuchen schlagen wollte.

»Du hast einige Trauben ausgelassen«, sagte er sanft. »Heb sie auf . . . mit den Zähnen.«

Corny senkte den Blick auf die Trauben. Er hatte gar nicht gemerkt, dass er doch wieder Roiben beobachtet hatte. Gehorsam nahm er die Früchte mit den Zähnen auf.

Einen Plan konnte man das nicht nennen, nicht wirklich. Kaye hatte ihre Magie dazu genutzt, sich wie Skillywidden auszustaffieren. Die Schneiderin war die einzige Person am Unseligen Hof, an die sie sich gut genug erinnern konnte und die höchstwahrscheinlich nicht neben dem Thron stehen würde. Sie übte in aller Ruhe die Verkörperung des alten Weibes, aber Lutie war ihr keine große Hilfe. Sie lachte sich kaputt, bis sie vor lauter Lachen kaum noch fliegen konnte.

Endlich machte sich Kaye mit den brennenden Nägeln in der Faust auf die Suche nach der großen Halle. Sie war nicht schwer zu finden. Hinter dem Schachzimmer lagen noch weitere Türen, aber es gab nur eine Treppe, die nach oben führte.

Sie hatte die große Halle des Unseligen Hofes noch gut in Erinnerung. Heute war es fast so voll wie beim letzten Mal. Da sie jetzt aus der Mitte des Palastes emporgestiegen war, kam sie direkt hinter dem Podium heraus.

Mit einem Blick erfasste sie die Lage: Roiben tanzte, mit blutigen roten Striemen auf dem Rücken. Nephamael saß auf dem reich verzierten Holzthron; der eiserne Ring brannte auf seiner Stirn. Gerade streckte er eine Hand nach unten aus, zu Corny, und streichelte ihm über die Haare.

Kaye wappnete sich und stieg auf das Podium. Sie ging direkt auf die Rotkappe zu, die als Weinkellner eine Silberkaraffe, verziert mit Eidechsenhaut, hielt, aus der sie gerade Wein in den Kelch des Königs goss.

»Na, Näherin?«, feixte die Rotkappe und zeigte ihre scharfen gelben, übereinander liegenden Zähne.

Aber Lutie tat nun genau das, was sie sollte. Sie flatterte der Kreatur vorm Gesicht herum, sodass die versuchte sie mit einer Hand zu schnappen und gar nicht merkte, dass Kaye die Eisennägel in den Wein fallen ließ. Kaufhausklau mal umgekehrt. Locker. Viel lockerer als Ratten in die Tasche zu stecken.

»Skillywidden.« Kaye drehte sich zu Nephamael um, der sie angesprochen hatte. »Komm zu mir, alte Näherin.«

Kaye schaute sich um. Lutie war durch die Luft entkommen, aber Kaye konnte sie nicht sehen. Obwohl sie wusste, dass diese Tatsache eigentlich nur Gutes bedeuten konnte, machte sie sich Sorgen um die kleine Elfe. Es waren einfach schon zu viele ihretwegen verletzt worden. Kaye holte tief Luft, ging auf Nephamael zu und sank in einen tiefen Knicks. Sie hoffte, dass ihre Vorstellung der Näherin möglichst nahe kam.

»Da«, sagte der König und gestikulierte zu Roiben hin. »Mein neues Spielzeug. Stark, wie man sieht. Auch ganz hübsch. Ich brauche ein Kostüm für ihn. Ich dachte an etwas Grünes. Vielleicht die Livree eines Seligen Pagen? Das würde mir, glaube ich, gefallen.«

Kaye nickte, und als er seine Aufmerksamkeit wieder Roiben zuwandte, wollte sie rückwärts abgehen.

»Einen Augenblick noch«, sagte Nephamael. Ihr Herz schlug wild in der Brust. »Komm näher.«

Gehorsam ging sie wieder auf ihn zu.

Mit einem bösartigen Grinsen sprang Nephamael vom Thron auf und packte sie an der spindeldürren Schulter. Er versprühte so viel Häme, dass sich Kaye vor Angst der Magen umdrehte. Magie wirbelte um sie herum und riss an ihrem Schild. Es war, als würde sie von scharfen Krallen in Stücke gerissen. Sie hörte sich selber kreischen, konnte aber nichts dagegen tun, auch nicht, als ihr Schild in Fetzen

hing. Sie fiel auf die Knie – am Körper nichts als das T-Shirt und den Slip, in denen sie aufgewacht war; in ihren Haaren klebte noch immer das Salz.
Die Zuschauer schnappten nach Luft, alle schrien durcheinander.
»Knebelt sie«, befahl Nephamael, »bindet ihr die Hände auf dem Rücken zusammen und gebt mir die Leine.«
Einer seiner Leute packte sie sofort und führte diesen Befehl aus.
Der König kehrte auf den Thron zurück und verlangte mit einer Handbewegung nach mehr Wein. Kaye hielt den Atem an, als Nephamael den Kelch entgegennahm. Aber er trank nichts.
»Also, das ist ja eine schöne Überraschung. Das i-Tüpfelchen für meine Spielchen. Komm her, Roiben.«
Roiben blieb einen Augenblick stehen. Er zitterte am ganzen Körper vor Anstrengung und Schmerzen. Die geschwollenen roten Striemen auf seiner Brust und seinem Rücken bluteten. Es war schrecklich anzusehen. Er ging vorwärts, bis er direkt vor Nephamael zum Stehen kam.
»Knie nieder.«
Mit einem leisen Schmerzenslaut sank Roiben auf die Knie.
Nephamael holte einen Dolch aus den tiefen Falten seines Mantels. Die Klinge des Dolchs war aus Gold, der Griff aus Horn. Nephamael warf ihn Roiben vor die Füße. Scheppernd glitt der Dolch über den Boden.
»Höre meinen Befehl: Wenn ich sage ›Fang an‹, dann nimmst du das Messer und zerschneidest das Pixiemäd-

chen, bis es stirbt. Das Spielchen dabei ist: Tötest du sie langsam, wobei sie zu meinem Vergnügen hübsch leiden würde, du aber auf Zeit spielen könntest ... oder schneidest du ihr mit einem gezielten Streich die Kehle durch. Das wäre natürlich vernünftiger. Ah«, seufzte er theatralisch und hob den Kelch hoch über den Kopf, »wenn du nur aufhören könntest zu hoffen.«

Roiben stand so unter Schock, dass jeglicher Ausdruck aus seinem Gesicht geschwunden war.

Kaye zitterte vor Angst. Mit dem Knebel im Mund konnte sie kaum atmen, geschweige denn sprechen.

»Fang an«, sagte Nephamael und schwenkte den Kelch.

Roiben drehte sich um, seine Augen waren feucht, sein Unterkiefer bebte. Er holte tief Luft, sah das Messer an, dann Kaye. Er schloss die Augen und sie begriff, dass er in diesem Moment auf fürchterliche Weise Frieden mit sich selbst schloss, dass er eine entsetzliche Entscheidung getroffen hatte.

Sie wollte ihrerseits die Augen schließen, aber es gelang ihr nicht. Stattdessen versuchte sie Roibens Blick zu erhaschen, ihn stumm anzuflehen, aber er sah sie gar nicht an.

Als sie sich noch fragte, in welchem Winkel er das Messer ansetzen würde, sah sie, wie Nephamael den Kelch an die Lippen führte, den Kopf in den Nacken legte und einen großen Schluck nahm. Einen Augenblick lang passierte gar nichts, er wischte sich lediglich mit zwei Fingern über die Lippen. Dann hustete er, erst erstaunt, dann wild um sich blickend. Ihre Blicke trafen sich. Nephamael sank auf die Knie und fasste sich an die Kehle. Er öffnete den

Mund, wollte er etwas sagen? Schreien? Der König blieb stumm.
Dann trat jedoch Roiben in ihr Gesichtsfeld, der zitternd einatmete und die goldene Klinge hob. Ihr wurde bewusst, dass kein Gegenbefehl gegeben worden war. Roiben war an den Befehl gebunden, als wäre nichts geschehen.
Sie trat um sich, in alle Richtungen.
Dann spürte sie, wie kleine Finger an den Knoten ihres Knebels arbeiteten.
Roibens Gesicht war nur noch eine Maske, als er die goldene Klinge an Kayes Haut führte.
Kaye wurde von Panik erfasst. Gleichzeitig bereitete sie sich auf den entscheidenden Moment vor. Als sie endlich spürte, dass sich der Knebel lockerte, spuckte sie das Tuch aus und ging mit vollem Bewusstsein einen Schritt in das Messer *hinein*. Gleichzeitig flüsterte sie: »Rath Roiben Rye, hör auf . . . ich befehle dir aufzuhören . . . ich befehle dir. . .«
Noch während sie sprach, fühlte sie den Stich des Messers im Arm, hörte Roiben schluchzen – dann fiel ihm das Messer aus der Hand.
Kaye sprang auf und schlug wild mit den Flügeln. Mühelos flog sie an die umgekippte Kuppeldecke und verharrte dort einen Augenblick. Lutie flatterte neben ihr empor und tastete nach den Fesseln auf ihrem Rücken.
In diesem Augenblick war von einem der Eingänge das dumpfe Stampfen vieler Ritter zu hören, klirrende Rüstungen, Glockenläuten. Der Selige Hof hatte sein Ziel erreicht.

15

»Ja besser
Ist's, Herr der Hölle sein, als Sklav im Himmel.«

MILTON,
»DAS VERLORENE PARADIES«
(I. GESANG)

Als Erste kamen die Ritter herein. Sie trugen dunkelgrüne Harnische, in denen sie aussahen wie gepanzerte Insekten. Als Nächste kamen zwölf Damen, jede in eine andere Farbe gekleidet. Wie Kaye sofort bemerkte, trug Ethine ein Gewand aus warmem Gold. Erst hinter ihren Höflingen trat die Königin ein, prächtig anzusehen in einem mondsteinblassen Kleid, in dem sie ihrem Ebenbild auf Roibens Wandbehang sehr ähnlich sah. Darüber trug sie einen pfauenblauen Umhang, der über den Boden fegte, als sie ruhig auf das Podium zuging.

»Roiben«, sagte die Königin. Aus dem Hofstaat des Unseligen Hofes erscholl ein vielstimmiges Zischen. Eine große Kreatur stolperte aus der Menge nach vorn, wurde aber von einem der Ritter mit stählernem Blick zum Schweigen gebracht.

Nephamael wand sich noch immer auf dem Podium. Seine

Finger griffen wie verrückt über Hals und Brust. Die Ankunft seiner Herrin hatte er gar nicht wahrgenommen.

Roiben sah die Selige Königin an und schloss die Augen mit einem solchen Seufzer der Erleichterung, dass Kaye Angst bekam. Irgendetwas stimmte hier nicht.

Die Selige Königin trug eine silberne Kette mit einem weißen Anhänger. Kaye starrte ihn an wie hypnotisiert. Der Blick der Königin ruhte auf dem Podium, wo der selbst ernannte König des Unseligen Hofes sich wand wie ein Wurm.

»Nephamael hat *Euch* gedient!« Diese Erkenntnis war solch ein Schock für Kaye, dass sie sie unwillkürlich laut aussprach, bevor sie über die Folgen nachdenken konnte. Sie sprang auf das Podium herab und stellte sich neben Roiben.

Diese Worte schienen alles zum Stillstand zu bringen. Nicht einmal die Königin bewegte sich mehr.

Stotternd sprach Kaye weiter, zu Roiben, weil sie wollte, dass er ihr glaubte. »Roiben, du musstest Nicnevin dienen und Nephamael der Seligen Königin. Du hattest keine Wahl. Er musste ebenso gehorchen wie du.«

Die Königin lächelte sanft. »Auf eine Art hat das Pixiemädchen durchaus Recht. Wenn ich Nephamael befohlen hätte für immer an meiner Seite zu bleiben, hätte er mich nicht verlassen können. Nur hatte ich ihm diesen Befehl nicht gegeben. Als er einmal fort war, konnte er meine Befehle nicht mehr hören und sie logischerweise auch nicht befolgen. Ich bin heute gekommen, um diese Dinge richtig zu stellen.«

Was sie sagte, schien so vernünftig, zumal aus diesem Munde. Kaye hätte so gerne Unrecht gehabt, aber das Amulett hing immer noch am Hals der Königin.
»Aber ich habe dieses Amulett gesehen. Nephamael hatte es in der Hand, als er meinen Schild verstärkt hat. Daraus schien er seine Kraft zu schöpfen.«
»Du irrst dich, Pixie, sei jetzt still. Es gibt wirklich dringendere Angelegenheiten.« Die Selige Königin sprach mit fester Stimme und mehrere Ritter schritten auf Kaye zu.
»Kaye«, sagte Roiben kopfschüttelnd. »Das Amulett gehört ihr. So war es schon immer.«
Kaye drehte sich zu ihm um. »Ich irre mich nicht!«
Die Menge murmelte. Kaye war sich unsicher, welchen Ausgang des Ganzen der Unselige Hof wohl bevorzugen würde. Wahrscheinlich ein möglichst blutiges Ende. Eins war jedenfalls klar: Sie freuten sich, wenn jemand die Selige Königin beleidigte.
Roiben hob die Hand. »Ich möchte sie anhören«, sagte er.
Diese Ankündigung sorgte für Ruhe am Hof, was Kaye doch sehr überraschte. Roiben lehnte unbewaffnet und blutverschmiert am Thron und dennoch brachte ihm die Menge den Respekt entgegen, sich still zu verhalten.
Er nickte Kaye zu. »Sprich.«
Sie holte tief Luft und sprach so laut, dass jeder sie hören konnte. »Ich schätze, inzwischen haben alle begriffen, dass ich ein Pixiemädchen bin, aber ich war die ... letzten, ja, sechzehn Jahre ... als Mensch verkleidet. Ich habe übrigens das Mädchen gefunden, mit dem ich vertauscht worden bin. Es lebt noch immer an Silarials Hof.« Roiben

warf Kaye einen scharfen Blick zu, aber sie redete gleich weiter.

»Das bedeutet also, dass mich jemand vom Seligen Hof vertauscht hat, obwohl ich eigentlich auf Unseligem Gebiet in der Nähe von Nicnevins Hof gelebt habe. Solange ich klein war, haben drei Elfen über mich gewacht. Sie gehörten ebenfalls zum Seligen Hof.

Dann bin ich nach Philadelphia gezogen und habe ein paar Jahre dort gelebt. Aber dann tauchte er« – Kaye zeigte auf Nephamael – »plötzlich bei einem Konzert meiner Mutter auf. Er hat den Typen, mit dem wir gerade zusammenlebten, beiseite genommen, und einige Minuten später hat genau dieser Typ versucht, meine Mutter umzubringen. Am nächsten Tag sind wir hierhin zurückgezogen. Und wieder ein paar Tage später haben meine alten Elfenfreunde Kontakt mit mir aufgenommen und mir erzählt, dass sie mich für ihren Plan brauchten.

Sie hatten aber nicht genügend Macht, um mich Nicnevin als Zehnte vorzuschlagen. Nephamael schon. Er hatte das Sagen. Wie kommt es also, dass Nephamael so tief in eine Verschwörung des Seligen Hofes verwickelt ist? Weil die Königin es ihm befohlen hat. Nur so ergibt das Ganze einen Sinn. Er hatte nur etwas davon, weil Roiben sich eingemischt hat. Wenn Nicnevin nicht gestorben wäre, hätte Nephamael überhaupt nicht profitiert, sondern nur Silarial. Aber selbst jetzt als König hätte er nach ihren Befehlen den Unseligen Hof regiert!«

»Ich will nichts mehr davon hören!«, verkündete die Selige Königin.

»Oh doch, das werdet Ihr«, sagte Roiben mit lauter Stimme. Dann fügte er leiser hinzu: »Ihr seid doch alterslos, Silarial, schenkt uns ein wenig von Eurer Zeit. Wir möchten Kayes Geschichte zu Ende hören.«

Kaye redete schnell weiter. Ihre Worte überschlugen sich, so eilig hatte sie es, die Geschichte zu Ende zu bringen. »Das Amulett an ihrem Hals. Das hat mich darauf gebracht, was hier vor sich geht. Nephamael hatte es in der Nacht dabei, als er mich zur Opferung hierher brachte. Er benutzte es, um mir einen schweren Schild aufzuerlegen. Es war ihr Halsband, ihr Schild. Sie wollten zulassen, dass ich geopfert werde. Nach dem Ritual hätten sie alles aufgeklärt und Nicnevin die Schuld dafür in die Schuhe geschoben. Und als wir heute hier ankamen, wartete Nephamael schon auf uns. Dabei wusste niemand, dass wir Corny suchen wollten. Niemand außer Silarial und ihren Höflingen.« Als sie von Corny sprach, musste Kaye sich gegen ihren Willen nach ihm umsehen. Was sie sah, lähmte ihr die Zunge.

Er war nach vorn zu dem sich windenden Nephamael gekrochen. Eine Haarlocke fiel ihm ins Gesicht und über eine Wange zog sich eine Schramme in der Farbe seines weintraubenverschmierten Mundes. Dieser Anblick erinnerte Kaye schmerzhaft an Janets kalte Lippen.

Als spürte er ihren Blick, schaute Corny auf. Seine Augen spiegelten eine tiefe innere Qual.

»Corny«, sagte Kaye und wollte auf ihn zugehen.

Corny wandte den Blick nicht von ihr, als er den goldenen Dolch aufhob, den Roiben hatte fallen lassen. Langsam breitete sich ein Lächeln auf seinen Lippen aus.

»Nein!«, schrie Kaye und rannte auf ihn zu, um ihn von einem Selbstmord abzuhalten.

Die Klinge tauchte in Nephamaels Brust. Wieder und wieder stach Corny auf den Körper des Elfenritters ein. Blut tränkte seine Hosen. Aus seiner Kehle kam ein röchelnder Ton.

Fasziniert beobachteten die Höflinge des Seligen und des Unseligen Hofes das Schauspiel. Niemand kam Kaye zu Hilfe, als sie Corny an den Handgelenken packte und versuchte ihn von dem leblosen Körper wegzuziehen.

Er zitterte, aber als Kaye ihn umarmte, merkte sie, dass es vor Lachen war. Er lachte so unbändig, dass er kaum noch Luft bekam.

»Sieh nur, was du angerichtet hast«, sagte die Selige Königin. Kaye brauchte einen Augenblick, um zu begreifen, dass sie zu Corny sprach und nicht über ihn.

Ein Seliger Ritter kam näher und holte etwas unter seinem Umhang hervor. Entsetzt sah Kaye zu, wie er einen langen Zweig zu einem schrecklich vertrauten Pfeil zusammensteckte. Er zielte direkt auf sie.

»Roiben, macht der Sache hier ein Ende, sonst tue ich es für Euch«, sagte die Selige Königin. »Ich bin mit meiner Geduld am Ende. Ihr hättet schon längst nach Hause kommen sollen.«

Roiben trat zu Kaye. Er sprach nicht sonderlich laut, aber seine Stimme war überall im Elfenpalast zu hören: »Ich bin zu Hause, Herrin. Jetzt befehlt Eurem Mann die Waffe zu senken, dann dürft Ihr mit meiner Erlaubnis den Unseligen Hof unversehrt verlassen.«

Der Hof verstummte vollends.

Kaye war sprachlos vor Erstaunen. Nicnevin hatte sich ihres Ritters klug bedient, vielleicht besser, als sie gedacht hatte. Sie hatte ihn immer in ihrer Nähe gehalten. Sie hatte ihn gegen den übrigen Unseligen Hof eingesetzt. Kaye erinnerte sich daran, wie die Unseligen Höflinge vor ihm zurückgeschreckt waren, als er sie, Kaye, vor dem Ritual durch die Menge geführt hatte. Roiben war keiner von ihnen, so viel war klar. Er war so fern wie ein König.

Niemand forderte ihn heraus.

Die Königin zog ihre schmalen, vollkommenen Augenbrauen hoch.

»Ihr wagt es?«

Roibens Schwester ging einen Schritt auf ihn zu, sagte aber nichts. In ihren Augen lag ein Flehen.

Roiben sah sich am Hof um und schien sich zu besinnen. Dann sagte er: »Hört mich an. Ich biete euch einen neuen Vertrag. Die freien Geister haben sieben Jahre Freiheit gewonnen, aber sieben Jahre vergehen im Nu. Bindet euch jetzt an mich, ihr Unseligen und Freien, dann überlasse ich euch Samhain. Freiheit von Sonnenaufgang bis Sonnenuntergang, und das für alle Zeiten.«

Kaye schaute zu, wie verschiedene Unselige auf das Podium kletterten. Sie machten keinen Schritt auf die Seligen zu, aber ihre böswillig entblößten Zähne sprachen für sich.

Die Königin erstarrte. »Es würde mich keineswegs wundern, mein Ritter, wenn es Euch leichter fiele, ein Königreich zu erobern als es zu halten.« Mit diesen Worten drehte sie sich um und ging. Ihr pfauenblauer Umhang beschrieb ein kreisförmiges Muster auf dem staubigen Boden. Die Ritter und Höflinge der Königin folgten umgehend. Nur Ethine zögerte.

Roiben schüttelte den Kopf.

Silarial warf einen Blick zurück auf Ethine und öffnete ihren Umhang. Roibens Schwester schlüpfte in ihre Umarmung und ließ sich vom übrigen Hofstaat mitziehen. Das grausame Lächeln auf den Lippen der Seligen Königin nahm sie ebenso wenig wahr wie den Blick, den die Königin Roiben über ihren gebeugten Kopf hinweg zuwarf.

Als der letzte Angehörige des Seligen Hofes den Saal verlassen hatte, sank der selbst ernannte König des Unseligen Hofes auf seinen Thron. Kaye wollte ihn anlächeln, aber er sah sie gar nicht an. Er starrte über die Halle hinaus – seine Augen hatten die Farbe fallender Asche.

Corny lachte immer noch.

Die Leichenhalle war klein und viktorianisch. Das Mobiliar war aus dunklem, verziertem Holz. Sogar die Tapete war düster: Kastanienbraun zierten bourbonische Lilien den flauschigen Samt. Viele Mitschüler von Janet waren gekommen, die Kaye aber nur flüchtig kannte. Kenny, Doughboy, Marcus und Fatima waren natürlich auch da; dicht aneinander gedrängt flüsterten sie die ganze Zeit miteinander, sogar, als der Pfarrer das Wort ergriff.

Während des gesamten Beerdigungsgottesdienstes hielt Corny Kayes Hand. Er hatte kalte, schweißnasse Finger und klammerte sich an Kaye, bis es wehtat. Er weinte

nicht, nicht einmal, als sie weinte, aber in seinem schwarzen Anzug sah er blass und mitgenommen aus.
Kayes Mutter war beinahe wahnsinnig geworden vor Angst, ihre Tochter könnte auch tot sein. Das Ganze war ein solcher Schock für sie, dass sie beschlossen hatte nach New York zu pendeln, statt dort hinzuziehen. Sogar Kayes Großmutter war nett zu ihr gewesen. Ellen hatte Kaye noch in der Nacht an der Leichenhalle abgesetzt und versprochen sie wieder abzuholen, wenn sie anriefe. Das war merkwürdig und irgendwie nett, aber Kaye wollte sich lieber nicht daran gewöhnen.
Janet lag da wie ein Gemälde – mit prachtvollen roten Locken und roten Lippen. Sie sah wunderschön aus, eine Ophelia inmitten von Blumen und Blüten, die nur Roiben hätte benennen können. Aber Kaye konnte die Chemikalien riechen, mit denen man sie eingerieben hatte, das verwesende Fleisch . . . und ihr wäre beinahe schlecht geworden, als sie mit Corny zum Sarg ging. Dennoch musste sie mit der Hand über Janets kalten, seltsam festen Arm streichen. Kaye legte ihr Geschenk in den Sarg: ein Fläschchen blauen Glitzernagellack.
Corny hielt ihre Hand in eisiger Umklammerung, während er die Leiche seiner Schwester anstarrte.
Nachher standen Kaye und Corny draußen zusammen und warteten, bis seine Mutter all ihren Verwandten eine gute Nacht gewünscht hatte.
»Oh, hätte ich beinahe vergessen«, sagte Corny sehr ruhig, »meine Mutter hat auf der Fahrt hierher noch am Laden angehalten. Ich wollte Zigaretten kaufen.« Aus der Innen-

tasche seiner Lederjacke holte er einige bunt gestreifte Brausestangen. »Ein Päckchen Pixy Stix.«
Kaye lächelte. »Ich sollte dich aufmuntern, nicht umgekehrt.«
»Du, du hast doch schon zur Genüge Retterin auf weißem Ross gespielt«, sagte er. »Probier doch mal ... reiß die Teile auf, dann hast du echten Pixiestaub. Schmeckt wie saurer Zucker.«
Sie kicherte und er konnte auch nicht mehr anders – ein verdrehtes, verzweifeltes Lachen, das sich in den Nachthimmel schraubte.
»Was willst du jetzt machen?«, fragte Kaye.
»Keine Ahnung. Scheiße, ich muss erst mal verdauen, was ich schon getan habe.«
»Ich weiß, was du meinst ... aber, du weißt doch, dass du an all dem keine Schuld trägst, oder?«
»Außer an dem Ding am Ende mit dem Messer vielleicht?«
»Auch daran nicht. Gerade daran wahrscheinlich am allerwenigsten.«
»Nächstes Mal ...«, sagte Corny und seine Augen leuchteten so, dass Kaye ganz erleichtert aufatmete. »Kaye, ich will nie wieder so machtlos sein, dafür werde ich sorgen. Egal, wie. Egal, wie.«
»Was willst du damit sagen?«, fragte sie, sofort wieder besorgt.
Er drückte ihre Hand nur noch fester. Nach einem Weilchen sagte er: »Und was ist mit dir?«
Sie zuckte mit den Achseln. »Habe ich dir schon erzählt, dass ich aus Blättern Geld machen kann?«

»Echt?« Corny zog die Augenbrauen hoch. Seine Mutter kam mit einigen Verwandten auf sie zu und Corny ließ Kaye endlich los und stieg ins Auto. Ihre Hand fühlte sich feucht und heiß an, und als der Wind darauf blies, hatte sie das Gefühl, ihr Innerstes nach außen zu tragen.

Die letzten Trauergäste waren gegangen und die Leichenhalle wurde abgeschlossen. Kaye ging über die Straße zu der Telefonzelle gegenüber vom Supermarkt. Sie rief ihre Mutter an und setzte sich auf den Bordstein. Vor ihr stand ein Plastikpferd, das schaukelte, wenn man Geld einwarf. Die Neonlichter, der erdige Geruch von faulem Gemüse und die zerzausten Plastiktüten auf dem Parkplatz, all das war so normal, dass sie kaum glauben konnte, was vor zwei Tagen alles passiert war.

Sie hatte Roiben seitdem nicht gesehen. Nicht dass irgendetwas zwischen ihnen vorgefallen wäre, nein. Nur hatte sie Corny nach Hause bringen müssen, während er dableiben musste, um alles zu erledigen, was neue Könige so tun mussten. Sie fühlte sich noch nicht einmal richtig schlecht, weil sie ihn nicht gesehen hatte. Eigentlich verspürte sie eher eine Art Erleichterung, wie wenn man weiß, dass einem etwas Schlimmes bevorsteht, man es aber noch ein bisschen aufschieben kann. Bei ihrem nächsten Treffen würde sie sich anhören müssen, wie er sich das mit ihnen beiden so vorstellte, jetzt, da er König geworden war.

Sie schaute auf das Plastikpferd und konzentrierte sich auf ihre Magie. Einen Augenblick später schüttelte es seine Mähne und sprang von der Metallfederung. Sie sah zu, wie es in die Nacht hinausgaloppierte. Die Plastikhufe klapperten über den Asphalt.

»Ich möchte dir gerne etwas zurückgeben.« Sie zuckte zusammen, als sie Roibens Stimme hörte. Wie hatte er es geschafft, sich unbemerkt anzuschleichen? Wie auch immer – sie konnte nichts dagegen machen, dass sie einerseits blöde lächelte und sich andererseits dafür verfluchte.

»Was?«

Er überbrückte den kleinen Abstand zwischen ihnen und küsste sie. Sie senkte ihre flatternden Augenlider und öffnete bereitwillig die Lippen, als sein Kuss sich in ihre Nervenbahnen brannte und all ihre Gedanken in Rauch aufgingen.

»Hm . . .« Kaye wich leicht schwankend zurück. »Wieso gehört das mir?«

»Das war der Kuss, den ich dir gestohlen habe, als du verzaubert warst«, erklärte er geduldig.

»Ach, ja . . . und wenn ich den gar nicht wiederhaben will?«

»Nicht?«

»Nein.« Sie grinste ihn breit an und hoffte, dass ihre Mutter sich Zeit lassen würde. »Ich möchte gerne, dass du ihn wieder zurücknimmst, bitte.«

»Stets zu Diensten«, sagte der König des Unseligen Hofes nur Millimeter von ihrem Mund entfernt. »Dein Wunsch ist mir Befehl.«

Danksagung

Ich danke meinem freundlichen Verleger Kevin Lewis für seine Geduld; meinen lieben Freunden Steve Berman, Dianna Muzaurieta und Frank Burkhead für ihre unbarmherzigen und erfinderischen Anmerkungen. Ich danke Katja Byrne, die mir als Erste gesagt hat, dass es sich um ein Jugendbuch handelt; Tony DiTerlizzi und Angela DeFrancis für die begeisterte Förderung des Buches und Theo dafür, dass er den langen Entstehungsprozess mitgetragen hat. Außerdem danke ich meinen ersten Lesern: Caitlin, Ed, Gram, Jay, Jenni, Judy, Joe, Jon, Katherine und Mike.